U0092020

娘子不給愛 3

溫柔刀 著

目錄

第二十一章

張小碗在初四那天回了葉片子村，剛回，世子府那頭就來人接了她過去。

世子妃接見了她，房內無其他人，張小碗還未朝她行禮，世子妃便扶住了她，那威嚴的圓臉一沈，道：「我現下和妳說件事，妳定要答應我，一定要挺住。」

張小碗不是無知之人，一聽她這口氣，頓時腳都軟了，慌忙中她扶住了桌，坐到了凳子上，喘了好一會兒的氣，才朝世子妃說：「您說。」

世子妃在她身邊坐下，拉了她的手，讓她再緩了兩口氣，才用一種更沈穩的口氣說道：「前方已有人來報，妳兒已在回來途中，但在前日他受了追殺，身受了一劍，因劍上有毒，他此時尚在昏迷中。」

張小碗連氣都喘不出來了，她用牙咬了舌根，疼得很了，才把話從喉嚨裡擠了出來。「我兒何時回來？」

「今日午夜子時。大夫說，昏迷中他口口聲聲喚的都是娘，到時，就讓妳灌他的藥。」

「可是無礙？吃了藥就無礙了嗎？」

「世子已準備好了猛藥。」

世子妃這話一罷，張小碗的眼淚就從眼眶裡大滴大滴地掉了下來，她怔忡地重複著那兩個字。「猛藥？」

「世子找了最好的大夫，得了那最好的藥，猛歸猛，但能救他一命。」
「什麼猛藥？」
世子妃搖了搖頭，拿出帕子拭了她臉上已經氾濫成災的眼淚。「我不知，世子只讓我告知妳，妳家小公子給他立了大功，他定會救他。妳無須信我，信世子吧。」
「我信。」張小碗從喉嚨裡擠出了這幾個字，待丫鬟領著她去房中安歇時，世子妃見她像是眼睛看不見東西一般，沒有看見門前那道門檻，就這麼被絆倒，狠狠栽在了地上。
丫鬟們都驚呼出了聲，世子妃卻見她若無其事地站了起來，還回過頭朝著她福了福腰，告罪般地笑了一下。
這時，她的鼻血已滴在了她那衣裳上，她卻渾然不覺似的。
「好好領汪夫人下去，扶著她的手。」世子妃輕搖了搖頭，等她走後，感慨地說了一句。「可憐天下慈母心。」
張小碗走後，世子妃匆匆去拜見了世子，說道她已把汪懷善的母親請來。
世子聽得她說了那婦人的表現後，便嘆道：「他所說竟然全都不假，說要幫我把金庫帶回來，他就帶了回來；說是他娘沒了他會活不下去，聽妳所說，那婦人確也是如此。這世上，竟還真有這般一句假話也不與我說的人。」
世子妃聽後也嘆道：「您都不知，饒是我這般鐵石心腸的，見著張氏那悽愴的臉，我這心都酸了起來。」

這日深夜子時，世子府後門悄無聲息地大開，一輛馬車緩緩駛入，馬車一進，那門便又被悄無聲息地快速關上，那快開快關的速度，快得就似那門從未打開過一般。

後院這時燈火通明，來往之人手腳都極快，待一位高大的武夫把一個小孩從馬車上小心地用兩手抱下後，跟隨在他身邊的兩隊侍從便緊跟著他，亦步亦趨地朝那內院快速穩步走去。

張小碗在明亮的門口看到此景，只一刻，她的眼睛就盯在了那人手上的人兒身上去了，從他的頭到他的腳，再從他的腳到他的頭，等人再近一點，她看到了他那紅得異常的臉……

她沒有出聲，更沒有撲過去喊他，她只是跟著人進了屋，看著那人把她的孩子放在了床鋪上。

「我說好的藥。」那屋子裡這時走進一白鬚老人，對著屋內便道。

「這裡！」屋外，已然有人把剛熬好的熱湯倒入碗中，快步走來，放置在他面前。

白鬚老人用手探了探，放到舌邊一嚐，便道：「灌。」

張小碗未出聲，也先未接碗，只低頭在她的小老虎耳邊輕輕地說：「娘替你先嚐了一點點，藥苦又割喉，但你得喝下去，可知？你要喝下去，才活得過來見娘。」

說完，她直起了身，把眼淚眨回了眼內，伸手端過碗，另一手掐住了他的下巴，在兩人壓住他的腿和肩膀後，她咬著牙，把藥灌了進去。

奇異地，那躺著之人竟似有了意識，慢慢地一口一口把藥吞嚥了下去，那白鬚之人見狀，喃喃了一聲。「奇了怪了……」

「何奇？何怪？」靖世子這時也已站在了門口。

「這是狼虎之藥，藥過喉嚨時有刀割之感，豈會這般平靜？」

「那你是小看我這小將了。」靖世子說到這兒，嘴上勾起了一抹殘忍的笑。「他可是踏著百人之軀趕著回來的，以後定會是我劉靖的虎將，豈會連這點疼都忍不得？」

一碗藥竟安穩地餵了進去，那老者過來探了脈後，對世子道：「辰時要是醒來，就無事了。」

「如此便好。」靖世子朝他輕輕一頷首，便對那婦人道：「張氏，妳候在這兒。」

說罷領人而走，留下了一干人等伺候。

這日天亮了一會兒，差不多快到辰時，張小碗見得了床上的人眼睛眨了眨，她屏住了呼吸，過了好一會兒，才見人完全睜開了眼睛。

汪懷善一睜開眼睛，看到他娘，那小小年紀的人竟笑嘆道：「我就知，一睜開眼，就能看到妳。那夢裡，妳說我要是好好回來，妳定會好好給我烙幾張餅，揹著我去那山間打獵，帶著狗子，去尋那群猴兒。」

「嗯。」張小碗朝他笑笑。

「妳別哭。」汪懷善伸出手，拭著她眼邊那蜿蜒而下的淚，卻是越拭越多。

張小碗點頭。「娘不哭，你別說話了，嗯？」她伸出手，摀住了他的嘴，深吸了兩口氣，才不疾不徐地說：「大夫說了，喉嚨要半個月才養得好，這半個月你就別開口了，可好？」

汪懷善看著她那張滿是淚的臉，輕輕地點了點頭。

他很是疲倦，便把張小碗的手拿起貼在臉邊，似乎這樣，他就又可以撐下去了。

在世子府休養了近十日，見過世子後，張小碗揹著汪懷善準備回村裡，同時回去的還有世子派的人，說也是懷善的手下——兵小柒、兵小捌、兵小玖。

三人身材高大，相貌醜陋。

汪懷善背地裡跟張小碗說過黑狼營裡的人，說那營裡的人好多都是身世坎坷之人，加之那與常人不同的外表，除黑狼營外的士兵不喜之餘，尋常人見著他們了也常會被他們嚇一跳。

但他和他們很合得來，他們也頗為照顧他。

張小碗也沒少烙些餅讓他帶去給他們吃，讓他們交流感情。

現下見到他們，她便也是溫和地朝他們笑笑。她未語，但平靜溫和的神情表明了她對他們的接納。

跟隨過去，這時身上無偽裝的三人一見到她此等神情，都抱拳朝她鞠了一躬，喊道了一聲「夫人」。

見到此景，汪懷善在他娘背上無聲地笑著，手還嬉鬧地扯了扯離得他最近的兵小柒的頭髮。

兵小柒被他扯了一下，微微嚇了一跳，見他在作怪，便苦笑道：「小公子別胡鬧，好好讓你娘揹著。」

汪懷善又咧開嘴巴笑，也不以為然，轉過身，在他娘背上寫字，告知她，回去他們要做得什麼。

張小碗微微笑著，離開世子那處後，帶了這三人去了世子妃那兒，跟她告別。

世子妃見了他們母子，也未讓他們行禮，她先是摸了摸汪懷善的臉，誇獎道：「真是個小英雄。」

汪懷善得意一笑，從他娘懷裡掏出一條帕子，塞給了世子妃。

「是這幾日繡的，懷善說勞您這些日子照顧我了，特讓我繡了塊帕子給您，我也就只會這個了，望您不要嫌棄。」張小碗頗有些羞赧地笑了笑。「待他能好好說話了，我就讓他過來磕頭給您道謝。」

世子妃聽得忍俊不禁，拿帕子掩了嘴笑了幾聲，才說道：「我道汪家的這小公子這麼小便會做人是從哪兒學來的，如今看來，確是從妳肚子裡出來的！才這般小小年紀，竟如此通人情世故，這上上下下的，可沒幾個人不喜他的。」

張小碗聽得便笑了一下，她身後還讓她揹著的汪懷善此時從她背上下來，問過世子妃，便拿了桌上的筆墨寫道——

待我好了，我就回來服侍世子爺與您，還給您捎件我娘做的新衣裳！

世子妃看罷，又笑了好幾聲，這才叫著婆子、丫鬟，把給他們的什物都收拾好，搬到馬車上去。

汪懷善看得了如此多的好東西，又向世子妃行了好幾個一揖到地的禮，逗得世子妃摸著臉，笑嘆著說：「這嘴又給你逗得笑疼了。」

說罷，看著在一旁微微笑著看他的張小碗，她頓了一下，便走到她面前，輕聲地與她說道：「以後有為難之處，便著人去後院跟門房報一聲即可。」

張小碗感激地朝她福了福身。「勞您記掛了。」

世子妃聽罷微微一笑，說道：「妳養了個好兒子。」

汪懷善聽到此話，朝著世子妃又作了個揖，這才拉著張小碗的手，讓他娘揹了他，娘倆和世子妃就此告了別，踏門而出。

他們走後，沒得多時，世子爺過來找世子妃一道去忠王府用膳，待到了馬車上，世子妃小聲地跟靖世子說：「我看那張氏也不是個一般的婦人。」

「怎講？」

「我看她那手心，硬是被生掰出了一塊肉，可我看她那臉，竟像無事之人一般，一點苦楚也無。」

「嗯。」靖世子沈吟了下，便說道：「我聽懷善說過，當初有人著人去他們家鬧時，是他娘挺著一口氣，才用了火棍子趕了出去。」

世子妃聽後思忖半晌，小聲地嘆道：「這婦人不易啊！」

「別道別人不易了……」靖世子伸手摟過她的腰，讓她的頭枕在他的肩上，淡道：「妳也不易。先歇一會兒，等會兒就得妳不易了。」

世子妃聽得笑出聲，她靠著他，雙手拉過他的手，用雙手把那粗大男人的手包合在她的掌心，緩緩地閉上了眼睛。

是啊，不易啊，可憐這世上的女子，不是為子，就是為夫，得不了片刻真正的安寧。

馬車一停下，孟先生已扶著大門站在那兒候著，汪懷善一下馬車，就一把跪在了他的面前，「砰砰砰」地磕了三個響頭。

孟先生扶了他起來，看著他那帶笑的臉，聽得他用還有一點沙啞的喉嚨喊了句「先生」。

「歸家了啊……」半會兒，孟先生只說了這句話。

「是啊，歸家了呢。懷善，扶了先生進屋吧。」張小碗在身後溫和地說著，同時讓家中的老僕去幫著兵小柒他們把馬牽到後院。

等一切歸置好後，張小碗又帶了兩個老僕去做飯。

那柳綠、柳紅兩個丫鬟她未帶回，汪永昭也沒強迫給她塞人，張小碗也就做好了靜候著他下一步動作的準備。

這男人的好壞，都是有目的的，她只要等著他的動作即好，無須猜太多，因為該來的總會來，躲是躲不了的。

忙完一家的吃食，在夜間，張小碗終是得了空，招呼著還在練劍的汪懷善洗澡、就寢。這近十天不能說話，也不能下床，確實憋壞了汪懷善，回家練了一會兒劍，這才把心中的憋悶發散掉了，待洗完澡，他娘給他擦頭髮時，他已有些昏昏欲睡。

等張小碗幫他擦乾，他就睡著了。

張小碗不禁有些失笑，正要把坐在她面前的小兒放在炕上躺平，卻發現她那小兒的手緊緊地抓著她衣角的一端。

她扯了兩下，竟扯不出來，而那在夢中的小兒這時又把頭往她的肩上挪，喉嚨裡輕聲地喚了一聲「娘」。

張小碗抬起了頭，把眼眶中的眼淚忍了回去，但就算是忍下了，她還是心如刀割般疼痛……

隔日，汪家來了人，是汪永重送了些滋補的藥材過來。

「聽得懷善受了些傷，爹與大哥著我先送些藥材過來。」待見過禮，在堂屋坐下，汪永重才說道：「大哥這幾日在兵營練兵未歸家，他讓我送信過來，等這幾日忙完後，他就過來看望你們。」

「勞老爺、大公子費心了。」張小碗頗為感激地道。

汪永重看了看他大嫂那感激的臉，頓了一下，只得硬著頭皮又說：「父親說了，要是村中不便，您可攜懷善回家養傷。」

「就不必如此麻煩了，」張小碗淡笑了一下，依舊和和氣氣地說：「世子爺派了好些人來照顧懷善，眼看這幾日也就好了，就不必回去了。」

「爹說，在家有祖父、父親的照看，這病情許是會……」汪永重猶豫地頓住了。

張小碗笑意盈盈地看著他，不疾不徐地說道：「說來，這也是無須的，是懷善定要回村裡的這處宅子，世子爺才准了他著家養病；要不，按世子爺的意思，他這傷還是在世子府養的好。」

汪永重聞言皺眉。他知他這大嫂根本無回汪家的意願，現話中又搭上了世子，他這話是無論如何也不能說下去了，便出聲告辭。

張小碗送了他出了堂屋的門，又叫來兵小捌，讓他送汪永重到村口。

兵小捌一見到這汪家的人，那眼一瞪，手一揚。「請！」

聽著他那咬牙切齒從嘴裡擠出的「請」字，汪永重笑了一下，待到了村口，兵小捌不在身後，他跑馬了一陣，便又改了道，往他大哥的銀虎營方向騎去。

汪永昭得了他的報信，也知了院中現下住的人員後，輕笑了數聲，就又拿了槍桿繼續操練士兵。

汪永重說罷消息後，直接回了家，與他父親稟報實情去了。

現眼下，他那小姪儼然確也得了世子的重視，加入了黑狼營，打算與他們銀虎營一別苗頭去了。

汪永重這時也才明瞭他大哥過年時，為何要與大嫂一道點鞭炮了。她是汪家婦，而他那小姪也是汪家人，他竟加入黑狼營，與他父親的銀虎營互別苗頭，這說來，就不是他們家的不是了。

這廂汪永昭操練完士兵，當夜與手下眾將議過事後，換了兵袍，未帶一個隨從，騎馬便往那葉片子村跑去。

到時已是子時，他拍了門，有老僕過來開門。

「夫人呢？」汪永昭牽馬而入，吹亮火摺子四處看了看，待看到那小兒練武的樹樁處，他牽馬過去，把他的馬拴在了那處。

「是汪大人？」那守夜的老僕老眼昏花，看過幾眼才看清行動不是一般乾脆俐落的人是誰，這才忙回道：「這般時辰了，夫人已就寢了。」

「嗯。」汪永昭說話時，已往那後院走去。

老僕看他熟門熟路的，心驚不已，忙關上了大門後就跟在了他身後，可他腳力委實是跟不上那總兵大人，就算提著燈一路小跑著過去，他也沒跟到人，等他跑到了那後院，還未進門，就聽得門內那小公子還稍帶點沙啞的大吼，在夜晚石破天驚地響起——

「哪來的毛賊，竟敢闖你爺爺家的大門！」

聽到喊聲，汪永昭未出聲，朝那堂屋快步走去，途中躲過小兒那支帶著殺氣的箭，推門而入，甩出火摺子點燃了油燈。

黑暗陡地光亮了些許起來，那小兒一見他，訝異出聲。「原來是父親大人?!」說罷收攏了手中的弓，彎腰低頭。「孩兒拜見父親大人！不知您大駕而來，望您恕罪。」

汪永昭掃了他一眼，端坐在了椅子上。

自這小兒進世子府大半年的所作所為，他要是還不知這小兒對他是陽奉陰違，那他便真是個傻的。

那老僕也提著燈籠趕來，見到此景，便對那連鞋都未著的汪懷善說：「小公子，總兵大人來了，您快快穿好衣裳出來拜見。」

汪懷善聽了一笑，眼睛看向那一言不發的汪永昭。

汪永昭未語，靜待半會兒，就聽得門外傳來了腳步聲。

隨之，那穿戴整齊的婦人走了進來，朝著他施了一禮。

「大公子。」

「免。」汪永昭這才抬眼去看汪懷善，淡淡地說：「穿好出來。」

汪懷善應了聲「是」，但沒離去，只是抬臉看了看那門外的天色。

汪永昭見狀，勾了勾嘴角。居然還想怪他深夜闖入？真是膽大包天的小兒。

「去吧，穿好了再過來給父親大人請安。」婦人此時開了口，語氣溫婉得很。

那小兒便就此退下，而那老奴看過她之後，也提了燈籠下去了。

「妳知我為何而來？」

「請大公子明示。」

看著張氏嘴邊那抹淡漠，汪永昭冷靜地說：「他去了何處？受的何傷？我是他父親，這些總該知道。世子不告知我，妳作為他的母親，是否要給我一個交代？」

「婦人確實不知。」

「不知？」汪永昭冷哼了一聲。「當真不知？張氏，他加入別營，不入我營，我未多置喙，但並不見得別人不會有什麼看法。妳當真以為他入了世子的眼，就能高枕無憂了？妳當外面人的眼睛都是瞎的?!」汪永昭大拍了下桌子，桌子抖動了好幾下。

張小碗聽得話後，冷靜地想了一會兒，才直視汪永昭道：「婦人愚鈍，請大公子把話說得更明白一些。」

「他就算與我不和，也至少把表面工夫給做全了！」汪永昭忍了忍，站起身往那門邊站了一會兒，待確定那老奴站在了門外，旁邊皆無人之後，他才回頭看著張小碗，目光冰冷，聲音卻輕得不能再輕地說道：「回頭待陛下問我，我這兒子幹什麼去了，忠王爺問我，我這兒子幹什麼去了，我一個字都答不上！張氏，妳這是置妳、置我、置汪家於何地？世子這事瞞了皇上，連他父王都瞞了，妳道這是什麼好事？

「妳端地認為只要你們攀穩了大樹，就可落地生根了？」汪永昭又走了幾步，欺近張小碗的身，在她耳邊輕輕地說：「妳可別忘了，他是為何進的世子府。」

張小碗嘴邊的笑消失了，她又朝汪永昭福了福身。「還請大公子明示。」

「妳無須一口一句大公子。」汪永昭坐下，揉了額，手撐著額頭，淡淡地說道：「這距離妳拉得再遠，妳還是汪家婦，他依舊是汪家人，回頭待我有事，你們又何嘗逃得了干係？

可他出了事，我卻有得是法子逃得了干係的。現下這境況是我活著，你們才活得下去，妳好好想想吧。」

「世子……為何不與您說？」孤燈在透進來的冷風中搖曳，渾身冰冷的張小碗垂首，輕輕地問。

「妳就非往世子那棵樹上吊不可？對他效忠卻對我不敬？」

「那是條活路。」

「活路？」汪永昭冷笑出聲。「你們就算有活路，也是本將擋在你們前面給你們留的路！」

「大公子說笑了。」張小碗聞言抬頭，輕輕地回道：「不知有多少回，我們母子只差一點就全沒了，想來大公子心裡也是有數的，您怕也是奇怪過，我們是怎麼還活著的吧？」

汪永昭的眼睛兀地瞇起，死死地盯住張小碗。

「以前的活路是怎麼走過來的，往後就怎麼走下去吧，活得一天算一天……」張小碗在他面前跪下，給他磕了個頭，疲憊至極地說：「大公子，我沒忘我是汪家婦、懷善是汪家子，只是這事世子說了說不得，我們又哪來的本事說得？」

她說罷此話，門邊響起了一道笑聲，汪懷善這時笑著走了進來，走至他娘身邊，對著汪永昭笑著說：「原來父親大人是來問我幫世子爺所辦何事去了？」

汪永昭冷冷地看著他。

汪懷善看著那張和他肖似的臉，嘆道：「只是世子爺吩咐過，這事是說不得的，父親大人要是非知道不可，孩兒明日就去世子爺那兒請示一番？」

汪永昭聞言，勾起了嘴角。「真是有天大的膽子。」

「父親大人謬讚。」汪懷善說完，拉了張小碗的手。「娘，起來吧，地上冷，妳也沒做錯事，只是聽從世子爺的吩咐，父親大人不是那等狠心之人，不會沒錯還罰妳的跪，妳趕緊起來吧。是不是，父親大人？」後頭一句，他笑著問向了汪永昭。

汪永昭用他的冷眼看著汪懷善冰冷的眼，父子倆用著完全一模一樣的冰冷眼神在此刻廝殺著，最後，汪永昭輕頷了首，讓汪懷善拉了她起來。

「娘，我餓了，想必父親大人也餓了，妳去廚房給我們弄點吃的，我和父親先好好聊聊。」汪懷善說完此話後，朝張小碗看了一眼。

張小碗看著眼神篤定的孩子，閉了閉眼，不再言語，施禮過後轉身出了堂屋的門。

張小碗端了烙餅和肉湯過來時，那父子倆僵坐在各自的椅子上，一言不發。

她走了過去，把油燈挑得亮了一些，才溫和地說：「先吃點吧。」

說後她擺了椅子過來，坐在他們中間，拿了碗給他們各舀了一碗湯，又各自放了一塊烙餅至面前。

他們沒動，她拿起餅咬了一口，喝了一口湯，先吃了起來。

等她動後，汪懷善才拿了餅，先咬了一口，喝了一口湯，等胃暖了，他一口氣把放了薑末的肉湯喝完，把碗給了他娘。「娘，再給我添一碗。」

張小碗嘴邊揚起了點笑，又給他舀了滿滿的一碗。

汪永昭見罷，也吃起了肉湯和烙餅。

待他們快要吃完，只剩最後一點時，張小碗開了口，輕輕地說：「我思來想去，剛剛懷善說的也是個法子。明日你們父子倆就去拜見世子爺一趟，當著孩子的面，大公子有什麼想問的便問世子吧。」

這時汪懷善瞪眼，張小碗朝他輕輕搖頭，溫和地道：「他是你的父親，關心你的好壞是他本該做的事，懷善，你要懂禮。」

汪懷善聽後勉強一笑。「孩子知道了。」

張小碗摸摸他的頭，抬頭朝汪永昭淒涼地一笑。「大公子，我們母子能做的只有如此了。不管大公子是怎麼看待我們的，看在懷善確也有一番本事的分上，大公子您就多多看顧他一下吧，他畢竟也是您的血脈、您的孩兒啊！」

「娘……」

張小碗從桌下緊抓住了他的手，把他不滿的話壓了下去，面上依舊哀戚地與汪永昭說道：「大公子，您道如何？」

「便如此吧。」汪永昭喝完最後一口湯，說道了此句。

隨後，他讓張小碗整理出了一間房間，他睡了過去。

等安置好汪永昭，在汪懷善的屋裡，汪懷善趴著身子，問了坐在床邊給他整理箭筒的娘。「妳知道我和他談崩了？」
「嗯。」
「怎麼知道的？」
張小碗拿著軟布擦拭著那鋒利的箭頭，淡淡地道：「聽得他那口氣，你們倆現在是各為其主了，而你跟著世子爺，是走了一條不是黑就是白的險路。兒子，他要確定你走的這條險路無論利弊，他都能得到好處。」
「娘，妳說仔細點。」
「世子要是贏了，坐上了那個位置，只要有你在，他吃不了虧，這世上沒有兒子立了功卻殺了他老子的事；世子要是沒贏，到時，他這對你盡心盡力的父親要是親手殺了你，那就是清理門戶的事了。」張小碗說到此，冷冷地笑了。「這天下的便宜，你這父親大人，真是想一人全占光了才是好。」
「……他要占光，那就占光吧。」汪懷善像是想得傻了，最後喃喃地說出了此句，說罷，他轉頭看向了他娘，說：「娘，世子是定要那位置的。」
「嗯。」
「妳不怕？」
「怕啥？」
「世子要是敗了，妳就真得跟著我去了，他有得是法子踩著我的屍體邀功，妳卻是不能的。」汪懷善趴到他娘的腿上，翻過身仰躺著，從下而上地看著他娘的臉。

「去了就去了。」張小碗笑著低頭用臉碰了碰他的臉，繼而坐正身子繼續擦著箭頭，淡淡地說：「能一道走就好。」

汪懷善發怔地看著他娘那安然的臉，看得久了，都呆了，忘了移開他的眼睛。

張小碗擦過兩支箭後，見他的眼睛還睜著，便伸出手，把他的眼睛蓋上，微笑著輕輕地說：「睡吧，就睡在娘的腿上，等你醒來，還看得見娘。無論在哪兒，不會變的，娘一直都在。」

隔日清晨，張小碗起來煮了稀飯、烙了餅，三人在後院吃了頓朝食。

飯後，送了他們到了馬上，她轉過身，走到了這時站在門口的孟先生身邊。

跟著的老僕見狀，下意識地退後了幾步，隔了些許遠，好方便讓他們說話。

世子府裡出來的下人都不同，極有分寸，這也是張小碗在小老虎把寶全押在世子身上後，沒出言阻止的原因之一。

小細節能看出大方向，那世子，不單純只是一個想坐上那個寶座的人，時日越久，張小碗就越能看出些許不同。

但僅有這些是不夠的，她同時還是一個母親，如若可以，無論如何，她都想盡力保全自己的孩子。

「無礙，多留點後路也是好的。」孟先生小聲地開口道。

張小碗轉過頭，微微啟唇。「先生，我看不透這大公子，您能嗎？」

她對時局懂得太少，更是不知在朝野上的汪永昭是何表現，但汪永昭這些年在她身上所表現出的那些鐵石心腸、虛與委蛇，在在都說明著他是個拿得起、放得下的人，他可以狠得你死在他面前都不眨一下眼，但必要時他也可以作戲讓你放低警惕矇騙你。

他太拿得起、放得下，張小碗不敢小瞧他，便只有盡力弱化自己，放低自己，但願能降低汪永昭對他們母子的警惕。

可就算如此，她也並不覺得汪永昭當真信了她，只不過是她掉幾滴眼淚，他就給她幾分臉面罷了，就像是在表彰她的識時務。

「我知之也甚少，但……」孟先生下面這句接近未發聲，張小碗離得他近，但若不仔細聽，都聽不出他那說話的聲音。「幾日前，我聽得我一老友說，昔日在這位總兵底下當過小將的人，不少都已被提拔，這朝野內外不知有多少是他的人。說來，世子此舉，何嘗不是拿懷善在挾制他？」

張小碗聞言垂首，看著地上輕輕地說：「這些，還請先生多提點懷善幾句。他年幼，尚有很多事要多教教才能放在心上。」

「嗯。」孟先生撫鬚點頭，慢慢騰騰地往前走。

張小碗也慢慢地跟在他的身後，身體內那本不熱的血更是冰涼了起來。

那日回來後，這幾日間，汪永昭日日歇在後院，汪懷善對他很是戒備，但見他根本不多看他娘一眼，他這才放了心。

過得幾日傳來消息，說忠王已不行了。

這日，忠王死於病榻，汪永昭帶著汪懷善入了忠王府，五日後懷善才回。

而世子劉靖繼承王府，被當今皇帝封為靖王。

自那日後，汪永昭不再來此，汪懷善卻住在了家中，日日受孟先生教導。

這時，時局全然已變，現今的靖王被皇帝冠以至孝之名，憐他純孝之心，特准他在家守孝三年。

說是守孝，實則是繳了他的兵權。以前忠王的勢力，一半交給了兵部尚書凌蘭，一半交與了總兵汪永昭。

黑狼營自此歸入銀虎營，受銀虎營統率。

自皇帝的詔令一下，形勢明朗，靖王已被軟禁，兵權全握在了當今皇帝的人手中。

隨之，據孟先生透露出來的前朝消息，那埋在塞外邊疆的近五十萬兩金銀，以秘密的方式陸續進入了國庫，充當國銀。

兩個月後，押送金銀的汪永昭回朝。當晚，得了黑狼營的人的信，汪懷善悄悄地與張小碗說道：「那可是隻老狐狸啊，娘，以後他說什麼妳都不要信，王爺可就是被他坑苦了！」

那天不知世子爺與他在房內說了什麼，汪懷善只知在那後，過得不久，他們尋來的銀錢就給他了，剛當王爺的世子爺就出不得門了。汪懷善覺得他這父親大人可真是壞得可以！

張小碗笑，想了一會兒，嘆道：「這些事，娘都不知，你要聽孟先生的話，要步步謹慎。娘這裡，自然有娘的主意，你無須擔心。」

「倒也是。」汪懷善想想，嘆道：「先生就不止一次誇過妳比我謹慎得多……」

幾日後，汪懷善又得了信，說皇帝在解汪永昭的權了，把他的兵印收了回去，交給了當今的國舅爺——兵部尚書凌蘭。

張小碗聽到後大驚不已，忙帶著懷善去見了孟先生。

孟先生得知後，年已老朽的他聽得癱在了椅子上，半晌後才道：「又是走到了這步了，每朝每代都逃脫不了這一步啊……」

用完了就丟，皇帝們都愛幹這種事。張小碗苦笑著與他道：「您算算，皇帝陛下還會有什麼動作？」

要是與她的孩子有關，她就不得不另做打算了。

「應僅止於此了。」孟先生搖頭嘆道：「把他的兵權削了，汪總兵也就成了個徒有虛名的空架子，沒兵權的將軍能有什麼動作？再慘也不過如此了。」

張小碗聽得鬆了一口氣，卻也嘆了一口氣。

那男人汲汲營營，卻終也敗在了上位者那點霸權獨攬的心思下，大步也就只能止於此了。

汪懷善在一旁聽得他娘嘆氣，不以為然地道：「娘妳可憐他做啥？他沒兵權，不也得了滿院子的美姨娘嗎？」

張小碗聽得笑出聲來，輕聲地與他說道：「娘不是可憐他，只是感嘆世事無常。日後，你若也如此，切莫過於計較得失，要不跌下來後，那日子可不是平常的難熬。」

如張小碗所言，汪永昭的日子不是一般的難熬，他的兵權被卸下來後，以前在他手下當過兵的那些人，凡在衙門裡有公職的，只要是被查出來的，全都被解除了公職。

就是個衙役，也被打發回了家。

這些人都上有老、下有小，年月又不好，柴米油鹽都貴，解除公職後，一時之間連養家餬口都是難事；汪永昭便私下每家送了五十兩過去，人口多的，一家人口凡在九口以上的就是百兩銀，那路途遠的，凡是他得了消息的，便也專程令他的人送了銀兩過去。

如此一來，這些年打仗積的那些銀子、上面賞賜下來的銀子，便也花了個半成以上，加上一家老少的開銷，還有家兵、家將近上百人的平常用度，汪府便也過得緊巴巴起來。

當汪永莊專寵的姨娘哭著鬧著要打一副回娘家的頭面時，引發了後院的一陣雞飛狗跳。女人們一下子過不慣這缺戴的、缺穿的體面生活，竟哭鬧了起來。

汪永昭住得心煩意亂，便回了葉片子村，提了張小碗回去。

張小碗忙了一天，把姨娘們的丫鬟賣出了二十來個，婆子們年老了，倒是沒賣。

姨娘們來跟她哭，她一笑，道：「也好，聽說妳們娘家都好得緊，我便賞了這丫鬟給妳，妳帶回家去好好過日子吧！」

這哪是回家好好過日子？這不就是被打發回家去了嗎？那哪是什麼好日子！都嫁出來了，哪戶人家養妳一個當姨娘的女兒啊？

姨娘們只得閉嘴。

張小碗在汪家待了幾天，清算了一番，能賣的都賣了，但家中的家將和家兵是賣不得也打發不走的。

這天她只得找上汪永昭，跟他商量著，淡笑著說道：「暫且把家將們先打發去了莊子處，讓他們先種種田，過過家常生活，也順便多生幾個孩子傳宗接代吧。」

汪永昭聽得狐疑地看她，張小碗由得他打量，繼續淡淡地說：「這莊子是我這兩年買來的，一共三處，田土都還算可以栽種糧食，倒也可以安置得上百口人，且讓他們先過去住吧。」

汪永昭不語，那寒目只往張小碗身上掃射。

被他看得久了，張小碗便嘆氣道：「您就別看了，早前就跟您說過了，我是汪家婦，這些莊子的錢也是您這些年給的一些及世子爺給的那些買的。我是個貧農家出來的女兒，握著銀錢不踏實，手裡要有田土才踏實，便置辦了這些，您就別多想我是怎麼個意思了。」

汪永昭聽罷，不屑地一撇嘴。「我哪有多想？是妳多想了！」

張小碗笑笑，轉回正題，依舊溫和地說：「安置好他們，家中的用度就可以減上許多了，想必二夫人也支撐得下去了。」

「嗯。」

如此便把汪總兵府大半養的人都安置了出去，家中用度確也夠用了，姨娘們也不再天天惦記著新衣裳、新頭面了，汪府便也安寧了下來。

汪永昭的那些家兵、家將拖兒帶女到了莊子處，見那房舍也好、田土也好，都歸整得很是有模有樣；住下後，請來幫忙的二十幾個胡家村人和張家兩兄弟也領著他們熟悉環境，在看過糧倉後，便也覺得這不是條壞路，他們也能好好活得下去，總兵大人沒有丟棄他們。

這日忙過一天，晚上歇息後，胡娘子輕聲地問胡九刀。「碗姊姊這是個啥意思啊，養這麼多閒人？」

「哪是閒人？」胡九刀抱著她，讓她在自個兒身上躺得舒舒服服的，這才輕聲地道：「妳沒看懷善這一整天都在跟這些人打招呼啊？他們住的這地，以後種的這田土，都是他娘用他的名義給他們的，這些人雖是那總兵大人的兵，但過得些日子，住著他的房、吃著他的糧，何嘗不也是他的兵？就這年月，妳道這邊疆會缺仗打？這二十年間，別看我們大鳳朝隔三差五的就是災，我聽得從北面來的人說，那夏人的日子更苦，就現今咱們這大熱天的，但井裡可有得是水，可他們那兒因缺水，每天都有不少人渴死，不少人聽說因吃了髒泥水，死了連腸子都發臭。等到他們又有哪個新皇帝坐上皇帝寶座了，我看這仗隔不了多久就又會打起來，到時，要是咱們懷善要上那戰場，這些人就是擋在他前面、跟在他身邊的那些人了，妳可懂？」

「還打?!懷善也要去?!」胡娘子驚了。

「要去的。」胡九刀摸摸媳婦的臉，拍拍她的背，輕聲地道：「這些事由我們男人管就好，妳別操心了，睡吧。」

「你不去吧？」胡娘子還是不安心。

「我不去。」胡九刀笑了。「我還得和妳管著汪夫人的這些宅子呢！妳當她放心交給別人啊？」

胡娘子聽罷，倒真是安心起來了。這幾處莊子都是汪娘子讓張小寶和她家的九刀弄好的，早前也說了，讓他們幫著懷善管著，因此有沒有人住，私下都是由他們管著的，藏好的米糧、藥材，也都得有個人看著，除了他們，她誰也不信。想來也是，九刀要是去了，到時就缺可信的人手用了。

把這些家兵、家將安置好後，張小碗又拿出了世子妃給她的金子，把這些全給了汪永昭。

汪永昭拿過張小碗的那百兩金子，打開一看，眼珠子在那一刻差點都瞪了出來。

這時張小碗已走遠，汪永昭中了邪地盯著那婦人的背影看，不知她到底知道他多少事情。

他極不放心，私下又叫來那盯住張小碗的探子細細盤問，卻還是沒問出什麼來。

那婦人平日除了下地種菜，做些針線活兒，跟著那孟先生下幾盤棋外，什麼也不做，也什麼人都沒見過。

汪永昭狐疑得很，只是在見那小兒沒得幾日就跟他的家將們混成一片，又想起了那婦人平日跟他所說的話，終是嘆了一口氣。

這婦人，終究是有幾許不同的。

不同的不僅是她打不趴、性子過狠，更多的是，她連怎麼收買人心都懂得，這樣的婦人，那做派竟也是能屈能伸，養出來的孩子，哪是池中之物？

受了那婦人的好，汪永昭便也默許了他的那些家將們稱呼汪懷善為小主子。

如此一來，他也就不怎麼猜測那婦人知他私下還養著另一群暗將的事了。他細細想來，看來怕也是這婦人在為那小兒鋪路，知他汪家現下缺什麼，便送來什麼堵他的嘴。

這麼多年的草木皆兵，這眼下，連個婦人他都防得如此厲害，汪永昭也對自己一時的謹慎過頭有些許不以為然了。

汪永昭對她的猜疑，張小碗是多少知道幾分的，但現眼下，她哪顧得了如此之多？

靖王妃那邊派人送來了口信，讓她攏住汪永昭，她又如何能不攏？

就算靖王那邊沒有明說，她多少也能猜得出一點，這些人私下在行詭秘之事。孟先生也說了，靖王的拘禁、汪永昭的被奪權，這些人不可能事前毫不知道，且毫無應對之舉。

張小碗自認弄不清這些人的意圖，但有一點她是知道的，那就是該做的都做了，但話一定要少說，誰也不得罪，好好地當她的睜眼瞎子。

張小碗這邊殫精竭慮，汪懷善卻是極快活的。他這些日子揚鞭縱馬，帶著兵小柒他們穿梭於各處農莊，包袱裡帶著烙餅與糖果，與那些武兵們打成一片，並帶著小孩們玩耍，逗得那些孩子唯他馬首是瞻。

他看來是如此無憂無慮，連這時來給張小碗送話的江小山見著了，都豔羨地說：「小公子可真是好快活……」

張小碗聞言便笑道：「可不就是如此。」

只是待到深夜，只有張小碗知道，累癱在床的兒子有多疲憊。

靖王在蟄伏，汪永昭在蟄伏，連帶著他，一介小兒，也不得不跟著蟄伏在後。

現實就是如此殘忍。

她選擇生下了他，她選擇帶他離開鄉下，她選擇帶他進了京城，帶著他陷進了一個又一個的泥沼；現如今，身為她心頭肉的他，就必須替他們承擔起這一個個選擇所帶來的命運。

張小碗的心因這段時日的事都麻木得很了，可在她的小老虎累得沈睡的這天夜晚，她全身都還是疼得厲害。

她必須要強忍住，才能不去後悔、不去沮喪，才能不去否定一切。

走到這步，她連疼得痛哭的力氣也沒有了，因待到明日，她還是要揚起笑意面對所有的人，要告訴她的孩子，要縱馬歡笑，偽裝不知世事。

事至如此，除了勇往直前，他們已別無他法。

等到汪家的那些家兵、家將已在莊中安置妥當後，回來已有段時日的張小弟也欲要成親了。

那姑娘家一共五個兄妹，她是家中最小的那個妹妹。

這家人窮得緊，家中只有薄田五畝，張小碗託人說親時，這家當爹的根本不信，以為是那媒婆見他家人窮來譏他，差點拿了棍子把人打出去。

還好胡娘子隨後跟了過來，她來了，那胡家村的族人才信了這事。

這當家的胡保山不明白那汪夫人怎地看上他家閨女了，胡娘子當時便也朝他明說道——

「保山叔，說來您家閨女也是託了您的福。飢荒那年，您可是去汪大夫人那兒幫她挖過地洞？」

胡保山點了頭。

「當時汪大夫人給了您三塊烙餅當工錢，您回來後，可是一口沒吃就全分給了孩子？」

胡保山便又點了頭。

「您那閨女，是不是把她那份一口未吃，趁您睡著時，塞到了您的嘴裡？」

悶不吭聲的胡保山聞言便又點了頭，這次，他低下了他那滄桑的臉，眼角有淚光。

胡娘子瞧得也是心酸，卻還是笑著接道：「這事那時我聽得三奶奶說時，都掉了淚，汪大夫人在我這兒也是聽說了這事的，她讓我與您說，她是瞧上您這滿是孝心的閨女了。也不瞞您說，她那兒弟也是遠遠地瞧了您家閨女一眼的，對她是極其滿意，說要是您不嫌棄她二弟呆笨，就請您應允了這親事。」

這胡保山是見過張小碗的，幫她做過不止一次、兩次的事，知她是什麼樣的人，也知她家是什麼樣的人家，當下哪還能有什麼話要說？很乾脆地點了頭，並說：「要是大夫人不嫌棄我家閨女，我一份聘禮也不要，說好日子，直接來我家抬人即可。」

他話是這麼說，但張小碗還是令張小弟趕了幾牛車的聘禮送了過去；可那胡保山確也是個硬漢，成親這日，令她那幾個哥哥一份不少地全抬了過來，還另打了一套櫃子來。

汪永昭坐在了宅中書房，待到黃昏，新娘子快要進門，欲到拜堂的吉時了，張小碗便過來親自請他。

路上，汪永昭皺眉與這婦人說道：「妳就不能給他們說上個好人家嗎？這一家比一家根底還不好，是怎麼回事？」

張小碗臉上笑意盈盈的，這隻耳把這話聽了，那隻耳就把這話散了，當作沒聽到。

「妳就算是瞧上了這胡家村族人的根底，不是娶那胡定家的女兒更為好？」這段時日，這婦人見了他找機會就溜，汪永昭好不容易逮到個時機能跟她說上幾句了，這話便也止不住地從嘴裡說了出來。「他家不也是有個快要及笄的小女兒？更何況，他們家有六個兄弟，比那家只四個兄弟來的強。」

這婦人要是貪圖人家根底厚，何不找那男丁多了兩口、還是胡家村族長堂叔的胡定家？比這一家只有幾畝田的人家都不知強上多少去了！

汪永昭見她笑而不語，惱了。「回話！」

張小碗一聽，立馬朝他一福，柔柔順順地說：「這親事哪能這麼算的？娶媳當娶相襯的。我那二弟您也見過，呆笨得很，那姑娘家，我聽說也是個傻的，據說餓得都快喘不上氣了，還不忘把那口吃食省給她爹吃。我看啊，這兩人極配得很，就應是一家人。」

汪永昭聽得這話，接下來的路程一路不語，等到了那前院，他揮了一下袖子，轉頭朝張小碗冷冷地道：「妳選個弟媳倒知道要選個好的，也不知教教妳的兒子，看看他現如今成了什麼樣！」

說罷，揮袖快步而去，留下他後頭的張小碗站在原地，啼笑皆非。

第二十二章

此時在前院，汪懷善正坐在那比常人要高一個頭的兵小玖肩上，往前方探頭尋著新娘子的花轎子，沒有看到花轎，卻恰巧見到汪永昭走來，便嘻嘻哈哈地在上頭朝他父親大人一拱手。「父親大人，您可來了，孩兒給您見禮了！」

那拱手他拱得歪歪斜斜，一點恭敬也無，這來做客的眾人早習慣他頑皮的習性了，見罷也只當他對著汪永昭這個當父親的面也敢淘氣，哄然大笑幾聲，便不見怪了。

汪永昭冷瞥他一眼，見他還是嬉皮笑臉瞧著他，便掠過眼神，抬腳就往堂屋走去。

進罷，朝那見到他就畏首畏尾的張氏夫婦見過禮，目不斜視地在那下首坐下。

他這廂一坐下，那屋外的汪懷善對著兵小玖的耳邊就輕語道：「他不是有病吧？我家的人就不歡喜他來，他偏生要來，還一大早就來了，我派人去潑了一桶狗血也沒趕走他！」

剛剛辦事回來的兵小玖可不知他有去潑狗血了，聽得眉毛就是一跳，忙問道：「可沒讓你娘知道吧？」

「知道了，還被她拎著耳朵去跟那王八蛋道了歉。」說罷，汪懷善有些許傷心地撇了下嘴，抱著兵小玖的頭，問他。「小玖哥，你可是要給我出出氣？」

兵小玖一聽，對張小碗的敬畏頓時下了心頭，對汪懷善的義氣居了上風，當下就拍了胸脯道：「你且看著，待會兒他回程，我就帶人去揚翻了他的馬，讓他跌個狗吃屎！」

兵小玖信誓旦旦，埋伏怎麼打都跟他兄弟說好了，卻終是成空，當晚汪永昭壓根兒就沒回去。

為此，汪懷善特地半宿就起身，去汪永昭房門前瞅了瞅，生怕他打他娘的主意。

汪永昭知他來了，半倚在床頭，朝門口掃了一眼，便拿了腰帶飛甩出去，一拉一扯，把門栓帶出，另一手拿了床邊小桌上的茶杯往汪懷善的臉上砸去。

汪懷善堪堪躲過，順勢一個驢打滾把茶杯接住，沒讓它落地砸碎，這才鬆了一口氣。

待到爬起，小聲地跟那門內的人放了句話。「算你狠！」

如此便罷，這才把茶杯揣到懷裡，打著哈欠回去睡了。

汪永昭冷哼一聲，使了腰帶關上了門，翻身繼續睡。

隔日用朝食時，誰也不願跟汪永昭一桌，張阿福在劉三娘的眼神示意下，端了他們老倆口的飯碗，跟著兒子、媳婦坐一桌去了。

一個八人的桌子，本是張小寶和趙桂桃一家三口、張小弟兩小夫妻、汪懷善，還有幫忙的胡家三口和張小妹坐得滿滿的了，但老倆口一過去，在座的眾人仍是默默無聲地挪了挪位子給他們。

此時張小碗未來，等她端了最後一盆肉湯過來時，發現堂屋正桌上只坐了那冷著臉的汪永昭。

她掃了家人一眼，誰也沒敢接她的眼神。

她在心裡微嘆了口氣，叫了小妹。「拿碗過來。」

把肉湯分了後，她這才坐在了汪永昭那桌，給汪永昭挾了餅，輕輕地說：「您吃吧。」

汪永昭未出聲，卻執起了筷。

張小碗一直小心地給他挾餅、添粥，那邊汪懷善瞟過來的不滿眼神她也視而不見。

等到朝食完畢，汪永昭喝了茶、漱了口，這才轉頭對那無法無天的小兒冷冷地說：「去拿了馬鞭，我帶你出去。」

汪懷善一聽，立馬站起身，不快從他臉上消失，他笑了起來，朝他拱手。「知道了，父親大人！」說罷，就轉身拿他的馬鞭去了。

張小碗在他背後揚聲道：「換好靴子！」

這時小妹連忙擦了嘴，起身說道：「大姊，我去幫他換！」

說完不待張小碗回應，就提著裙子追在她的外甥身後去了。

坐在主位的汪永昭冷冷地看著他們消失的方向，等到張小碗又在他身邊坐下後，他張嘴說了一句。「成何體統！」

張小碗笑而不語，當作未聽到，收拾起了桌面上的碗筷來。

汪永昭見狀，面帶冷色地掀袍而起，站到那門外去了。

他這一走，那滿滿一桌人中的好幾個都齊鬆了口氣，這吃飯的動作才快了起來。

張小碗走了過去，把張安寧抱到腿上，這才與家人一起吃起了早飯。

「真是活受罪！」張小寶在嘴裡嘀咕了一句，但他害怕他大姊，這話只敢悄悄地發了點聲，未敢真說明。

他是張小碗一手帶大的，那點習性是一清二楚的，她哪能聽不明白他嘴裡的那點嘀咕？但也沒當回事，只是拿著眼似笑非笑地掃了張小寶一眼，嚇得張小寶低下了頭。

趙桂桃見罷，在桌底下掐了他一把，靠過去小聲地說：「人都沒走，你亂說什麼？若聽見了，又得大姊去收拾！」

張小寶一聽，瞪眼道：「那妳這是在說什麼？」

「我這是好心提醒你……」趙桂桃急了。

眼看這小夫妻就這麼吵了起來，張小碗輕咳了一聲，冷冷地看向了他們，這才讓兩人歇停了下來。

門外汪永昭候到汪懷善，帶了他出門，騎馬往那農莊跑去。

小寶不解，待人走後，便問張小碗。「他帶懷善去幹什麼？」

張小碗想了想，說：「帶他去見那些家兵、家將吧。」

「他怎會如此好心？」張小寶不解。

「他吃了我們家的飯，便也是會做點事的。」張小碗朝弟弟笑笑。她本想多說幾句，但想想也作罷了。

這些事，是說道不清了。她要是讓他們對著汪永昭儘量客氣點，恐他們還會多想，以為她對他還有什麼夫妻情分，到時怕是會為她的不得他喜歡更憂心。

如此，便這麼著吧。辦完了喜事，人便也走了，不會多見著這個人的。

汪永昭在用他的方式訓練著汪懷善，也並未再對懷善一些不善的挑釁生什麼大氣，頂多就是訓斥幾句。

他對汪懷善是不喜的，張小碗也看得出來，但她並未再叫懷善做更多的忍耐，讓懷善對他時刻恭順。

說來，她捨不得。

所以，她用她的方式替他彌補，冷眼估量著汪永昭的怒火差不多要到頂了，他來時，不待他發話，就送杯茶給他喝喝。要是懷善犯的錯再大點，例如有次她兒子把汪永昭氣得臉都鐵青了，好幾日不再帶汪懷善練武，她便做了件外袍，差江小山送了過去，那日，汪永昭就又過來帶汪懷善去他的兵營了。

汪永昭也對張小碗怒斥過「慈母多敗兒」，張小碗總柔順地微笑聽著，但回頭該如何就如何，時日一長，汪永昭見到張小碗都要多吸幾口氣，生怕自己沒被那孽子氣死，就被這表裡不一的粗婦先給氣死了。

這日，有人在兵營裡給汪永昭的鞋裡送了隻死老鼠進去，汪永昭便押了汪懷善在馬上，快馬騎了回來，在大門邊他馬未停，一進到那敞開的大門，便把這小兒從馬上抓起扔到了地上，翻身下馬，對著那在院中曬乾菜的婦人大聲怒道：「妳再縱容這蠢貨下去，我便替妳收拾了他！」

汪懷善一下地就打了個滾，滾到了張小碗的腳邊，那邊汪永昭在怒吼，這邊他就在他娘的腳邊一把眼淚、一把鼻涕地哭喊：「娘、娘，父親大人要殺子，他說他要親手在妳面前殺了我！我的娘啊，妳可要為孩子作主啊！這次我可沒得罪他啊，那死老鼠進了他的鞋，他道是我幹的，可我是如何進得了他屋子放死老鼠？這可是大大的冤枉啊……」

這廂，聞聲的孟先生也從他的屋中走了出來，汪懷善一瞄到他，立馬也朝著他哭喊道：「先生、先生，您可要為我作主啊！父親大人要親手殺了我啊……」

汪永昭只說了一句，這小兒就一骨碌地說了一長串，句句都指他要殺子，頓時他氣得喘了好幾口氣，那馬鞭倏地揚起，狠快地往他身上招呼了去。

「哎喲，真要殺我了啊，真要殺我了啊！你們可看著了啊，先生、娘……」汪懷善頓時從地上跳了起來，一退就退後了好幾步，又堪堪躲過了頭兩道鞭子，饒是他身手敏捷，但汪永昭也是動了真氣，因此未再講太多情面，一揚就揚了數鞭，且有兩道打在了他的身上，抽得他叫疼。

張小碗見罷，那溫和的臉也冷了下來，迅速跑了過去，擋在了他的前面。

汪永昭那鞭眼看就要打上她的臉，極力往旁一抽，才落在了她的旁邊。這時，汪永昭已然火冒三丈，拿著馬鞭指著那婦人的臉。「妳這蠢婦，瞧妳教出的好兒子！還不快快給我滾到一邊！」

他已怒氣騰騰，那廂汪懷善一聽他罵他娘，頓時瞪大了眼，也不躲躲藏藏了，拿出小刀就割了腕上綁著的繩，眼看就要跑上前；可他剛有了那個想法，站在他前面的娘就冷不丁地轉過了頭，冷冷地橫了他一眼。頓時，汪懷善就收住了那握刀的手，慢慢地把刀子藏回了袖裡。

張小碗再次快速回頭，見汪永昭臉色截然不對，她便快步上前去扯了扯汪永昭的袖子，朝他福了一禮，迅速地說道：「是我過於縱容了，您別生氣，是我婦人之仁，您該訓的就訓，千萬別動怒。」

她說得極快，聲音卻柔得很，汪永昭聞言冷笑出聲，瞧了這手段極為厲害的婦人一眼，便怒氣沖沖地往那屋內走去。

張小碗看他是往堂屋走，便也鬆了口氣，隨即沈下臉，拉著低著頭的汪懷善到了孟先生面前，對他說：「給我跟著先生，去跟先生說道說道，你剛才犯了什麼錯！」

她話說得極重，汪懷善卻委屈不已，他不敢辯駁，只是抬起了腦袋，委屈傷心地看著他娘。

張小碗見狀，氣得冷笑出聲，拿著手指戳著他的腦門。「對我也敢如此了？你說說，你這段時間幹了多少壞事？」

「那死老鼠真不是我放的！」汪懷善還是委屈，這時他伸手過去扶住了孟先生，向他先生請求支援。「先生，這次真不是我做的！」

「那是誰做的？」張小碗聞言，也不趕著去那堂屋了，頓住了欲抬的腳步，朝她那嘴硬的小兒看去。

汪懷善見他娘一臉欲要收拾他的神情，不甘不願地說：「真不是我，是營裡的一個哥哥幹的，真真是冤枉了我。」

他只是看見了，沒說罷了。

「你敢說不是你黑狼營裡的弟兄藉你的名義出氣？」張小碗頭都疼了，小小地抽了一下他的腦袋作為教訓，又轉頭苦笑著對孟先生說：「還得請您多教教。」

「去吧，我跟他說。」孟先生見了這一齣，剛看著那年輕的總兵那一臉有氣發不出的神情也覺得好笑，但弟子確也是過於任性妄為了，他正有意要說教一番，便朝張小碗點了下頭，肅了肅臉，讓汪懷善扶了他進門。

堂屋內，汪永昭一見到那婦人進了門，便譏誚地挑起了嘴角。「怎地，這次是端茶、做袍，還是又要給我金子了？」

「給您做過的靴，那個穿著可還好？」張小碗上前，拿過白瓷水壺給他倒了杯水，溫婉笑著道。

汪永昭冷眼看著她不語。

「再給您做一雙吧？」張小碗笑了笑，把水杯雙手捧起放到了他的面前。

汪永昭垂眸，單手接過杯，飲了一口白水。

張小碗坐在了旁邊的座位上，拿起針線，剛縫了兩針，忽又想起這還是辰時，便抬頭淡道：「給您做碗麵條吧？」

汪永昭未語，張小碗瞧了他一眼，便放下了針線，去了灶房，做了三碗麵條，送了兩碗到書房，另一碗端到了堂屋。

汪永昭吃過那朝食便策馬而走，他走後，從屋子裡出來的汪懷善在空中翻了個筋斗，宅子裡，又歡笑連連起來。

回到總兵府，剛進門，聞管家就上前來輕道：「小二公子昨晚又發燒了，啼哭不休。」

汪永昭「嗯」了一聲。「我過去看看。」

說罷去了院落，小兒剛抱到手上就再次啼哭，隨即，雯兒便接了過去。看她希冀看著他的臉，他頓了頓，便坐了下來。

吃罷午膳，待回到書房，與師爺一道商議正事。

到晚間，麗姨娘那邊來了人，思及她的柔順，汪永昭便去用了晚膳，過了夜。

隔日他去了兵營，練兵不到半日，天便下起大雨，他帶兵在雨中操練半天，夜間舊傷復發，高燒不止。

營中大夫告假，翌日汪永昭回去請了大夫過來，吃了兩副藥，那刺骨的舊傷才歇停了一會兒，麗姨娘便尋了他過來哭鬧，說家中兄長被一落第秀才打折了腿，求他作主。

汪永昭抱她入懷，哄道了幾聲，哄得她破涕而笑，又在她那兒過了一夜，鬧了一宿。

隔日，打探消息的探子回來報了情況，靈麗的兄長確是被人打斷了腿，但那是因他要強娶這秀才人家的女兒，才被這家的男丁打斷了腿。

汪永昭聞罷輕輕笑了一聲，讓探子下去了。

說來他也小瞧了舊傷的傷勢，剛好了一點，又一夜損元，當夜那肩頭便疼得他冷汗不止。

他在臥房歇息，但隔三差五的時辰，不是這個女人來請，就是那個女人來邀，汪永昭心生厭煩，便揚了鞭，騎馬去了那葉片子村。

剛下馬，那婦人一見他，神情微訝，上前過來問道：「這是怎地了？」

汪永昭看著她那張根本沒表情的臉更是厭煩，嫌惡地看她一眼，越過她，朝那堂屋走去。

剛坐下歇了半會兒氣，便聽得那婦人的腳步走了進來。他睜眼，看到她手中的水盆，順勢掃過那雙粗糙的手，想及這陽奉陰違、全身上下無一處精緻的粗婦就是他的正妻，他的眉頭就不自主地皺了起來。

當那婦人浸濕了帕子往他臉上拭去，他不快地往後退了退，待冰冷的帕子讓他稍感舒適了一些，他這才頓住了臉，隨得了她去。

「去房中歇息一會兒吧。」那婦人開了口，汪永昭聽得她那聲音此時聽來還算順耳，便「嗯」了一聲。

待到躺下，聽得那婦人叫人請大夫的聲音，汪永昭便昏睡了過去。

「怎不讓他就這麼死了算了？」

汪懷善探過半邊身子，看著江小山給他那父親大人餵藥，小聲地在他娘耳邊輕輕地道。

張小碗搬了凳子坐在離床有半丈遠的地方，聽得小兒的話後，拉了他的手站在了她的面前，半抱著他不語。

待看到江小山又浪費了一碗藥，她搖了搖頭，站起了身。

剛走了一步，就被兒子拉住了手。

看到他朝她搖了搖頭，張小碗無奈地笑了，伸手摸了摸他的頭髮，輕聲地與他說：「他現今不能有事。」

「那以後呢？他有事妳還救？」汪懷善不解，輕輕與他娘耳語。

「看情況。」張小碗微笑。

看著她帶笑的眼，汪懷善這才沒再為難她，鬆開了她的手。

張小碗上前，端起了另一碗藥，掐住了汪永昭的下巴，灌進去了半口藥，手又大力地往上一推，合上了他的嘴，掐住他的下頷處，強迫喉嚨吞下了藥才鬆手，如此便繼續餵他下一口。

藥是灌進去了，但那一掐一推再狠狠一掐的手勢，別說江小山看得嚇了一大跳，連沒想到他娘手勁這麼狠的汪懷善也小嚇了一跳，瞪著眼睛看著他此時恍若天仙下凡的母親。

一碗藥，張小碗沒用多久就給灌完了，不算麻煩。她用的是灌她兒子藥時的辦法，也算是根據經驗來的，自然管用。

可以說，對汪永昭的手法她更簡潔，或者說粗暴一些，她力道用得重了一點，不像對兒子那般小心翼翼，加之汪永昭也不是小兒，潛意識一配合，這藥算是一滴都沒剩下了。
「可有看到？」張小碗把空碗放到盤中，朝江小山溫聲地問道。
江小山「啊」了一聲，張著嘴，一時之間完全沒領會過來。
「可有看到我剛剛是怎地餵藥的？晚間便如此餵就好。」張小碗溫婉地說道。
江小山把眼睛都瞪圓了，結巴道：「大……大夫人，我……我不敢……」
就是給他吃了熊心豹子膽，他也不敢啊！
他敢這麼掐大公子的下巴，回頭大公子就敢這樣掐了他的腦袋，讓他的腦袋離了他的身子！
大夫人可真是太愛說笑了！
別說江小山不敢，連旁邊聽了他娘如此說道的汪懷善也吞了吞嘴裡的口水，稍有些不忍地看了眼對他還算好的江小山。
真是好可憐，這男人這麼暴躁，要知道他一個下人這麼餵他喝藥，絕對會拿了他的馬鞭把他的腦袋揪下來！
汪永昭醒來，透過糊紙的窗看得那天色，看不出是什麼時辰，他下了地，倒了碗水喝，這才打開了門。
這時天色昏黃，恰在酉時。
他上前走了兩步，才發現身上著的是新裳，他低頭扯了腰帶看了看那裡裳，那剪裁與練武時那小兒透出來的裡裳一致，想來是出自那婦人的手。

舊傷已隱，汪永昭也不再像先前那般煩躁，便也不再覺得那婦人一無是處。提步再往前走了幾步，轉道去了前院，就聽得院子裡那婦人的聲音隱隱帶著笑意說——

「可不要在先生面前打空翻，要是傷著了先生，瞧我不打斷你的腿。」

「無妨、無妨……」那老者的聲音笑著如此道。

「才不會呢！娘親，妳看、妳看……」

汪永昭走至此處，正好看到那小兒在空中翻了兩個空翻，輕巧地落在了那孟先生的身邊。

隨之，他見到那婦人大笑著拉著他的手，把他抱到身前，拿著帕子擦了他臉上的汗，並笑吟吟說道——

「愣是這般頑皮，先生教了你這麼多禮法，也沒見你聽過娘幾次話。」

「我可聽話呢！娘，妳瞧吧，我這就不翻了。」小兒嘿嘿笑著道，剛說完，竟張了嘴，說：「娘，渴了。」

那婦人竟抬手拿了桌上水碗送到了他的嘴邊，汪永昭看到，眉頭都皺了起來。

如此溺愛，如何成大器？

恰好，那小兒往他這邊看來，一看到他，那臉上的笑便消失無蹤，轉而成了那帶著嘻嘻哈哈的戲謔頑笑。

汪永昭未多看他，眼睛一移，對上那婦人的眼。

那婦人臉上的笑倒沒消退，只是眼睛的亮光慢慢地沈了下來。

一切都變了。

汪永昭的心猛地像是被人狠狠地捶一拳，他站在原地半刻，便又若無其事地往前走。

他們不喜他又如何？

一個是他的妻，一個是他的子，他們再不歡喜他，他也是他們的天。

瞧得他走近，張小碗微笑著起了身，朝他道：「大公子醒來了？可有好點？」

那男人瞧她一眼，未理會她，只是朝孟先生拱了手。「孟先生。」

孟先生隨即也起身回了禮，彎身拱手。「汪總兵大人。」

「孟先生多禮。」汪永昭拂了手，讓他落坐。

這時那婦人移了位子，讓出了那座位，汪永昭便坐了下去，這才對著那婦人道：「去準備晚膳吧。」

那婦人笑著應了聲「是」，退步離去。

那小兒卻瞪了他一眼，汪永昭也掃了他一眼，未理會他，抬頭往那天邊的紅霞望去。

孟先生拿了茶壺，朝懷善道：「去吧，泡壺粗茶過來，我與你父親喝上半盞。」

「是。」對先生，汪懷善是恭敬的，他接過茶壺，便提了壺往那灶房走去。

「正是好景，先生好生雅興。」

他走遠後，孟先生與汪永昭說道：「懷善雖頗有些頑性，但天資甚高，說來真真是虎父無犬子啊！」

汪永昭聞言微微一笑，轉臉看向孟先生。「先生也與鄙人說這等話，想來也是有覺我虧待了他們母子。」

孟先生搖頭，見他如此開門見山，他撫了撫鬚，嘆道：「總兵大人何須出此言？天資慧敏者必自尊甚高，這小兒對你如此戒備，也因之你對他有所不喜，不是無因，總兵何須與親兒介懷？」

汪永昭聞罷不再出聲，等那小兒拿了茶壺過來，恭敬地倒了茶，端與了他與孟先生，才面呈霽顏。

待到晚間，汪永昭沐浴完，拿了他放在此的劍，欲要去那後院的空地練劍。

剛走至那通往後院的拱門，走上彎道，就聽得不遠處的空地傳來了那婦人的聲音。

只聽那婦人輕輕柔柔地說——

「娘不是欲留他住在此，且不先說他是你的父親，於道義上趕他不得，另道他教你的那些武藝，他便也算得上你的師父，來日就算你與他誓不兩立，有你死我活這天，在這天之前，你便也還是要真敬他幾分。」

「他算得上我什麼師父？」

這時，躲至暗處的汪永昭聽得那小兒竟如此不屑道。

月光下，在暗處的簷壁處探出眼睛的汪永昭見那婦人蹲下身，拿過了那小兒的劍放至一旁，雙手扶住了他的身，滿臉肅容。

「兒子，你剛操練的十二道劍法，是誰教與你的？」

「我……」那小兒支吾了一聲，不語。

「他興許不是個好父親，但他有此番武藝，不說他教與了你，就憑他的這番本事，你也必須要敬他幾分。你心中萬般瞧不起他，你可知為何靖王爺都要對他忌憚三分？可知為何釋了他的兵權，他手下還——」那婦人說到此，眼睛竟直直地往汪永昭隱匿的這處瞧來。

汪永昭下意識又隱了半步，收回了視線。

這時，他卻聽得那婦人的腳步聲往他隱身的這處走來，不過幾步，他就聽得那婦人輕聲地說——

「可是大公子來了？」

汪永昭聽得皺眉，抬頭往上看了看，試算了下以自己的身法探上那臨空樹枝且不被發現的成算。

算罷，發現離樹太遠，破綻太大，那婦人的氣息這時也仍未散去，她竟站在了那處。

汪永昭惱怒地暗哼一聲，從暗中角落走了出來，朝那婦人怒色斥道：「一介婦人，這口舌竟是如此不乾不淨、妄談言語，妳這是何來的膽子？」

他此句話惕是說得有些粗聲厲語，張小碗未在他眼中瞧出怒色，便大了膽子輕聲地說：「是婦人妄言了，還請大公子恕罪。」

說罷，朝懷善看去，示意他退下，讓她來收場。

但那廂汪懷善卻沒了解他娘的意思，只是面露奇怪，看向汪永昭說道：「你一個堂堂的總兵大人，千軍萬馬都統率過，偷偷摸摸地躲在角落偷聽我娘與我說話做啥？」

「你何時看到我偷聽？」汪永昭一笑，上前幾步，抓住了汪懷善的衣領往空中一拋，怒道：「重練！」

「練就練……」汪懷善身體一個翻躍，落到地上，拿起了他的劍，便演練起了劍法。

汪永昭看罷一眼，也抄起他的劍，一道舞了起來。

張小碗見罷，微微一笑，去了那灶房，打算弄些宵夜。

路中遇到那起來倒水喝的老奴，重扶了他進門，給他倒了水進來。

等他喝完，張小碗給他蓋好薄被出門時，那老奴抓了抓她的手，閉著眼睛含糊地道：「大夫人，您做得很好，小公子跟著他那是條路。」

說著就翻過了身，儼然入睡。

張小碗笑了笑，輕輕地闔了門，重去了那灶房。

夜間子時，張小碗煮了粥，炒了兩道肉菜、一道青菜，端著去了後院，擺放在了桌前。

井邊洗好臉和手的兩人走了過來，不待張小碗招呼，一人各占一邊，拿起筷子就挾起了菜。

汪懷善吃得極快，簡直就是在狼吞虎嚥，張小碗見罷，摸了摸他的頭，笑著說：「吃慢點，要不肚子疼。」

汪永昭聞言不滿地看了她一眼，等口中飯食嚥下，他不快地說道：「慢什麼慢？日後軍中有軍情，哪有什麼時辰讓他吃慢點？這肚子這麼嬌貴，妳何不一輩子都把他養在膝下！」

他說話如此難聽，張小碗仍是微微一笑，又把那話左耳進右耳出。

等到他吃完飯，去了那前院，汪懷善對著他的背影就是一陣齜牙咧嘴。

接著，又躍到他娘的背上，問他娘。「娘，妳可還揹得起我？」

「揹不起了。」張小碗笑著說，穩穩地揹著他收拾著桌上的碗筷。

「唉，我終究是長大了。」汪懷善索利地爬下，端起了他娘手中的碗盆，拿著往那水井去。

到了井邊，張小碗坐在井沿，微笑地看著他打水洗碗。

汪懷善忙著洗碗，抬頭間，見他娘看著他笑，他便也笑了起來，像逗他娘似地問：「可是覺得我乖巧了？」

「嗯。」張小碗笑著點點頭。

「這不算什麼。」汪懷善搖頭晃腦地說：「等過幾年，我就給妳買處大宅子，還買幾個丫鬟，妳就可以享清福了！」

「嗯。」

「娘，妳還有沒有什麼想要的？」

「娘想想……」

「妳上次也如此說道，快點想啦，急得死人！」

「娘真要再想想……」

張小碗笑著說道，見眼下他的碗洗好了，便站起了身，又與他一道走去灶房。

汪懷善把碗盆擺好，對張小碗說：「明早這些我搬去前院，妳可不要動。」

現在後院的灶房沒再開伙，都開在前院，有時他們在後院吃飯，也是從前院端過來，現下後院的灶房也就空閒了下來，偶爾有東西放在這裡，隔日也是拿到前院去用的。

汪懷善生怕張小碗又多幹活兒，特地叮囑道。

「知道了。」張小碗點點頭，牽了他的手送他上床。

「娘。」一躺在床上，汪懷善就打了個哈欠。「妳夜間要是想喝水，在隔壁叫聲我就好，我起來給妳倒。」

「知道了。」張小碗溫聲地道，待她給他蓋好薄被，床上的小兒就已經睡著了，打起了小鼾。

她不禁失笑，起身把他明日要穿的衣物整理好放到床邊，這才吹熄油燈，帶上門去了隔屋就寢。

大鳳朝永延三年九月，汪懷善年滿十三歲，吃起了十四歲的飯了。

他那天的生辰比往年的任何一個生辰都要熱鬧，張家全家都來了，汪家的幾個兄弟也來了，銀虎營與黑狼營也來了不少人，家中的宅子擠不下這麼多人，汪永昭便領著這些人去了另一處的宅子，讓汪懷善一人跑兩地敬酒，這才把酒席辦了下來。

待到他生日過後，大鳳朝的天氣也冷冽了起來，這時冷冽起來的不僅僅是天氣，朝中的形勢也是如此。

夏朝的新皇登基不滿一個月，突起攻勢，奪下了西北的雲州、滄州二州。永延皇封老將陳雲飛為定國將軍，賜他兵印，拔軍收復雲、滄二州。可惜成也老將，敗也老將，陳雲飛行軍半路，就一命嗚呼了。

下屬八百里快馬回朝稟報後，以舊疾託病在葉片子村躲皇帝的汪永昭，跟身邊的婦人冷笑了一聲，道：「死得倒是及時。」

他一臉說不出的譏誚，張小碗笑而不語。

汪永昭也只是找個人說句話，並不指望她懂得什麼，說罷就繼續看著手中的兵書。

那報信的人還站在屋中，有些窘迫地看著這時停下手中針線活兒、微笑看著他的張小碗。

「下去吧，灶房裡熬了羊湯，你去喝上幾口，再灌上一囊再走。」張小碗微笑著與他說道。

那報信之人連續幾日當著她的面給總兵報過信，已與她有些熟稔，聽罷這言，朝她略微感激一笑，抱拳施禮就退了下去。

這時汪懷善正大步走入，一進門就對他娘說：「王爺說了，讓我再候上一會兒。」

張小碗聞言皺了眉。「都與你說過了，不許再提這事。」

汪懷善看她沈下了臉，不敢再靠近，便坐到了汪永昭的另一側。

「王爺還說什麼了？」汪永昭翻過一頁，漫不經心地開口問道。

「說皇上不準備把兵印交給他，也不交給你……」汪懷善說至此，那臉色也沈了下來。

「怕是要到軍中人馬大損，他才會鬆口。」

他說罷，汪永昭未發聲，依舊好整以暇地看著他手中的兵書。

見他不語，汪懷善又等了等，見他還是不說話，便忍不住開口問道：「要是大東、蒼西都失，你也不請命嗎？」

「請什麼命？」汪永昭又翻過一頁，淡淡地道。

「到時夏人一入，東、西兩州的老百姓流離失所，全都無家可歸，你也不請命嗎？」汪懷善說到此，怒火一起，大聲地說了起來。

「我無兵權，也無統帥之職，與我何干？」汪永昭抬頭輕瞥了他一眼，淡淡地說：「皇上都不急了，你這小兒著的是哪門子的急？」

「你！」汪懷善聽後怒瞪了他一眼，轉頭便對張小碗說：「我找先生去。」

說完不待他娘回話，大步就往門外走去。

他走後，張小碗也無心手中的針線活兒了，她苦笑了一聲，小聲地朝汪永昭道：「可否託您一事？」

「說。」看著兵書的汪永昭又翻過一頁。

「到時他若非要上那戰場，能否請您讓人拖住他？」

「何解？說清楚。」汪永昭聞言，書也沒再看了，一把甩到了桌上。

那書甩到桌上時劇烈地「砰」了一聲，張小碗的眉毛不禁一跳，她沈了沈心，才輕輕地說：「他畢竟還小。」

「還小？過了十三就是十四了，他還小？」汪永昭的臉冷了下來。「妳為他殫精竭慮這麼些年，為的就是在他可立功時擋他前程？」

「再過得兩年也不遲……」

「再過兩年，這天下又得改朝換代了，還等得了他到時立功？」汪永昭聞罷，冷笑了起來。「說妳婦人之仁，妳還真是婦人之仁！真是慈母多敗兒，古人誠不欺我也。」

他這嘴裡沒幾句話是能聽的，張小碗低著頭沈默著，不再言語。

說來，這人話說得難聽，可話卻是沒錯得多少的。

懷善已經長大，他自己都想飛出去了，只有她，事到臨頭了，心中還是有一些捨不得……

等到年底，快要過春節時，大鳳在失了雲、滄兩州後，又失了大東。

皇帝召總兵汪永昭入宮，當晚，汪永昭是被抬在轎子上回的，回時尚在昏迷中，據回來的人對張小碗的說法，就是舊疾復發，命在旦夕。

過得幾日，在太醫的照顧下，汪永昭在昏迷中醒了過來，但一時間仍下不得地。這時，前線又發來八百里急報，大軍這時退到蒼西，已無法再退了。

因為再退，就要退到關西了。

關西後面，就是大鳳朝的京城——建都。

隔日，永延皇就封大鳳虎將忠王嫡子靖王為兵馬大元帥，即日啟程，大伐夏朝。

當日，汪懷善去了汪永昭現在住的臥房，給他磕了三個實實在在的響頭，又去了他娘那兒，對著門磕了十幾個頭，磕得額頭都出了血，房內的女人忍不住歇斯底里大哭後，他才忍了眼中的淚，上了那兵士牽來的馬，領著銀虎營與黑狼營的人馬，為靖王當了那前行軍。

軍馬磅礴而去，待聽不到聲音了，張小碗才摸出了房，一步一步走到那前院。她身上再也沒有了力氣，她倚著大門緩緩坐下，看著那飛揚的塵土最終落下，卻不知要到何年何月，她才能再看到那在她懷中、背上長大的小兒。

她坐在那兒半日，家中的奴僕無一人敢在這時叫她，待到夕陽西下，紅霞染紅了這個滿臉滄桑女人的臉，把她單薄的身影拖得很長很長，長得就像一條隨時可截斷的線。

這年，大鳳朝二十三年，永延三年末，張小碗二十九歲，穿來這個朝代整整二十年。

在這年末，她過上了等待她離巢的兒子回家的日子。

汪懷善離去後，張小碗有好幾天連水都嚥不下，她每天都躺在院中的椅子上，對著門怔怔地看著，就像枯萎的老藤，無絲毫生機。

孟先生來勸她，也只得了她的幾抹笑。

靖王走後，太醫也走了，裝病的汪永昭也下得了床。

這天他下了床，在旁陪著張小碗坐了半日，晚膳時，他讓僕人抬了飯桌搬到兩人之間，讓他們擺上了清粥小菜。

「用點吧。」待飯菜擺齊後，汪永昭溫和地開了口，挾了一些菜到她的碗中。

張小碗聞言轉過頭，對著他一笑，輕搖了搖頭。

「用點。」汪永昭淡淡地說：「妳總得留著條命，才等得了他回來。」

張小碗又一笑，轉臉看著大門好一會兒。這時那西下的夕陽也要落了，她閉了閉酸澀的眼，這才回過頭，坐直了身體，端起了碗筷。

她慢慢地吃著，汪永昭看罷一眼，不疾不徐地說：「用後陪我去走走。」

張小碗稍愣了一下，即又點了點頭。

待到膳後，用過茶，汪永昭站起了身，站在那兒未動。

張小碗起身緩了好一會兒，才覺得腳上有了力氣。她朝汪永昭一笑，汪永昭這才提起了步子，慢慢地往那後院走去。

待走得遠了，穿過了後院，來到了河邊，這時夜也黑了，提著燈籠的江小山走在前頭，引著他們在小路上慢慢地走著。

「過得一陣子，上面還會來人宣我入宮中，要是出事了，妳就去總兵府，主持著把家分了。」江小山走遠了幾步後，在空曠的河邊，汪永昭輕聲地開了口。

「知道了。」張小碗輕聲地應了一聲。

見她只應聲，並不多話，汪永昭便笑了，笑了幾聲，竟感慨地說：「生死之間，妳眉眼從來不眨。」

張小碗不答話，半垂著頭沈默著。

想及家中那只要有點風吹草動，便不是哭就是鬧的小妾，汪永昭頭疼地搖了搖頭，又道：「這段時日，我還是得住在這兒。」

「是。」

「不趕了？」

聽得汪永昭那略帶嘲諷的聲音，張小碗又搖了搖頭。

「答話。」

聽得命令聲，張小碗抬頭，苦笑著說：「有什麼好趕的？您有您的難處，也給了我回報，現眼下，感激您都來不及。」

「感激？」汪永昭聽得笑了起來，笑道幾聲，笑容便冷了下來。他停下了腳步，看著眼前的婦人，看著她的臉，向她那死水般的眼睛看去。「張氏，妳從未把我當成妳的夫君過，是否？」

張小碗聽罷，輕嘆了一聲，朝這有時過於直言的大公子看去，眼看著那張跟她小兒一樣的臉，她靜靜地說：「大公子，就如此吧，好嗎？」

就如此吧，她守著這處宅子，守著汪家的長孫，也守著那些他的女人們負擔不了、也承擔不了的事情。

她與汪永昭，也就如此了。

「妳真要如此？」汪永昭深沈地看了她一眼，再問道。

「是。」張小碗朝他福了福身。

「那便如此。」汪永昭也淡淡回道，再提腳，腳步也不急不緩，和前面無異，好似剛才的提議未說過一般。

算來，這種有勇有謀並有擔當的男人，換到她前世所處的時代，也是極不錯的了，只可惜，張小碗對他無意，也根本無情。

永延三年，年關將至，汪永昭與張小碗進了汪府過年。

這年汪家三公子與四公子兩家都添了丁，而二公子汪永安家則無論夫人還是姨娘，肚中皆無消息。

汪杜氏著急不已，汪余氏抱了兒子來張小碗處請安時，便與張小碗笑著道：「大嫂，我怕是二嫂操持家中事務勞心，這肚子才起不來，您還是快快回府掌家，讓她得了清閒，那孩兒怕是馬上就有了。」

「這孩子也是需要緣分的，許是時候沒到。」張小碗當下微微笑著回道。

等汪余氏走後，那汪杜氏得了信，又跑來張小碗處哭訴，說不是只有她的肚子不爭氣，今年新進門那兩個姨娘的肚子，也是同樣不爭氣的，她都不知如何是好了。

這話背後就是說——這是汪永安的問題了。

張小碗裝聽不懂，等過了年，回到葉片子村，才與汪永昭提了這事，讓他去給汪永安找個大夫看看。

汪永昭聽到此言後，甚是奇怪地看了連這種話都敢對他說的婦人，但回頭還是找了大夫給永安瞧了瞧。

大夫那兒也出了話，說問題不大，吃得幾副藥就好。永安那兒吃得一個月的藥後，沒得兩個月，他媳婦和兩個姨娘的肚子都同時大了起來。

張小碗從汪永昭這處聽罷，笑得眼淚都快掉出來了，對汪永昭說：「您瞧瞧，幾年都不來一個，這才兩個月，一來就來了三個！」

見她那大笑得沒什麼儀態的樣子，汪永昭皺了皺眉，把訓斥的話隱了下來，隨得這沒規沒矩的婦人亂笑去了。

同年四月，田裡、地裡的活兒要開始了，見張小碗要找鋤頭下土，汪永昭當下就讓江小山把家中的鋤頭、扁擔、背簍等什物都放到了後院的雜物間，拿大鎖鎖上門。

沒得兩天，就叫來了些人，把田裡、土裡的活兒按照著張小碗的意思整理妥了。

張小碗要揹弓箭入山，汪永昭一句「沒得體統」，這弓箭也繳了，眨眼就消失在了張小碗的眼前。

張小碗這才體會到了汪永昭長住在此的不便，這家中，竟是他說什麼都算，而不是她說什麼才算。

她也不是個沒什麼心思的人，見汪永昭閒得太厲害，事事都管到她頭上了，便使了法子，把「汪永昭身體好了一點點，只要悠著點，還是能人道」的消息放到汪家宅中去了。

於是沒得幾日，在那雯姨娘抱著兒子來村裡的當天，張小碗便找了藉口，說要去看望在五十里外農莊處的胡九刀一家，一大早就溜了出去。

當晚她留在莊子處過了夜，第二天一大早，正當她要溜到幾百里外的張家去住上一段時日時，汪永昭的親兵擋了她的道，她便被靖王派到她家的一個老婆子給請上了馬車，被逮了回去。

一見到她回來，在院中與孟先生下棋的汪永昭嘴邊噙了笑，笑著問她道：「胡家一家可還好？」

「好。」張小碗只得朝他福身。

「妳家呢？」汪永昭挑了挑眉，又問道。

「不知。」張小碗又福了福身。

「您看，這婦人有一樁好處，就是你從她嘴裡聽不到一句謊話……」汪永昭淡笑著朝孟先生道。

孟先生撫鬚，老僧入定地看著棋局，似是沒聽到他的話一般。

「去歇息吧。」汪永昭說罷，也專心看起了棋局。

張小碗聞言，便又朝他們福了福身，這便走了。

她一去了後院，汪永昭便斂了眉，道：「先生可曾見過臉皮如此厚的婦人？」

諷她陽奉陰違，她不僅不紅臉，還沒事人一般。

孟先生聽到此話，「啊」了一聲，茫然地看著汪永昭。「你說什麼？」

看了眼前也裝老糊塗的孟先生一眼，汪永昭搖了下頭，哼笑了一聲。「蛇鼠一窩！」

說著，拿棋而起，吃了對面的一著棋。

孟先生一見自己佈置的暗棋冷不丁被他一著就吃了，剎那眉毛倒豎，眼睛精光突現，精神百倍地盯著棋盤，繼而思索排布下一步棋勢。

汪永昭看罷他一眼，也不再多語，拿起茶杯抿了口冷茶，便起身站起，朝親兵走去。親兵在他耳邊一陣耳語，把那婦人的事告知了他，跟他所料竟然不差，汪永昭便好笑地翹起了嘴角，心道那婦人果然是好膽子，竟又敢算計他，還躲得遠遠的。

同年七月，邊關大捷，靖王爺把夏軍殺了個血流成河，終奪回了雲、滄兩州。那廂邊關傳來捷報，這廂宮裡再來人傳汪永昭入宮。

過了幾日，京城裡外便有人說靖王爺立了大功，要班師回朝了，老百姓頓時一片歡騰，奔相走告。

就在此時，京內的汪家被一隊禁衛軍守住了大門、後門，隱隱有抄家之勢。

張小碗當日買了幾簍子菜，讓留在她那兒的江小山駕了馬車，趕到了汪家。

汪家人一見到她，婦人們哭鬧不休，張小碗也不便提分家，只能聽著她們哭鬧，這時她也止不住她們的哭鬧了。

抄家的恐懼之前，就算打死幾個，也止不住她們的驚恐，只會讓這些女人們更驚慌罷了。

讓她們哭哭鬧鬧，興許心裡還能好受點。

再過得幾日，汪觀琪病得連氣都快要喘不上，眼看一腳就踏在了鬼門關時，大門前的禁衛軍散了，這幾日躲在外面的汪永莊與汪永重才傳回來了消息，說夏軍又大舉進兵，又搶回了雲州，竟從雲州直逼大東，眼看又有沿著大東進入蒼西，踏步關西之勢。

仗又打了起來，這時宮中也傳來消息，說二品總兵汪永昭在宮中舊病復發，皇上憐他是有功之臣，特令他在宮中休養，現休養好了，特准他回家。

汪永安三兄弟去宮門外接了人回來，張小碗一見，這才知汪永昭先前說的他要出事了，便要她分家這話中的「出事」，是指他要是死了，而不是她以為的他要再被打壓。

這時的汪永昭奄奄一息，與前面的裝病之態截然不同，只見他握兵器的右手上，傷口醜陋猙獰。

汪永昭這麼一回來，汪家上下全哭成了一團，不過張小碗聽著，這些哭聲裡還頗有點劫後餘生的意味，並不單單只為汪永昭在哭。

找來了大夫給汪永昭看了病，大夫照舊是那幾句套詞，說熬過去了就能活著，熬不過去就是死。

因汪永重凶狠地多看了幾眼，大夫被嚇唬住了，只得又道盡力而為。

隨之，汪家又請了幾個大夫。這時張小碗也幫著二夫人忙著內宅的安排，很多時候，她也只是輕輕提點二夫人幾句，主還是二夫人作的。

幾天下來，汪杜氏也明白張小碗根本沒有想回來掌家，也無意分她的權的意思。

這日張小碗見汪永昭病情一穩定，汪觀琪的病情也穩定了下來，便欲要回村，汪杜氏還對張小碗紅了眼眶，扶著肚子朝張小碗一臉感激地福了福腰。

張小碗也不與她多說別的，微微一笑就踏門而出。

這個汪家，是住在這裡的不少女人的家，她們在裡面爭、在裡面鬥，也在裡面活，說來真是與她無關。

她為汪家付出的，現眼下也從汪永昭那裡得到了。

而這內宅不是她的，是這些女人們的，她沒想與她們一起分享她們的男人，自然也沒必要綁在一起爭爭鬥鬥。

汪永昭醒來後，歇息了兩天，聽得那婦人又回去了葉片子村，聽後他也沒覺得有何奇怪之處。那婦人很擅長銀貨兩訖，且做事索利，抬腳即走。

汪永昭想著，要是有朝一日，他與她那小兒敵對，這婦人也會很快就過河拆橋。

她無柔美之態，心腸也堪稱狠辣，如若不是所做之事還算公平，頗講究信用，最先汪永昭也是容不下她的。

現如今，那逆子也真是自選了一條日後如若成功，定是一飛沖天的路，看在他的分上，汪永昭更是只能容她下去。

說來，對這個生死之刻還能淡定沈穩地坐於正堂的婦人，汪永昭也不得不承認，他對她是有幾許佩服之意的。

第二十三章

這年九月，前線戰事暫歇，但雲州還在夏人之手，雙方僵持不下，靖王上了請示主意的奏摺，皇帝下旨，血洗夏朝之時，就是靖王班師回朝之日。

張小碗幾日後聞罷此信，也不禁為皇帝的旨意愣了一會兒。皇帝也太毒了，這打不下夏朝，就不讓人回來了？

要是打個一、二十年，戰爭時間拖長，後方的糧草若供應不及，豈不是要餓死靖軍？

而靖王前有夏軍、後有皇帝的旨意，這時要是揭竿而起，只有死路一條。

一連好幾日，想著面對皇帝的這一步棋，靖王會如何反應，張小碗日夜難安，連江小山來報麗姨娘有孕，她也只是揮揮手，拿了錠銀子打發他走了。

江小山拿著銀子哭喪著臉回去了，上呈了大公子，大公子一看，拿著銀子在手中拋了兩下，便扔給他說：「給麗姨娘送去，就說是夫人賞的。」

江小山不解，但他確也是想不透這些主子腦子裡的彎彎曲曲，便也不再想，撓撓頭去送銀子。

不過他剛走了兩步，大公子又叫住了他，淡淡地說：「夫人這銀兩是夫人的心意，還有我的，你到帳房再取五十兩一起送去吧。」

那婦人端是如此吝嗇，就拿了錠十兩銀子的，也過於小氣了。

家中麗姨娘懷孕，汪永昭也不再像前次雯兒懷孕那般激動了。姨娘的孩子就只是姨娘的孩子，沒什麼大的出息。

像他那庶子懷玨，也三、四歲了，見著他不是哭就是躲，端是浪費了自己給他取的好名字。

被挑斷筋骨的右手恢復力氣後，這年十月初，汪永昭把總兵府交給了二弟汪永安打理，便去了汪家在葉片子村的宅子處與大夫人一道靜養。

他來了，張小碗有些奇怪。「麗姨娘不是有孕了嗎？」

汪永昭掃她一眼，指揮江小山無須把他的另一箱書搬去書房，而是搬去他的臥房後，才轉頭帶著那婦人往堂屋走，邊走邊說：「是有孕了，這是好事，但應無礙於我來此吧？」

說著轉頭看了張小碗一眼，張小碗卻聽得話中另有他意，不解地看他。

「一府的孕婦孩子、汪家的一大家子，還有府中老少婦孺皆在，父親也臥病家中，想必上面的人就不用擔心現在我這有名無實的總兵棄家跑了、反了。」見她不懂他話中的意思，汪永昭坐於堂前說了此話，等那婦人端過一碗水，他喝罷幾口才看著她又說：「妳倒是又跑得快。」

張小碗朝他福了福，自是致歉，又擇了隔桌的椅子坐下後，才對他輕輕地說：「您說，現在的這局要怎麼解？」

「什麼局？」汪永昭瞥了她一眼。「妳一介婦人，不要什麼話都要說。」

張小碗聽罷，垂下了頭。

汪永昭這人，想說時自是什麼話都與她說，不想說時，就又會說她是一介婦人，時日一長，她也是習慣了。

「船到橋頭自然直，妳無須擔心。」

「是。」

看著她低垂的頭，汪永昭心裡有些不快，不忍她如此，便又道：「妳要是不放心，我再派一隊人馬前去護他。」

「真能?!」

果真，那婦人抬起臉，驚喜地看著他。

汪永昭心裡更不舒服了，轉過頭，臉對著正門，半閉著眼歇息了起來。

剛閉上眼，那婦人明亮的眼睛就在他眼前晃動，他復又睜開，見那婦人還在看著他，他頓了頓，接而不疾不徐地說：「張氏，妳應明白，這天下沒有無成本的買賣。」

他盯著她，眼看著這婦人眼內的光慢慢滅了下去，滿意地翹起了嘴角。

這次，他閉全了眼，假寐了起來。

這婦人，聰明歸聰明，但她最好還是能明白，他才是那個說一句就算一句的人。

當今皇上忌諱靖王與他不是一日、兩日，汪永昭答應舊主忠王保靖王後，就已思慮過往後的一切。

說來，最初他也只想保靖王而已，按皇帝的意思讓靖王交出金銀，讓他在王府中守孝，不出一步，新皇讓他做的，他都做了。

當時新皇無兵權，而靖王只是皇族，奪宮名不正言不順，更是有孝在身，新皇不好在忠王逝世之後就大動他的兒子，正因誰都不易動干戈，劍拔弩張的情形便也讓他化解了下來。

如若不是短短不到三個月，新皇就解了他手中的兵權，他也不會在皇帝需舊將領兵時與靖王聯手，裝病讓路，讓靖王起復。

當時朝中四員大將，除了一個大病在身的老傢伙，另一個則是靖王的劊子手，再來就是他與靖王。

料想當初，因著當朝這種對新皇不利的局勢，哪怕他是忠王的舊部，汪永昭都以為新皇不會對他下手，要知他當初雖追隨了忠王，但同時也是向新皇效忠的，他也算是新皇的部下。

可惜，新皇不信他。

凌國舅對新皇說，他野心太大。汪永昭聞罷此言，也是覺得有幾許好笑的。他要是野心不大，他會為起初的三王爺和現在的新皇帝賣命，拿著家族搏前程嗎？就算他野心再大，能大過天？

他野心再大，充其量也不過是想擔當兵部尚書這一職而已。

可惜，這位置已經被凌國舅坐上去了，皇帝也沒那個意思讓他這個忠王的舊部擔任；因此汪永昭被逼得不得不另謀其位，不得不順忠王的意，擇靖王而棲。

朝廷上的事，他不是生就是死地過來了這麼多年，可不是要等來皇帝對他卸磨殺驢的。

這麼多的容忍與算計，不是皇帝想讓他如何就能如何的。

汪永昭小時就在戰場廝殺，知道想要活下來、要活得出人頭地，那就得去拚、去爭、去奪，更要謀劃與忍耐，這種種缺一不可。

此路不能，那他便另擇暗路而行。他就不信了，他只要一個兵部尚書的位置，他還要不到！

自汪永昭的那番話後，張小碗想了幾日，又見汪永昭跟以前無二，便當他那天那時的話另有他意，跟她認為的他對她突然又有了興趣的意思不同。

又過得幾日，見汪永昭不是看書，就是帶著江小山出去走走，或是與孟先生下棋，與她不過就是一日三頓飯時的交集，更是連多看她一眼也未曾，她便真正放下了心。

放下心之時，順勢也自嘲了一下自己想得太多。她一介粗婦，又不符合這汪大公子的審美觀，何須到了「以色謀人」，讓她替她的兒子要兵的地步？

但她這心也真是放得太早，這天夜間子時，她剛洗漱好、倒完水，正進門欲要關門歇息之際，後院突然傳來了敲門聲。

此時後院只有張小碗一人住得，聽到響聲，張小碗確實愣了一下，待到門邊問了是誰，門邊傳來了汪永昭的那聲「我」後，她真是半晌都說不出話。

「開門。」

這時又是一聲，張小碗搖了搖頭，打開了門。

門外，汪永昭淡淡地說：「我的暗兵已往大東而去了。」
張小碗看他一眼，心裡嘆了口氣，待他進來，便關了門。
她打來熱水讓他洗好臉與腳後，便鋪起了床，慢慢地與他說道：「您啊，您又不歡喜我，何苦為難您自己？」
「為難我自己？」汪永昭嗤笑了一聲。
「難道不是？」張小碗鋪了床，把床褥掀開，笑看著汪永昭。
汪永昭哼了一聲，對著那掀開的被子縫隙鑽了進去。
張小碗便掀了另一條被子鑽了進去，隨之支著腦袋，看著汪永昭，淡笑著說：「我思來想去，想來您也是個正人君子，我無意您，您也是無意於我，如若非要睡到一起，怕也是有原因吧？」
汪永昭冷哼了一聲。
張小碗笑看著他，見他還是不語，便準備下地吹熄油燈。
她腳只動了一動，汪永昭突地伸出了手，拿過她頭上束髮的銀釵朝那桌上彈去，片刻之間，那油燈便滅了。
「不知害臊的婦人！」
黑暗中，張小碗聞得了他不屑的聲音。
任他解衣上床也自平靜的張小碗笑了起來，待到一會兒，她才漸漸止了笑意。
慢慢地，身邊平白睡了一個人的氣息越來越重，可就算是多了一個人，張小碗卻是心如止水，一點波瀾也未有。這時，她眼睛也是倦了，閉上了眼準備緩緩入睡。

眼睛剛閉得一會兒，身邊的男人又發出了聲音，只聽他說——

「妳是我的正妻，我不睡在妳身邊要睡在何處？我的暗兵是我的家將，越是有本事的人，越不是愚忠之人，他們心中自有他們的成算。他們得信他們的小主子也是他們的正主，日後不會薄待替他賣命的他們，他們才賣得了這命。」

意思就是，她是正妻，他是正經的小主人，那些人才信得過他們，也才會盡力？若汪家薄待他們，想必這些人也是知道的，所以汪永昭不得不睡在她身邊，睡給他們看？

想來也是有些好笑，任何年頭啊，管你是販夫走卒還是皇帝大臣，都皆有身不由己之處。張小碗想罷勾了勾嘴角，才輕輕地回道：「我知道了，您睡吧。」

懷善走了這麼長的時日，除了念及他在邊疆的一切時，平時張小碗的心平靜得波瀾不興。

與汪永昭一道睡了幾晚後，張小碗以為他會回他的房，但他日日都睡了下來，她也沒出言相趕。

趕是趕不得的，稍多說一句這種狀似違逆的話，汪永昭心裡不定會尋思什麼，張小碗對他這方面的小心眼早已吃夠了苦頭，自然不敢在這種當口去得罪他，怕他反彈。

於是，兩人一人一被窩，夜夜睡在了同一間房。

兩人夜夜相對，早間張小碗也要伺候他洗漱與用膳，時日一久，她就當是懷善走了，她又得多照顧一人罷了。

加之汪永昭確也是與懷善長得太相似，儘管有所避嫌，但張小碗偶爾還是會多瞧上汪永昭幾眼，透過他，想著遠方的人長大了後，身形是否會和眼前的這個男人更相似一點？

想歸這樣想，但她也還是清楚地知道，這個男人不是她的懷善。她對他無厭憎之心，但也無親密之意，平時該保持距離時還是保持著距離。

除了夜間兩人睡在同一張床上，平日汪永昭也不多搭理張小碗。自他入住後院後，書房從前院搬到了後院，他的兩個親兵和江小山也住進了後院；白日上午汪永昭就關了後院的門，在裡面練武，用午膳時才回到前院，用罷午膳與孟先生下棋，或再去四處走走，待用罷晚膳再回後院。

前院靖王派過來的奴僕還當是汪總兵大病之後便起得晚，早膳也是大夫人在後面做了與他吃，便也沒懷疑什麼。

後院是張小碗個人住的地方，這些奴僕無事不會去叨擾，這對汪永昭來說是樁好事。儘管靖王的人現在跟他也是同一方的，但有些事，能不讓人知，還是不讓人親眼所知的好。

汪永昭武藝尚在，那右手廢了，左手還能用的這事張小碗是知道的，也知他上午練武，便在後院重開了灶房，每每做了早膳之餘還做了點心放置在那兒，才去了那前院。

對於她的這點兒貼心，汪永昭是受用的，張氏的照顧也讓他過了近兩個月的好日子，除了右手不再靈敏外，他的身手還是恢復了七成以上。

這時已接近年末，前方來了信，信中汪懷善說自己取了對方兩個小將的首級，被靖王大大地嘉許了一番，還賞了他一件狐皮，並說這次送信的人不便帶來，他下回找了在邊疆行商的京中商人給她捎回來。

汪永昭說過信罷，張小碗便小心地拿著信去了前院，讓孟先生唸了兩遍給她聽，聽得他說自個兒身體健康得很，便又笑了。

夜間她沒忍住，又拿了信在油燈底下看，油燈另一邊的汪永昭見了不屑地說：「看不懂還看什麼？」

看得懂的張小碗微笑地看著小兒那熟悉的字體，一個字一個字地逐字看著，真是捨不得移開眼睛。

「拿來。」汪永昭看不過去，伸出了手。

張小碗笑著給了他，聽他又給她唸了一遍。

其實她是看得懂，無須別人來唸的，但藉著別人的嘴說一遍，就似她的小兒真跟信中他所寫的那般英勇矯健，健康得每天能吃二十塊餅。

這次汪永昭唸罷最後那句「親親吾母，兒罷筆，思妳念妳，切要珍重」後，眉頭忍不住皺了起來。「都是妳教的好兒子，這般話都說得出口，哪有男兒的氣魄？這等話是誰教與他說的？沒規沒矩！」

張小碗笑著伸手拿過信，又小心地展放著看了一遍，這才有些心滿意足地嘆了口氣，伸手撫住了心口，和和氣氣地對汪永昭說：「您別瞧不慣，我聽得這話，這心口啊，就一直都想笑。」

說著又忍不住抿嘴笑了兩聲，眼中帶淚再看過一遍信，才小心地折疊了起來，拿出鑰匙打開了櫃子的門，拿起一個木盒把這信裝了進去。

鎖好了櫃門，她這才轉身對汪永昭說：「我給您燒水泡腳去。」

汪永昭看了帶笑的她一眼，把手中的書放下，站起了身。「走吧。」

張小碗便也未多話，與他一道去了灶房，讓他燒火，她便在一旁搗米。

「說了讓妳拿精米熬粥。」汪永昭見她一拿起樁米杵便道。

張小碗今晚心情好，不像平時那樣笑而不語，而是溫和地和他解釋道：「您白日已吃了兩頓精米了，早間吃頓糙米也是好的。待明早我用骨頭熬了這糙米粥出來，香香濃濃，吃得也舒適。」

實情便也是如此，用過此粥的汪永昭便不再說這粥不好，又道：「讓小山幫妳給杵好了。」

「我來吧，已是閒得慌了，這點事都不做，心裡也慌得很。」張小碗繼而柔柔地道，一臉溫婉親和。

汪永昭看了她兩眼，輕哼了一聲，便也不再言語。

等到水燒開，他提了一桶熱水、一桶冷水進了外房，看那婦人把水兌好，擰了帕子給他，他便接過，拭起了臉。

等洗好臉，手也在盆中洗了，那婦人也把洗腳水給兌好了，汪永昭便脫了鞋襪放進了木桶，等她潑水回來便道：「送信之人這兩日要再趕過去，妳明日把要給他帶的包袱收拾好了，交與他吧。」

「真能?!」那婦人聽後，連握在手中的盆都忘了擱置在架上。

汪永昭看她一眼，微微皺眉。「我說什麼妳都要再問一次？」

張小碗聞言又笑了起來，這才放下手中的洗臉盆，另兌了水洗好了臉，才走到汪永昭身邊，給他桶裡再加了點熱水後，在他身邊坐下和他笑著說道：「您別生氣，我日後定不會再問了。」

汪永昭看她一眼，「嗯」了一聲，便道：「泡好了。」

張小碗一聽，拿了那乾布過來給他，便拿了木桶出門去了，待回來又去了床榻處，把床鋪好，等著汪永昭上床。

欲等這婦人給他擦腳的汪永昭這時臉色冷得難看，張小碗不解地看他一眼，見到他躺入被窩後，她便吹熄了油燈，爬到了那裡頭，面對著牆壁睡去了。

先前她本是睡在外頭的，但汪永昭要睡在外面，張小碗也就隨得了他，反正兩人都是背對著背睡，誰睡裡面、外面都無礙。

半夜，汪永昭的頭往她這邊探了探，還在她的髮邊聞了兩下，張小碗也當不知道，閉著眼睛，呼吸未變。

來到這世道，不知有多少個夜晚她都是睡不著的，也早早學會了控制呼吸，這時只要汪永昭不突然鑽到她的被窩裡，該裝睡時她也是裝得頗像樣的。

她現在只願靖王那邊早日解了困局，她的孩子能早日回家，而她與汪永昭這算得上是半路搭夥的夫妻早早散了便好。

她早知，在男人的心裡，興趣久了，就會變成別的；就算沒有興趣，對男人來說，身邊睡著的女人只要不是太倒胃口，那手他們也是伸得出的。

眼下這當口，她唯有裝傻到底一途了。不論什麼原因，她確實不願意跟汪永昭交集深到有床事這回事。

就理智方面，她能理解汪永昭的立場，但她也不會忘記，她與她的孩子但凡軟弱一點，早就在這個男人的手下喪命了。

不恨，但介意。

更不願意與他親密。

惹不起，那就先躲著吧！

快要過年，汪府那邊已經來人請汪永昭回府，張小碗卻是不去了，跟汪永昭好聲好氣地說要留在宅子裡和孟先生一道兒過。

汪永昭的臉沈了兩天，在大年三十日這天，他冷著臉帶著江小山走了。

張小碗送他到大門口，還拿著手帕朝他揮了揮，他連眼皮都沒抬一下，根本不搭理張小碗。

待他的馬一走，張小碗鬆了一大口氣，捲起袖子就對著身邊的老僕笑著說：「走，咱們做年夜飯去！」

少了個天天擺臉色給她看的，加之又有小老虎的信給她墊底，張小碗的心情難得的輕鬆，忙著做菜、做點心，指揮著五、六個老僕把家中的家具再搗鼓了一番，移了個位置，也擺出了點新氣象來，還真真多增添了幾許過年的喜氣。

當晚，張小碗也沒讓老僕們另起一桌，她與孟先生和這幾個人圍著個大桌子一起吃了頓飯，飯罷，擺上瓜子、花生，眾人一道說說笑笑。

年老成精，在座的除了張小碗之外，個個都是上了年紀的人，肚子裡有的是故事，一個人說一個，這夜也特別好過，沒得多時就到了午夜，幾個老僕相互攙扶著，張小碗則扶著孟先生去了門邊放了鞭炮。眾人意猶未盡，又去堂屋坐了一會兒，說了會兒話，睏得不行了，這才陸續回了屋子裡去歇息。

由於張小碗帶著老婆子把堂屋收拾完了才去後院睡覺，那時已是丑時了，因此今日她起得比平日晚些，卯時還賴在床上，這時後院的門就被拍響了。

打開門一看，是老婆子和江小山站在門口。

老婆子是個嚴厲的老婦，見到張小碗，先朝她施了禮，便沈著臉指責江小山的不是。

「江小哥大年初一就把門拍得砰砰作響，聲音大得老婆子還以為有人要找咱們府的麻煩來了！」

江小山苦著臉朝著這老婆子作了個揖。「溫婆婆，再給您賠個不是，可別再說我了，大過年的，賞我點臉吧。」

老婆子哼了一聲，這時面對著張小碗，臉色卻好看了許多，她朝張小碗道：「大夫人，老奴前頭還熬著粥，先回前頭了，您再歇一會兒就過來喝粥啊？」

「知道了，去吧。」張小碗笑著道，叮囑了她一聲。「走路可要慢著些，我看今兒個結了霜，路滑得緊。」

「知道了，這就去了。」婆子露了點笑，朝她又施了禮，這才走了。

待她一走，江小山又給張小碗行了個禮，跟著張小碗進了屋，他才哭喪著臉對張小碗說：「不是小的要來煩您，是大公子說那件斗篷未給他帶回去，他要出門，便讓我過來拿。」

「那件斗篷？哪件啊？」張小碗突然「啊」了一聲，去小屋櫃子裡尋了張紅紙，又回了外屋的放錢處拿了錠銀子，包上給了江小山。

江小山眉開眼笑地接過。「謝大夫人賞銀，您過年大吉大利！」

說著把紅包揣到懷裡，又苦著臉跟張小碗說：「就是您上個月給他做的那件新的黑色斗篷。」

張小碗笑道：「那件啊？就放在箱子裡，我去給你找來。」說著笑著搖了搖頭。「這還沒下雪呢！」

「是啊，可是您也知，這話我哪敢跟大公子說？他說要穿就穿吧，小的只能前來給他拿。」江小山邊跟著她走邊抱怨，和大夫人訴著他心裡的苦。「他昨晚就難伺候得很，說我給他洗腳的水不適腳，連弄了三道水他都不喜。您不知，他一著府就沐浴完，這腳也可不洗吧？他要洗，我也沒說不給他弄水啊，可怎就這麼難伺候呢？後頭我想，他可喜歡麗姨娘吧？我還叫人請了麗姨娘過來給他洗腳，這還是我花了三個銅板子才叫三狗子去請的人，可他還踢了我一腳！大過年的，他就踢我，我可是打小就伺候他的啊，就這日子他還踢我！不像您，我一早過來，您還記得給我賞銀，他哪記得了？枉費我伺候了他這麼多年，什麼都偏心著他，以前可沒少給他半夜溜去廚房弄好吃的……」

張小碗聽罷笑了，掃了他一眼，掩不住笑意地說：「你把麗姨娘請去，打的可是鬼主意吧？」

江小山一聽大夫人可懂得很，他嘿嘿笑了，不好意思地說：「這不，我這不是想早點回嗎？我爹娘還等著我一道吃團圓飯呢，我想著麗姨娘肚子裡還有著呢，大公子再怎麼個想發脾氣，也得顧忌著點吧？」

說到這兒，他撓撓頭說：「還是您強，要是您在，沒得幾句就把他哄踏實了……」

「順著他吧，大公子也不會有什麼話說。」張小碗笑笑，把斗篷找了出來，想了想，又去前院包了一包點心給江小山，對他說：「給大公子，就說是我昨天做的，特意給他留的。」

江小山清脆地「哎」了一聲，拿著斗篷和點心走了。

這邊站在張小碗身邊的婆子拿眼睛瞄了瞄張小碗，張小碗笑了，朝她「噓」了一聲。

老婆子也覺有些好笑，嘴裡還道：「您哪，也是個會哄人的。」

哪是特意留的？昨晚上吃剩的，也敢拿去糊弄那精明狡詐得要死的汪總兵？

「也是昨兒個做的，看著可新鮮，妳不說，誰也不知道。」張小碗笑著道，又領著老婆子把熟肉切碎，另做了一道回鍋肉出來。

老婆子以前在宮裡做過事，見識過不少的風雨，這時還是不忘勸說張小碗兩句。「您啊，做事還是要做全，不留什麼把柄給人，別人也說道不了您一字半句。」

「我這不臨時想起這事嘛……」張小碗受教地點頭，笑著道：「待回頭再給他做份新的即是。」

那廂張小碗臨時想著糊弄一下汪永昭，汪永昭這邊得來了她「特意」帶給他的糕點，愣是揣到了懷裡，去給同僚拜年的路上，還停了身下的馬，拿出來捏了一塊含到嘴裡，看得江小山在一旁目瞪口呆，不知大夫人做的這糕點是有多好吃，以至於大公子走在半路上都不忘吃上一塊。

一直到正月十五日，出了節，汪永昭都沒過來，張小碗確實是鬆了一大口氣，想著那麗姨娘現今也是有三、四個月的身孕了，前線這時也沒什麼消息，汪永昭確是該好好在家陪陪愛妾了。

要說張小碗的運氣實在不怎地，她這剛鬆了口氣，這正月二十日，汪永昭就又過來了。這次他帶過來的箱子比前次搬進來的還多，把前院那院子都堵得滿滿的，江小山帶著人忙了一個上午，才把這些箱子歸置到了後院。

這些箱子裡，有書、有布還有些花瓶，張小碗在前院看著他們忙完，下午去了那後院，看著他們把那幾個大瓶子擺得到處都是。

後院那麼小，而那些個裝飾用的瓶子擺在實用性很強的院子裡實在難看得要死，她忍了忍，還是去了汪永昭的跟前，跟汪永昭小聲地說：「我看後院擺不下這麼多什物，院中您平日也是要走動的，擺這麼多怕是礙手礙腳得緊。」

汪永昭聽罷，去了那院中一趟，左右看了一下，見確實難看得緊，便對著江小山就吼：「誰讓你這麼擺的？」

江小山都快要哭出來了。「不是您說的嘛，要把值錢的什物都在夫人眼前擺上一道啊！」

汪永昭沒料到他會說得這麼直白，那利眼死死地盯住江小山，嚇得江小山小步跑到張小碗身後，直往她身後躲。

張小碗這時也略有點尷尬，見狀還是笑著開了口。「擺前院去吧，要是您來了客人，看著也大氣。」

汪永昭冷瞥了一眼，這時看得江小山探眼看他，又喝斥道：「還不趕緊去！」

說罷，一揮袖子，撇下了句「妳看著辦」，就大步去了書房。

當夜，還是張小碗去請了他，他才去了前院和孟先生一桌吃了晚膳，江小山請他都沒請得來，還讓他拿毛筆砸了臉。

汪永昭這一回來，張小碗就又過上了保母的生活，早間、晚間地伺候著汪永昭，饒是她伺候得很是小心，但這晚一進屋，她發現床上的被子少了一床。

她回過頭去看那大冬天也不怕冷、正把上半身的內衫都欲脫了的汪永昭，忍了忍，沒出聲，去了櫃子裡找備用的被子。

可一打開放被子的櫃子，裡面的被子卻不翼而飛了。

她又忍了忍，去了小老虎的房間找，可一打開放被子的櫃子，裡頭也還是沒有放置好的被子。

被子長了腳，全跑了?!

張小碗實在忍無可忍，回到房中輕聲地問汪永昭。「您知被子都哪兒去了嗎？」

汪永昭看著她，一臉漠然。「被子？嗯，我昨日來的那幾個屬下說晚上冷得緊，我就讓小山把被子找了出來，一人分了兩床。」

一人分了兩床？得冷得多厲害才一人分了兩床啊？那炕下上等木炭燒成的炭火也是白燒了不成？

張小碗硬是忍住了想嘲諷的聲音，勉強地笑了笑，說道：「怎地把您的被子也給拿去了？這豈是別人蓋得的？」

說著不待汪永昭說什麼，快步走向門，去找江小山討要那鋪蓋去。

張小碗出去了一趟，敲了江小山的門，門內沒得一聲聲響。

路過那些來拜見汪永昭的屬下們所住的客房，她也沒有走過去。回去時，路中遇見提燈守夜的老奴，聽得他問她怎麼還不就寢，她便笑道忘了拿針線籃子，過來拿一下。

說罷，還把手上的籃子給他看了一下。

她一來就去堂屋拿了這擱置在桌上的籃子，早替自己找好了說法，自然也是不想把屋內的事鬧得眾人皆知，因為這太削汪永昭的面子了，而且她也討不來分毫的好處。

問問江小山，便是無法子之下的法子。

他不應聲，便也罷了。

在這個宅子裡，無論是他還是她，現下誰還真能違抗得了汪永昭不成？

張小碗拿著籃子走了回去，推開門，見汪永昭赤著上半身靠在床頭，拿著書在油燈下看。

張小碗放下籃子，還朝前看了看，沒看得那書是倒立著拿著的，便笑著對汪永昭說：「您躺下蓋著被子吧，夜冷得緊。」

這書倒是沒拿反，就是看的內容還是昨晚看的那一頁。

汪永昭抬眼，見那婦人看著他的眼睛跟平常一致，他深深地皺了眉。

張小碗拉平了枕頭，虛扶著他躺下，笑著道：「今晚我得跟您擠一床被子了，您看可行？」

汪永昭聞言，轉正臉對著她道：「便罷。」

「多謝您。」張小碗笑著給他蓋好了被子，又問道：「那我還是睡裡頭？」

「睡裡頭就睡裡頭，哪那麼多話！」汪永昭不快地說了這麼句話，一臉嫌棄張小碗多嘴的模樣。

張小碗微笑著起了身，轉身欲要去吹熄油燈。

「妳先上來，那燈我吹。」身後，汪永昭出了聲。

張小碗只得又轉回了身，解了身上的外衣，著了裡衣爬上了床榻。

她一鑽到那被窩裡就是一股兒熱氣，汪永昭這時緊緊地盯住她，她便朝汪永昭露出了一個跟平常一樣的笑。

她太鎮定，汪永昭看得幾眼，見她完全沒有什麼多餘的反應，又看她躺進他的被窩後便略轉過了身，一副已然快睡的樣子，他便冷哼了一聲，伸出手，把這惱人得緊的婦人頭上的釵子摘了下來，彈指滅了那燈火，閉上了眼。

這夜到半夜，身邊睡著的那男人便把手搭到了她的腰上，張小碗閉著眼睛靜待了一會兒，見他沒什麼反應，便又睡了過去。

清晨間，她醒來時，發現那男人睡在她的髮邊，半張臉壓在了她的頭髮上，她無可奈何地轉過身，半推了他一下。

「怎地？」這男人便睜開了眼，眼睛裡一片清醒。

張小碗稍稍微笑了一下，小聲地說：「我要起身給您準備早膳了。」

「嗯。」汪永昭一聽，身體一鬆，復又閉上了眼，懶懶地應了一聲。

「您起起。」張小碗見他根本不動，無奈地又小聲說道了一句。

汪永昭聽得又睜眼瞪她，順著她的視線到了她的髮間。

看得一眼，他便轉過了頭，順勢離了張小碗的頭一個巴掌長的距離。

張小碗的頭髮便就此解救了出來，她起了身，剛下床穿好衣裳，就見得汪永昭下了床，張開手臂對她說——

「把我的衣裳拿來。」

張小碗默然，只得朝他福了福，先去拿了乾淨裡衫過來。

給他穿那裡衫時，避無可避，總歸是摸得了他身上的肌肉，汪永昭的身材確也是好得緊，張小碗看著也不遭罪。本也是無事的，只是剛把裡衫穿好，打好結，汪永昭下面的綢褲便支起了帳篷。

張小碗淡定地視而不見，給他穿好外袍，還蹲下身給他穿好了靴子，為他穿戴一新後，還微笑著朝他問：「給您煮糙米粥如何？還是今早您想吃點麵條？」

汪永昭一聽，想也沒想地狠狠瞪了她一眼，便頭也不回地走了。

他去了那前院，拿著馬鞭把屬下們的門全都一鞭掀開，趕著衣裳都沒穿的下屬們去了那後院的河裡操練。

大冬天的，他那些受了他的令來拜見他的眾屬下，便在還有著冰碴兒的河裡瑟瑟發抖。而為了以示將士同體，汪永昭摘了靴子，跟著也跳了下去。

江小山連滾帶爬地來給她報汪永昭在河裡幹了什麼，張小碗拿著手摀著嘴，詫異地說：「這可是冷得很吧？會著寒生病的！」說著就憂心地皺起了眉。「這可怎生是好？」

江小山聽得愁了臉，見大夫人真是什麼都不懂，只得乾笑數聲，說道：「您讓人給煮點薑湯吧，大勇他們回來可能得喝上幾碗才頂得住。」

「那可不是！」張小碗一聽，立馬對江小山說：「你快去前院叫溫婆婆煮上薑湯，我熬好粥就去。」

江小山只得領命而去，那遠去的背影都是彎著的。

他走罷，張小碗失笑地搖了搖頭，便又沈重地嘆了口氣。

現下睡在了同一個被窩，她又明擋不得，過得些時日，她難道還真能裝傻到底不成？

現如今，還真是只得掩耳盜鈴，躲得一日算一日了。

想罷，張小碗自嘲地笑了笑，便又不再多想，繼續操持手中的活兒去了。

這日子再怎麼難，也難不過以前不是生就是死的生死抉擇。

這日早上，一群漢子凍得半死地回來，下午，就被嫌他們沒用的汪永昭踢出了門。

張小碗嘆了口氣，叫江小山找了他們回來，一人包了一包袱帶回去的什物。

來的每人都是十兩的銀子、五斤的臘肉，還有一籃子花生、瓜子。那大竹籃是張小碗從村中相熟的編篾竹師傅那兒買來的，個個都既大又紮實，裝得那一籃子平常不慣吃的花生、瓜子，那也是近半兩銀去了。眾人得了一堆什物，第二次跟汪永昭道別，完全有別於第一次道別時的垂頭喪氣，這回個個臉上都有些喜氣。

這時，汪永昭的臉色便也沒再那麼難看，還說道：「回頭家中有事就來這兒找我，我不在，找夫人即可。」

「知道了。」眾人跟他辭了別，真正離去。

汪永昭那日著了小寒，終究不是很年輕的身子了，風寒一著，舊疾又發。

張小碗熬了好幾天藥餵得他喝了，喝了近七天，汪永昭這才沒疼得一夜一夜地發虛汗。

這幾日間，他發了汗，也不讓江小山來幫他擦拭，更不讓別的僕人過來幫他沐浴，這些活兒便只得張小碗幹了。

給他擦了幾天身、洗了幾遍澡，他身上能摸到的地方張小碗也全都摸了，有了這麼個過程，這半夜汪永昭突然壓上她的身，她便也沒拒絕。

這事一做，張小碗頭幾天很是不適。來這世道這麼久，勞累的生活磨得她絲毫慾望也無，平心而論，身經百戰的汪永昭那活兒幹得不錯，但張小碗這身體硬是疼了幾天，每天都是忍耐著在過。

她身如死魚，以為有得幾次，汪永昭嚐不到趣味便會放過她；哪想，他硬是連著十來個晚上都纏著她，時日一久，張小碗的身體也磨出了幾分感覺，便也不再覺得夜夜都是在上刑架。

待她一熬過，不再那麼難受、笑容也不再勉強得緊後，汪永昭的臉色也好看了起來。

這日他出了門回來，還給張小碗帶了一盒子釵子回來，裡頭有金有銀。

張小碗打開一看，見那釵子足有十支之多，她確實愣了愣，抬頭一看汪永昭看她的眼，她微動了動嘴，還是忍不住問道：「這可花了不少銀子吧？」

汪永昭一聽，那臉瞬間就冷了下來。

張小碗輕咳了一下，輕輕地說：「您那兒還有銀子嗎？」

汪永昭這下除了臉冷，眼也完全冷了下來。

張小碗再接再厲。「我那兒還有一些，便替了這釵子，還了給您吧？」

她說罷，汪永昭伸出手，狠狠地拍打了下桌子，那巨大的聲響震得張小碗都在座位上輕跳了一跳。

門邊站著的江小山更是嚇得雙手摀住耳，臉都白了。

「妳這蠢婦！」汪永昭一字一句地從嘴裡擠出這話，對張小碗惡狠狠地說罷，抬腳便走了。

他大步離去，江小山那臉便也哭喪了起來，他先是看了張小碗一眼，隨後便彎了腰，就著雙手摀住耳的身勢，害怕地急步跟在了汪永昭身後。

他們走後，一臉驚慌失措的張小碗長吁了一口氣，看著那盒釵子，輕搖了下頭，無奈地合了起來。

當夜，汪永昭未回，難得一個人睡，身上也沒人壓的張小碗算是睡了一個好覺。

第二日一早也沒見汪永昭，聽得僕人說他出門辦事去了，張小碗聽得這話，也不知汪永昭的意思，不知他是不是氣回汪府了，只得靜觀其變。

反正這事，只能是汪永昭主動回汪府，不能是她趕他回去的，要不然，她就變成了無理的那方，這事她做不得。

這夜汪永昭也沒回，張小碗已經覺得像汪永昭這種身上有傲氣的男人，是不可能再賴回一個像她這樣的「蠢婦」身邊，如此她真真是鬆了一口氣。

只是，她還是想得太好，這日大半夜的，她聽得後院的大門似是被人用腳踹得砰砰作響，她忙穿了衣裳起來，打了燈籠，剛走到院中，就見得那大門被人一腳踹開。

這時的門邊，幾個一臉驚恐的老僕提著手中的燈籠候在了一邊，而那站在中央的汪永昭一見到她，連門也沒進，便把手中那還滴著殘血的虎皮向她扔了過來，嘴裡同時冷冰冰地道——

「這妳總該歡喜了吧？拿去給妳那心肝寶貝的小兒做靴去吧！」

那張虎皮在張小碗的面前落下，那因突地揚高而起的殘血在空中躍起、舞動，最終也落在了地上。

虎皮沒砸著她，連那血滴也沒濺到她身上的任何一處。

張小碗沈默地看了那張落在她腳前一步之遠的虎皮一眼，嚥下了嘴角的嘆息，靜靜地走上前，拿出手帕給汪永昭拭那滿手的血。

「去燒幾鍋熱水。」張小碗轉頭淡淡地對一臉疲憊又哀求地看著她的江小山如此說道，說完，又轉回頭輕聲地問汪永昭。「您傷著了沒有？怎地滿手的血？」

汪永昭此時全身都很是僵硬，他深深地看了和顏悅色地看著他、眼裡還有擔憂的婦人一眼，便又僵硬地轉過頭，一語不發。

張小碗細細地拭了這冷硬得就像石頭的手，仔細瞧了瞧，沒發現傷口，又自行抓了他的另一隻手過來，仔細擦拭了一會兒，才抬頭鬆了口氣，說道：「還好沒傷著，先去沐浴一番吧？」

說著不待汪永昭回答，又對那幾個老僕人溫和地說：「我家大公子可是還有帶什物回來？煩勞你們歸置歸置，明日我再上得前院來。」

幾個老僕有些擔憂地看著她，見她朝他們笑得沈靜，便也放下了些心，提著燈籠，施了禮便告退了。

待他們一走，張小碗轉頭看了看被踢壞的門，若無其事地說：「大門壞了，明日得找村裡的木工修上一修才行。」

這時她拉了他的手進門，汪永昭沒看她，眼睛掃過那門，才僵硬地開了口。「無須，阿杉他們會修。」

阿杉他們是汪永昭的隨行親兵，這時正站在門口，聽得他的話，阿杉立馬開口，拱手朝他們這邊道：「屬下現在就著手修好，請夫人放心！」

張小碗一聽，回頭朝他們溫和地說：「明日再修也不急，且先去前面歇著吧。」

這三個親兵齊聲說道：「是。」

張小碗拉了汪永昭進了澡房，她搬木桶時，一直冷著臉的汪永昭過來幫了一把，沒讓她動手，張小碗抬頭朝他默默地看了一眼，又輕聲地道：「您渴嗎？我去給您拿裡衣，再給您端碗白水過來吧？只是白水是冷的，還是給您燒點熱水？」

「白水。」汪永昭這時開了口，又盯著張小碗道：「那皮子妳也不歡喜？」

「歡喜。」張小碗頭都疼了，但還是按捺住了內心的不耐煩，也沒面露勉強，依然溫和地說：「不急，先放在那兒吧，明日再收拾。先讓您換好了乾淨衣裳，喝上碗熱湯暖暖胃再說。」

汪永昭聞言，臉色緩和了下來，盯著張小碗的眼神也沒那般咄咄逼人，似要置人於死地般。

張小碗看了他一眼，朝他福了福。「我這就去房裡一趟，您先歇一會兒。」

汪永昭沒說話，只是待她走了兩步，他就跟在了她的身邊，明顯要跟她一道去那房裡。

張小碗沒有看他，頭垂得更低了。

這時，假若不低頭，她無法掩飾眼裡的疲倦與厭煩。

汪永昭洗完了澡，換回了乾淨的衣裳，張小碗替他擦乾頭髮，便問：「我去給您做點粥和熱湯吃吃吧？」

汪永昭聞言，便點了頭。「嗯。」

因心情好，他踩過了院中那張沒有收拾起來的虎皮，連踩了兩大腳，踩過它，走去了大門邊，看屬下就著晨光在做新木門，他看得一會兒，覺得他們動手修的這木材不好，便說：「去溪山把那幾根柚木伐來做門。」

「啊？」

「沒聽懂？」汪永昭看了他們一眼。

屬下立即恭敬躬身。「得令。」

說完便領著另外兩人去了前院，上了那馬，快馬而去。

張小碗做好膳食，服侍著汪永昭吃了，又讓他上床歇息。上床時，汪永昭也趕了她上床，她也未說一句，只是溫和地看著這個男人。

汪永昭怕是累得很了，拘著她的腰，一會兒就睡了，半張臉又壓在了她的頭髮上。

待他沈睡後，張小碗睜開了眼，漠然地看著床頂半天，才疲憊地閉上了眼。

有些事就算她不去想，日益露出的現實也在明晃晃地告訴她。這個男人是她孩子的父親，她的孩子不僅跟這個男人長得完全一樣，這兩人連性格都竟是如出一轍，對他們看上的，還有他們的情感都是那般彆扭、霸道，占有慾又是那樣狂烈，燒著自己，也定要燒著了對方才甘心。

汪永昭要得她一個笑臉，要得她一分他要的滿意，她要是不給，他就算鬧得天翻地覆，得不來他要的結果，他也不會收手吧？

一模一樣啊……

張小碗滿嘴的苦澀，這時極其困難才嚥下了口中的一口口水。

可惜的是，就算是一模一樣，如出一轍，他也不是她的孩子，她無法去愛他。

她能給他的，頂多就是因著他的身分，給他一分虛與委蛇，順著他的毛摸，而不是驚起他更多的注意。

但願時間久了，當他退了對她的這分興趣，她能從他對她的注意力裡解脫出來。

她早已累了，如果汪永昭要她的感情，她哪還有什麼感情？她又怎麼可能對他產生感情？

汪永昭這天睡了一整個白天，然後就發了狠地要了張小碗大半個晚上，張小碗沒他精力那麼好，半道就昏睡了過去，第二日午間她才醒來，忍著身上的痠疼，一臉無事地去了前院堂屋，管著家中的瑣事。

她跟平時一般沒有不同，笑得也恰到好處，跟眾人說說笑笑，一派溫婉，看在汪永昭眼裡，卻道她是極歡喜的，他便也覺得舒爽起來；待手下把砍來的柚木用了馬車運了回來，他還給了他們幾個笑臉，另也給了他們點銀子，讓他們回各自的家一趟歇息幾天。

他叫來村中的木工，便和他一道幹了起來。

第三日，木門做好，也打磨上完油後，他拉了張小碗過來看著，親手安了門。

張小碗笑著看他，待他做完，笑著說：「午膳給您做碗蛋羹吧，您看可行？」

汪永昭滿意地點點頭。「可行。」

午間張小碗進了灶房，他拿了書就坐在了靠灶房的門廊下看書，看得幾頁，就朝那灶房內瞧上一眼。

待張小碗蒸好蛋羹捧了出來，他拿著瓷勺一口一口吃了個底，一口也沒剩。

這蛋羹，他以前就見那小兒吃過，覺得那味道也不過爾爾，現今吃來，還是別有一番滋味的。

下次得了空，還得讓這婦人多做幾次給他嚐嚐不可。

汪永昭心情甚好，回總兵府住了幾天，看過老父後，便又捎了一些什物回了葉片子村。

江小山先帶了什物回來，偷偷摸摸地跟張小碗說：「大公子打仗得來的那些什物都運到您這兒來了！」

張小碗拿著帕子掩了嘴，暗想著要以什麼表情面對才好？想來想去，還是只能拿著帕子掩了嘴，作驚訝狀。

江小山見她平淡的反應略微有點不滿，又彎著腰湊到她耳邊輕輕地說：「大公子現在啊，心心念念的都是您！前兒個您得的釵子，都是他拿了兩座小金佛和小銀佛化的。」

「阿彌陀佛！」張小碗聽得顧不得作戲，隨即便合了掌，唸了句佛號，眉頭都皺了起來，嘆著氣說：「這可使不得！這佛像怎麼能化得？」

當晚汪永昭回來，張小碗便朝他說道：「我聽小山說，您給我的釵子是化了佛像得來的，這可使不得！您是戰場上出來的，多少要敬著點神佛。待明日，就讓我把釵子化了錢，捐了那寺廟吧，您看可行？」

汪永昭聽後，看了她一眼，靜坐在那兒想了半會兒，見張小碗又笑意盈盈地一直看著他，眼睛裡還有著亮光，便點了頭。「隨得了妳。」

隔日上午，汪永昭與張小碗去了離村裡五十里外的寺廟燒了香，這整整一天，汪永昭臉上都帶了淺笑。

晚間就寢時，他在張小碗的髮間親吻了兩下，且也是滿臉笑意地看著她，眼睛裡有著流光溢彩。

張小碗被他如此瞧著，最終受不住這跟她的小老虎太相似的眼睛，伸出手合上了他的眼。

汪永昭卻甚是歡喜，把頭埋在了她的胸口，無聲地笑了起來。

張小碗就勢抱著他的頭，眼裡一片嘆息。

隔日，他們起床，一人在灶房做早膳，一人在院中舞劍。

院中舞劍的男人腳步輕盈歡快，而灶房中的女人，煎好了一劑寒涼的藥，待它冷下後，一口嚥了下去……

第二十四章

待到四月，麗姨娘懷孕七個月了，總兵府來人請汪永昭回府，汪永昭打發了僕人回去，說待產的事，二夫人看著即好。

多心愛的美妾啊，張小碗前年過年在府中聽得下人說，汪永昭曾為了她，進山捉過百靈鳥，現如今，不過就是一句「二夫人看著即好」。

男人的恩愛，如鏡中花、水中月，他嚐過了他要的滋味即忘，女人要是也能像男人這般輕易說不要就不要才好，要是不能，這誤一次，大概便是誤了終身。

張小碗大概也是內心早麻木不堪了，聽過汪永昭這話後，心中也只劃過一道諷刺，隨即便也無波無緒，心裡平靜得很。

這廂汪永昭不管府中的美妾有多盼望他回去，這天他似是因此想起了什麼事，找來了大夫給張小碗把脈。

大夫來的這天，張小碗先是完全不知情，等到大夫被汪永昭領著進了後院的門，跟她說這位老大夫是什麼人後，她差一點就僵住了身體。

她硬是強忍住了情緒，即刻繃緊了神經才沒失常。

「妳快去坐著，讓大夫看看。」汪永昭說話時目光柔和，伸出手，拂過了她頰邊一綹散下的頭髮，把它塞到了耳後。

張小碗笑笑，欲要拒絕的話嚥了下去，沒再說出口。

這種時候，說多了，怕也只是多錯罷了。

待那大夫探過她的脈，左手換到右手，右手再換到左手，那脈竟探了大半個時辰之久。之後，那大夫站起身，朝一直悶不吭聲的汪永昭一躬腰。「汪總兵大人，請借一步說話。」

張小碗知道，她大概是完了。她平靜地看著汪永昭狐疑地看了那大夫一眼，又朝她看了一眼，還安撫地朝她笑了笑。

她沒有回應他的笑，只是面容平靜地看著他帶著那大夫出了堂屋的門，轉過了門廊，消失在她的眼前。

這一刻，她閉了閉眼，不知道待會兒等待她的會是什麼……

「她脈象虛寒，不易受孕？」汪永昭聞言笑了。

他殘暴中帶著血腥的笑讓大夫退了一步，硬著頭皮再道：「大人，確是如此。還有一事，老朽不知當不當講？」

「呵，」汪永昭輕笑了一聲，閉了閉眼，大抵也知道了他的意思。「說吧，說吧。」

「夫人那脈象不似是女子原體虛寒，似是一時之間……」

「似是短時間內吃寒藥吃成的？」汪永昭聽罷此言，伸出探過那藥渣的手指在鼻間聞了聞，似那味道還在他的鼻尖一般。

小山來報，說阿杉他們見得夫人晨間倒的污穢東西裡頭有藥渣，他看過那藥渣，不知是何物，還以為是他要得太多，弄疼了她，讓她不得不私下吃藥。

待拿去藥鋪問清了這是何藥，聽道是寒藥，會讓陰體更寒後，他還是不信。

現下，這專瞧婦人毛病的大夫來了，他還想欺瞞自己也是不行了。

他這般憐她惜她，可她呢？

一切都是假的。她的溫柔體貼，她溫暖的身軀，用力回抱著他的懷抱，都是假的。

說來也是，她連他的孩子都不想生了，有什麼能是真的？

汪永昭想到此，悲戚地笑了起來，笑著笑著，眼中泛起了水光。

站在背後的江小山此時抹了臉上的淚，小心地勾了那大夫的衣角，領著他出去了。

只剩下汪永昭站在那拱門前，笑聲越來越大，最後，他仰頭哈哈大笑了起來，搖著頭嘆道：「真是荒謬，想我算計半生，竟沒看透一個鄉下來的粗婦，竟是沒看透啊……」

笑罷，他去了那前院，攔過那揹著藥箱要離去的大夫，帶了他到了堂屋，讓江小山關了門，問了幾件事，遂讓江小山跟了他去拿藥。

待大夫走後，他坐在堂屋半會兒才慢慢地起了身，往那後屋走去。

後屋中，那婦人還坐在堂屋內，見得他進了那門，她靜靜地看著他，臉上一片沈靜，眼睛裡一片死水。

她一直都是這副樣子，這一刻，汪永昭才看清了她的臉和她眼裡的神情。

他不得不跟自己承認，一直以來在這個婦人眼裡，他恐怕什麼都不是。

……不，他不是什麼都不是，他是她的夫君、她頭上的天、她所有的一切！

想到此，不甘心的汪永昭急步進了那堂屋，笑著看向了婦人，他揚起了手，要把她給撕碎，打死弄殘，他要狠狠地折磨她，讓她知道違逆他的下場！

可最終，他的手揚起，卻只狠狠地拍打在了她面前的桌上。

那震耳欲聾的一聲拍擊聲，震得眼前的婦人閉了閉眼，看得她的睫毛在眼皮之間跳動，猶如失驚的蝴蝶一般，這一刻，汪永昭想著，她怎麼就那麼美？

他想著，她這麼美，他這麼歡喜她，他是她的夫君，他還派人護著她的小兒，她怎地就不替他生他的孩子呢？

她要是生，他什麼都給她。

他也會好好對待她的孩子，把他的一切都給他，不會再像對待她先前的那個小兒一般。

他會把什麼都給她的孩兒！

「我要孩子、我要孩子……」汪永昭的心揪成了一團，他把那婦人扯起，死死地抱在了懷裡，咬著牙一字一句地說：「妳要給我生我的孩子，妳不生，我殺了他，我殺了妳的小老虎！我殺了妳的兒子，我定會殺了他！」

張小碗抬頭，把眼中的淚忍了回去。

她的肩頭濕了，那埋在她肩頭的男人無聲地哭了。

她無可奈何地伸出了手，抱著他的頭，哽咽著說：「您別這樣說，您別……」

她一步一步走到這步，她還能如何啊？那戰場上，還有她的孩子啊！

「我給您生您要的孩子！」張小碗哭了出來，她把頭埋在了汪永昭的脖子，無聲地痛哭。「我給您生您的孩子……」

如若可以，她真的想死了！她太絕望，也太累了，這一年一年的，苦難似沒有盡頭，她活得太苦了。

沒有人知道，到了這步，她已經快要活不下去了！

她無聲地哭得歇斯底里，汪永昭聽得抬起了臉，眼中再無淚光，他把這婦人的臉抬起，看見她一臉的痛苦，他輕輕地說：「我原諒妳這一次，妳不要再騙我。再騙我，我就在妳面前一刀一刀把他剮了，到時我倒要看看，妳能如何？」

說罷，看著她淚如雨下的臉，他殘忍地笑了，伸出舌，一一吻過她的淚，待嚐過那片苦澀後，他把她緊緊地抱到了懷裡。

他的心也疼，疼得很是厲害，可誰人又知道？

他緊緊地抱住她，想把這個從不如他願的婦人嵌到他的骨子裡。

這時，這婦人竟反抱住了他，他聽得她帶著淚意的聲音輕輕地在他耳邊說——

「夫君，我也苦，我心裡頭也苦啊！您那般對待過我的孩子，我要如何才敢生得了第二個？我怎麼敢啊……」說著她又痛哭了起來。

汪永昭一聽她口中說道的那一聲夫君，剎那間，他的黑眸亮得就像黑幕中亮起了星光，他微鬆了那手，扶住她的肩頭，忍不住有些急急地跟她解釋。「不會，不會了！妳給我生吧，生個跟妳一模一樣的，我定會好好護在手心，再也不會對他壞了，他要什麼我就給他什麼！」

張小碗聽得又哭了起來，她閉上了眼，伸出一手把他的眼睛遮了，一手半掩了自己的眼，撫過那道流出的熱淚，再次跟他撒了謊。「你莫要騙我。」

「怎會？」汪永昭卻笑了，這一刻，他心裡實在歡喜得緊。他把她的手拿下，情不自禁地放到嘴邊親吻了一下，他忍不住地想笑，對著那並不漂亮白淨的手親了又親，才笑著跟她慢慢地說：「妳別怕，妳吃的那藥只是涼，大夫說還沒傷著身體，調養得兩個月即好，到時妳就可以有我們的孩子了。」

張小碗聽後，笑著含淚地點了點頭。這時她再也撐不下去了，就勢一倒，倒在了汪永昭的懷裡。

汪永昭以為她被他嚇著了，他殺過太多人，身上血腥味太重，她現在身子還寒著，禁不得嚇，他即刻便抱了她起來，往那臥房走去。

他邊走邊看著這婦人的臉，在她耳邊再跟她保證道：「我定會對他好的，妳且看著！」

張小碗閉著眼睛，點了點頭，把頭埋在了他的胸前，聽得他那激動的心跳聲，她緩緩地止住了淚，心中無悲無喜。

事到如今，他還在要脅著要殺了她相依為命的孩子，這讓她如何不心冷？

哭過了，她還是得接著戰鬥。

一連幾天，汪永昭都很是沈默，總是拿眼睛看著張小碗，要是探得張小碗笑意盈盈地看著他，他就別過頭，嘴角這才微微有些翹起。

張小碗也並不總是笑的，有時累極了也不願再撐著笑臉。這日在堂屋做針線活兒，坐在一邊看書的汪永昭又偏頭看她，她看過去時，臉上便沒有笑。

汪永昭的嘴角，剎那就冷了。

張小碗隨即放下手中的針線活兒，小心試探地伸出手，探到他的手，見他沒動，便拿起放在自己手中握著，又輕輕問他。「我的手是不是很粗？」

汪永昭看她一眼。

「握得你疼？」

「我的也粗。」汪永昭這時卻發了話，看得張小碗一眼，又站起了身。

當他去而復返時，手中拿了罐藥，他打開把白色的藥膏塗到了張小碗的手上，一言不發地替她抹著。

張小碗也沒說話，只是靜靜地看著他沈默的臉，想著，也許日子久了，得到了她的「愛」後，他也是會膩煩吧？

得到了，也就不過如此了。

現如今，對他好點，得來幾許恩愛吧，這樣哪怕有一天他又有了非要不可的人，看在往日這些情義上，總虧待不了她多少。

說來，這男人這點擔當還是有的。

張小碗內心斟酌了幾天，便又再次下了決定。

哭也哭過了，日子還得繼續，只能如此。

「你莫要怪我。」在幾天後，張小碗終於就那天他們的事開了第一句腔。

汪永昭看她一眼，「嗯」了一聲。

「我知您也不想對懷善不好。」張小碗伸出那隻被他搽好藥的手，摸了摸他那興許流過眼淚的頰畔，用非常輕的聲音輕輕地說：「您也不容易，是我做得不對。」

說來，就他來說，確也是不對的，他的妻子不願意給他生他的孩子，那是多大的震怒？饒是如此，那一巴掌也還是沒拍到她的臉上，算是不錯了。

汪永昭聽罷，把她的另一隻手也搽好了藥膏，才淡淡地開了口，說道：「妳好好吃藥。」

張小碗點了點頭。

現下，汪永昭已經不許她進灶房，那調身體的藥，都是江小山親手熬了與她喝，他確也還是不信她。

這倒是無妨，張小碗下了決定，便也不怕這些了。

第二日早間，她給汪永昭穿好了衣裳，便對他說：「我要去做早膳，您幫我去燒灶火，可行？」

汪永昭看得她一眼，待張小碗蹲身給他穿好靴，又踮起腳尖給他整理了一下髮帶，看著眼前飄過的那根她做的黑色髮帶，其中黑絲繡的暗紋在晨光中要仔細分辨才看得清圖樣。

他的眼睛追著那根被她放到了他身後的髮帶，又轉臉看了看她那平靜的臉，便點了點頭。

隨得她去了那灶間，燒罷柴，間隙間拿過了樁米杵搗起了米，張小碗見他的袍子垂在了地上，便在他身後彎下腰，把袍子折了折，放在了他的膝前。

見他看向她，她便淺笑了一下。「別弄髒了。」

汪永昭又看得她一眼，轉過頭專心地搗起了糙米來。

這日上午，張小寶來了他姊住處。

他在堂屋拜見過汪永昭，靜坐了一會兒，見汪永昭不走，他有些尷尬地看著他姊。

張小碗笑看了他一眼，便笑著說：「有話就說吧。」

張小寶不說話，就是拿著眼睛又小心地瞄了汪永昭兩眼。

可汪永昭還是不走。

張小寶見狀，輕咳了一聲，眼睛渴望地看著他大姊，希望她幫他拿個主意。

「說吧。」張小碗搖搖頭，開口問話。「是家中的事？」

見她開得了口，張小寶猶豫了一下，便點頭說：「是。」

「何事？」

「小妹的親事。」張小寶撓撓頭說道。

聽到此話，張小碗停了手中的針線，眉毛也輕攏了起來。「說來，我這裡有幾個人，但……」

她先前替小妹選的那幾個，小妹都不答應，現下，小妹都及笄好幾年了，再不嫁確也得成老姑娘了。

張小碗咬了牙，正要跟張小寶說，把小妹帶過來讓她管教，小寶卻朝她苦著臉說——

「咱妹子了不得，領了個男人回來，說就要嫁他！」

「領了個男人？」張小碗嘴巴微張，詫異地看著他。「從何領的？」

「路邊。」張小寶又緊張地撓了撓頭。

「路邊？」張小碗乾脆把手中正在縫圖樣的袍子放下，臉也板起來了。「是個什麼樣的男人？」

「是個乞兒。」張小寶挪了挪屁股，說完，抬頭看了看他大姊，又看了看汪永昭，見他看都不看他這邊一眼，便動了動嘴皮，鼓起勇氣小聲地說：「妳怪我吧，是我沒看好她，但這親事得妳回去作主辦了。沒得法子，咱家那丫頭前幾個晚上，拿扁擔就敲開了那人的門，說死活都要嫁他，還爬上了人家的榻……大姊，妳快回吧，要不咱家的臉都要給她丟光了！」

張小碗聽得半會兒都不知說啥好，這時她見到張小寶的屁股已經從椅子上挪了下來，蹲在地上，雙手抱頭看著她，一副怕她打的模樣，她更是哭笑不得。

「什麼樣的乞兒？」張小碗揉了揉額。「以前家在何處？現年歲多大了？」

「以前是野坳村的，刀大哥問過人了，確實不假。歲數有二十三了……」張小寶偷偷地抬眼瞄他大姊。

張小碗沒理會他這小心翼翼的模樣，想了想，又問：「怎地看上個乞兒了？總得有個原因吧？」

張小寶聽到她這話，不安地挪了挪位置，才小聲地道：「咱小妹說……說他好欺負，便嫁他。」

張小碗聽得半會兒都不知說什麼才好，她拿眼瞄了一眼身邊坐著的汪永昭，見他依然一臉漠然，不動如山地看著他的書的模樣，心裡稍稍鬆了一口氣，便回頭對張小寶說：「你看可嫁得？」

「不是嫁得不嫁得，是必須得嫁了。」張小寶見他大姊的臉色不是他先前以為的難看，便往前挪了幾步，挪到了他姊跟前，在他姊身邊輕聲地說：「咱小妹說，那漢子力大，能打架，她有一次去田裡給咱們送食，路上遇到幾個混小子，就是他幫忙打退的人。我也看了，確也是個能打架的。大姊，妳想想，咱小妹也是好不容易有個要嫁的，管他是不是家裡沒人了，還是個乞兒，咱們不計較這個，能過日子就好，咱家現又不是多養不起那一口子人。」

張小碗聽罷，看他一眼。「那人家願意嗎？」

「那乞兒？」張小寶一愣，隨即一拍大腿，大嘆道：「哎喲，都忘了問他了！咱就顧著咱小妹怎麼說了！」

他被他那膽大包天的小妹嚇得不輕，待把事問了個大概後，就直奔他大姊這兒來了。

「怎辦？我回家再問問他去？」張小寶看著他大姊問。

「問什麼問？他一介乞兒，有何話可問？」這時，汪永昭突地開了口，他先是刮了張小寶一頓。「身為長兄，替家中小妹擇了如此一樁親事，你當的什麼長兄？」斥責完他，便轉頭對張小碗道：「我營下還有幾個在京中的好兒郎，待會兒我讓小山給妳唸唸人。」

張小碗聽得無奈地笑了笑，輕聲地說：「您就別跟我說玩笑話了，您瞧瞧，依我家小妹的性子，能不如她的願嗎？現下都如此了，還是我過去先看看人吧。」

「成何體統！」想及張小碗那位這個看不上、那個也瞧不上的小妹，汪永昭也不快了起來。「聽說他們都是妳一手帶大的？」

張小碗不吭氣。

「妳看看妳，一個個都帶的什麼人！一介女子，對著婚事挑三揀四的，這般年齡了還領了那不三不四的人進家，家門都被她敗壞了！」汪永昭又斥責起了她。

這時，張小寶已然站了起來，拿著眼睛橫他。

汪永昭也一眼直視了過去，那冷酷的眼神猶如兩道冷箭。

可張小寶也毫不示弱，努力地瞪大了他的牛眼。

眼看他們就要打架一般，張小碗只得伸出手扯了扯汪永昭的衣袖，對他說：「您就別埋怨我這帶的都是什麼人了，快快幫我吩咐小山套好馬車，我得去瞧上一瞧。」

「明日再去。」汪永昭想也不想地答。

「這日頭正好，還是先過去吧？在家中我也不安得很，過去看看情況，也省得我心煩意亂。」

「妳哪會知什麼心煩意亂？」汪永昭掃她一眼，便站起了身，對著門口大喊了一聲。「江小山，過來！」

正在院中吃著夫人給他的蠶豆的江小山一聽，忙把蠶豆揣到兜裡，對正在曬太陽的孟先生小聲地說：「我家大公子叫我了，先生您看，莫不是大公子又叫我過去挨削了吧？」說著不待孟先生回答，他忙扯著喉嚨答了聲。「來了！這就來了，大公子！」

他即刻就朝堂屋跑去，待聽到只是讓他套馬車，江小山鬆了一口氣，笑嘻嘻地應了聲「是」，便走了。

這廂，屋內的張小碗聽得他對江小山說，他要和她出去一趟，微愣了愣，待汪永昭進來，她便搖著頭說：「您可不能和我一起去，家裡還得您看家呢！」

「孟先生在，有事他作主即可。」

「可是，府裡那邊……」

「我自有主張。妳這婦人恁是如此多嘴！」汪永昭瞥了張小碗一眼，淡道：「還不快去收拾，磨磨蹭蹭做啥？」

等汪永昭一走，只有張小碗和張小寶在一塊兒時，張小寶有些鬱悶地跟剛才和和氣氣地與汪永昭說話的大姊問：「大姊，妳和他……他……」

他大姊和他啥時候有這麼好了？他們的關係不是應該像仇人一樣？

張小碗聽了先沒有作聲，過得一會兒，待走到了後院，身邊無人時才說：「他是懷善的爹。」

說罷，不待大弟作何反應，便跟他問起了張阿福和劉三娘的近況來。

張小寶答罷，還是忍不住跟他大姊說：「妳真讓他去咱們家啊？爹娘肯定會被嚇得不出門，他們說他身上有好大的戾氣，這對妳不好，還以為只要懷善從戰場回來娶了媳婦，就能讓懷善把妳接了回來，住回咱家了。」

張小碗知道汪永昭心裡是非常明白張家人對他的態度，但他要去，她什麼也說不得，更不可能表現出不快。

趕了兩日急路，才到了張家住的那山谷處。

張小碗一下馬車，張家的人這時都候在了馬車邊，旁邊還有不少胡家村的人，見到他們，先給汪永昭施了大禮，這才叫起了張小碗。

張阿福老了，眼睛不好使，老伸手來勾張小碗的袖子，佝僂著勞累而直不起的腰，一聲一聲地小聲喊著。「大閨女、大閨女……」

「在這兒呢！」張小碗一個快步走到他跟前，把衣袖伸到了他手邊讓他摸著，待他安穩了，看得劉三娘也小心地跟在他身後，拉扯著他的衣袖，便朝張小妹淡淡地說：「小寶說妳的婚事說好了，大公子與我便過來瞧瞧。」

小妹頭低得埋在胸前，聽得這話，小聲地應了一聲。「喔。」

她應罷，此時她身邊那穿著青布衣，長相極其清秀的高個兒就「咚」地一聲跪在了地上。

他先是對著汪永昭那個方向磕了頭。「小的見過汪大人！」接著又回過頭，對著張小碗磕了個頭。「野坳村的趙大強給大姊磕頭了！」

說罷，抬起頭就給了張小碗一個燦爛的大笑臉，那笑得爽朗的模樣，哪有一絲一毫像個乞子？倒像是哪家氣派的公子爺！

饒是張小碗沈穩成性，但見著這麼名不副實的乞丐，她還是真愣了一下，轉過頭便對這時站在她身邊的汪永昭小聲地說：「我看確實是我家小妹占便宜了，您看看，莫不是她騙來的？」

汪永昭見這名叫趙大強的人確實極為出色，便伸腳去踢了踢他的腳，踩得他一腿的結實肌肉後，便朝張小碗「嗯」了一聲。

張小妹見狀，猛地抬頭，鼓起勇氣對汪永昭說：「大人您別欺負我家大強子。」說罷，看著汪永昭那隻踩著趙大強大腿的腳。

汪永昭看都未看她一眼，他這時收回了腳，偏頭對張小碗說：「妳看著處置吧。」

張小碗與張小妹先說了話，再叫了那趙大強進來說話，待細細地問清了他的情況後，一人默默地坐在那兒，良久未語。

劉三娘手上端了碗糖水，進了她坐的那間小屋的門，把碗塞到她手裡，在她面前坐下，頭低到她下方瞄她。「可是有什麼為難處？」

張小碗笑笑，喝過糖水，把碗放到桌上，便伸出手替她整理了下她的腰帶，幫著別了別那帶子，笑著說：「沒，就是想著小妹那兒以後可免不了些閒言碎語。」

劉三娘聽得沈默了下來，過了一會兒，嘆道：「她該得的，她自已選的路，莫要怪別人。」

帶了男人回來，吵著要嫁，這些誰家閨女都沒做過的事，她做得了，也該受這些指指點。

說來，要不是家裡哥哥縱著，頭上有姊姊頂著，這等傷風敗俗的事，早被浸了池塘了！劉三娘想想，臉都沈了下來，悄聲地和張小碗說：「快把這事辦了吧，待成親了，就好了。」

「是呢。」張小碗笑著點頭，心裡嘆了口氣。

待到夜晚吃罷晚膳，與汪永昭進了屋，一進門，汪永昭就對她說：「說吧，什麼事？」這婦人一路都沈默得異常，那眼睛靜得也異常，念及白日她跟她家人談了話，再思及那趙大強實在不像乞兒，汪永昭便知其中定有蹊蹺。

「那趙大強……」張小碗扶著桌子坐在了椅上，說罷這句沈默了一會兒，才又接著道：「據他說來，他以前還有一個父親，姓雷，他是七歲時放到趙家養的，便成了趙家的兒。」

「姓雷？」汪永昭的手指在桌上彈了彈，思索了一會兒。「名什麼？」

「說是雷板明。」

「雷板明？」汪永昭仔細地想了想，想得一會兒後站起，走到門外叫來阿杉問得幾句話後，進來對張小碗淡淡地說：「無礙，雷板明只是因職失事處宰，罪不及家眷。」

「罪不及？」張小碗笑了一笑，抬頭看他。「要是罪不及，怎地把他送人養？」好端端一個男娃兒，沒事誰家會送人？

「雷板明已死，這趙大強現也不姓雷，姓趙……」汪永昭拿起桌上的茶壺倒了杯茶，放置到張小碗面前，淡淡地說：「他早已與雷家無關，妳放心。他既姓了趙，那便得一輩子都姓趙。」

張小碗沈默地點了頭。

半夜，她睜開了眼，無聲地嘆了口氣，微動了動身體，枕著汪永昭的手臂，再次試圖入睡。

她這時實在倦極，在困頓中還是睡了過去。

待她那點輕淺的呼吸放緩後，汪永昭睜開了眼，在黑暗中，他低頭看了看婦人半低著枕在他臂間的腦袋，輕搖了下頭，低聲自言自語嘲道：「就這點小事都睡不著，那拿箭指著我的膽氣哪兒去了？」

他想來好笑，抬起手，用手穿過她落在他手邊的黑髮，感受著她溫熱的身軀，頓覺心滿意足。

在山谷處住得半月，待張小妹的婚事辦完，張小碗這才與汪永昭回了村子。

剛回宅子，總兵府那邊就來了人，說麗姨娘現身下不好了，她瘦得離奇，那肚子又小得很，大夫說要是現下不生下來，那在肚子裡的小公子怕是也會不好。

汪永昭聽得皺了眉，張小碗便朝他道：「您還是回府裡看看吧。」

「妳不回？」汪永昭看她。

「這事有二夫人看著即可。」張小碗淡淡地道。

說來她不回也是好的，汪永昭住在她這兒，若又帶她回，怕是那姨娘的心裡更難受。

「不回就不回吧，我去看看。」汪永昭聽後也沒為難她，扔下這句話，就領著江小山他們走了。

他這一去，去了十天之久，但去後的第二天，江小山一個人回來了，日日煎了那藥與張小碗吃。

十日後，汪永昭回來，晚上兩人睡在床上，他與張小碗道：「那小兒活過來了，只有我兩個巴掌大，長得不像我。」

「嗯，這是您的第三兒了，您取的什麼名字？」張小碗溫和地回道。

「還沒取，活得百日再說。」汪永昭淡淡地道，彷彿說的不是他親兒的生死。

張小碗聽罷不再吭聲，汪永昭這時轉頭看了眼躺在他臂間的她，伸出手摸了摸她的肚子，又道：「咱們的孩兒，以後就叫懷慕，字子珍。」

張小碗聽罷，朝他笑了笑。

汪永昭看得她兩眼，見她一臉平靜，用手指捲了她的頭髮玩了一會兒，便道：「我以後教妳識字。」

張小碗聽了閉了閉眼，復又睜開說道：「我識得幾個字。我娘是秀才公的孫女，她識得幾個，我也識得幾個，只是不多。」

「識得哪幾個？」汪永昭聽了一怔，隨後問道。

張小碗說了那幾個常用的字，汪永昭問罷，問到她不會寫他的名，便道：「明日我再教妳認得幾個。」

張小碗只得笑笑，又是半夜思慮無眠。

翌日，汪永昭真教起了她認字，只是剛寫了他的名讓她臨摹，汪府那邊，汪杜氏親自前來拜見，說麗姨娘從黑燕樓的樓上跳了下來，摔斷了腿，只剩半口氣，嘴裡句句都在喚著他的名。

汪杜氏說罷，還抹了淚。

張小碗半垂著頭坐在那兒，臉上沒什麼表情，心中也無波無緒。

當日汪永昭就走了，半個月沒有回來，連本還在的江小山，過了幾天也回汪府了。

又過得一陣子，七月的天氣炎熱了起來，算來汪永昭也有一個多月沒過來了，這時張小碗身上的衣裳換了更輕便的，心也如是。

靖王妃那廂也送來了邊疆的信，得知靖王已經收復回失地，準備朝夏朝進攻後，張小碗那輕鬆沒得幾天的心又沈重了起來。

有時半夜猛地醒來，以為小老虎在她耳邊叫她娘，她連鞋都顧不得穿，便要出去找上一回。

找不到人，才悵然若失地回來，這剩下的半個夜卻是再也睡不著了。

於是沒得幾天，她這身上剛養多一點的肉又消了下去。

孟先生勸慰她寬心，張小碗聽得幾句，也還是解不了心中的焦慮。

如此緩了幾天，唸得幾卷佛經，才總算緩回了一口氣，不再夜夜作那關於小老虎的惡夢。

待到九月，天氣最為炎熱，就在張小碗都快遺忘了汪永昭這個人時，汪永昭又再次回來了。

這日他踏門而入，張小碗看得幾眼，才看明白眼前的人，頓時驚喜地站了起來，隨之，眼睛又黯淡了下來。

這個人，不是她的小老虎。

就算如此，她還是掛著臉上的笑，看著他。「您來了。」

汪永昭看她一眼，輕「嗯」了一聲。

「可吃飯了？」張小碗淺笑著問。

「未曾。」

「我給您去做點？」

「好。」

「我這就去。」張小碗朝他福了福身，這便退下，去了那灶房。

這廂，汪永昭坐在椅子上，看著那說得幾句話就走的婦人消失的背影，緩緩地閉上了眼睛。

他算是回來了。

汪永昭花了三個月，親自領頭帶了人，才把有關豫州雷家事的相關人員全部趕盡殺絕，又叫人把那趙大強帶了出來，盯著人教訓了他一頓，折騰了幾番，才把人放了回去。

三個月，幾千里來回奔波，殺人滅口十餘人，託暗線在暗處打點，總算是把雷家事的餘波給掩了下去。

那趙大強原本是罪臣雷家之子，偽裝乞丐娶了張小妹，妄想攀附於他復仇，可這人敢想，汪永昭也有法子懲得他服服貼貼。

一開始，他本想把趙大強上繳於官府，將意圖藉他之勢逼官府重審雷家事的那張狀紙焚毀，但思及那婦人對她那些沒用的弟弟、妹妹的疼愛，他還是選擇了大費周章地把涉及雷家事的人全部殺了，留了他一條命，沒讓她那妹妹當寡婦。

回來後，汪永昭一鬆懈，沒得一天就躺在床上高燒不退。他這邊病了，汪永昭的那幾個心腹也是上吐下瀉不止。

請來大夫一看，汪永昭這是舊疾復發引起的高燒，那邊幾位則是吃壞了肚子。

張小碗叫來江小山一問，才問出大公子最近都在外面辦事。

聞言，張小碗挺是詫異。「不是在家中歇息嗎？」

她先前聽得僕人來報，說是汪永昭要在家中住得幾個月，她還以為是陪著姨娘又陪出了感情，便不來了。

「是如此。」江小山探過身，在她身邊輕輕地說他該說的話。「實情也是大公子在家中日日修身養性，今日出得來了，才回您這兒。」

因怕皇上和有心之人知道汪永昭外出而遭猜忌，家中一直置了個假大公子作偽，江小山便一直在家中陪著假大公子作戲，今日也是三個月來頭一次回到葉片子村；哪想，剛在府中露了個臉的大公子一過來，剛睡一晚就病了，想來也是在外操勞得很了。

「您還有事？」江小山說罷，也不敢再說得太多，便躬身問。

「去吧。」張小碗沒再多問，等回頭給汪永昭拭身時注意看了看他身上，沒看得有什麼新的傷痕，依舊是以前看過的舊傷，只是大腿兩側一片深紅，想來是長途騎馬折騰的。

她便也不再多想，照顧了兩日，汪永昭也康復了。

再請來大夫時，他也請那大夫探了她的脈，得知她身體康健，便滿意地點了點頭。

這年九月末，是小老虎的十五歲生辰，張小碗一大早便做了一鍋長壽麵，凡是宅中之人都有一碗，小老虎的那碗先是放在她的面前，等她吃完自己的，便把她孩兒的那一碗放在了他的房中。

汪懷善的臥房還是那般乾淨，如他走時一般。這天晚上張小碗睡在他的榻上，但半夜就被汪永昭抱了回去。

可能思念太甚，這夜張小碗格外軟弱，在汪永昭的懷裡哭著說她很想念她的小老虎……

汪永昭任她哭，待她哭過後，拿過帕子擦她的臉，淡淡地說：「過不得兩年，他就回來了。」

「兩年？」張小碗唸著這兩個字，有點傻。

「他會沒事的。」汪永昭不再多說，給她蓋好了被子，下床換了裡衣，便上了床抱著她入睡。

這一年年底，張小碗懷孕，大夫這邊剛診出喜脈，汪永昭這邊卻又出了事。

宮中來人宣他入宮。

賦閒在家又一年的汪永昭再次入宮，這次入宮前，他不再像上次那樣平靜，朝夕與他相對的張小碗從他的眉眼間看出了幾許嗜血的冷酷，饒是她這個夜夜睡在他身邊的枕邊人，看得也有些許膽顫心驚。

汪永昭這次把他的心腹留給了張小碗，在走之前，在房內急步來回走了幾趟的他終把袖中的短匕給了張小碗，交代她。「只要沒見到小山，妳就不用動此刀，待見到他了，妳便帶著我們的孩子來見我吧。」

張小碗已被他藏著殘酷的眉眼驚過，這時已經鎮定了下來，聽後便點了點頭。

「妳知？」汪永昭看她直接點頭，微怔了一下，便問。

「我知，我會帶著他去地下見你。」張小碗朝他笑了笑。

汪永昭便鬆了緊攏的眉，嘴角帶笑，領了他的人離了宅子。

張小碗送他到門口，待他走後，她摸了摸肚子，苦笑了起來。

帶他去死？她又怎麼可能做到？沒瞧得她那還在打仗的孩兒一眼，她不可能去死，她也不願意死。

他們活不下去是他們的事，她要活下去。

當晚，汪永昭未回，張小碗送出去一封信，給自己留了一條後路——一等自己有事，便會有拿她錢的人來營救她的兒子，搭救她的家人，只要他們無事就好。

她安心地坐在家中擦拭箭頭，她的弓箭許久未用了，她拉開弦時稍有點吃力，在院中試了好幾次，才漸漸找回了點感覺。

第二日，汪府來人相請，張小碗便帶著人回了汪府。看著那亂成一團的汪府，當下她什麼話也未說，拿起箭便射向了其中哭得最為悽慘的那個。

箭穿過了那奴僕的腦袋，射向了空中，直直往那牆飛去，當抵達牆面，箭頭微微插入了一半，在空氣中上下抖動，向下滴落那來不及滴下的殘血。

汪府便如此靜了下來，張小碗這才張了口。「誰還給我哭半聲聽聽？」

當天，宮外有人口口相傳皇帝要誅汪家的九族，這事嚇得汪家不輕，很多與汪家沾親帶故的人都來總兵府哭喪。

張小碗便安排著他們坐在堂屋裡相互哭，也不著急。

汪杜氏卻甚是著急，對著張小碗哭了好幾回，張小碗再冷靜，也還是忍她不得了。她對汪杜氏也是仁至義盡，可汪杜氏明顯與她不對盤，幾次都不給她臉。

上次她為了麗姨娘當著她的面哭，她也隨得了這女人去；可現在這當口，她這掌家夫人不忙著處置家中的事，到她面前哭成一團是做啥？

張小碗這就叫阿杉把前院安撫客人的汪永安叫來，當著他的面，抽了汪杜氏一記耳光，隨即轉頭對汪永安淡淡地說：「大嫂眼拙，替你作主娶了這麼個會哭的，等事情平息後，你要是不滿意，休了她再另娶就是。」

這廂，汪杜氏驚得忘了哭了，失了三魂七魄般地呆看著張小碗，待張小碗轉過頭朝汪余氏說話時，她才一把跪下了地，抱住了張小碗的腿哀喊。

張小碗未理會她，朝汪余氏道：「妳要是做得，這個家便妳當，但妳要想好了，要是做得跟這二夫人一樣蠢，我也饒不了妳。」

「弟媳領命，請大嫂放心。」汪余氏款款朝著張小碗一福，眼睛冷靜地掃過汪杜氏，朝著張小碗淺淺一笑。

「去吧，先下去安排家中瑣事。大公子還沒死，讓大夥兒先別忙著為他哭喪，待他與我死了再哭也不遲。」張小碗淡淡說完，便去了汪觀琪的房中，餵他吃了藥，便坐在他身邊做起了帶來的針線活兒。

「妳不怕？」榻上，汪觀琪閉著濁眼問道。

「怕什麼？」張小碗不在意地隨口說了一句，一針一針地繡著她腹中小孩的衣裳。

她不知道他是男是女，是不是真生得出來，但能為他做的，她都會去做。

永延五年末，皇帝暴斃於宮中，內侍持詔特詔天下，令其長子——十歲的劉瓏繼位。

宮裡傳來喪鐘後，各佛寺長老和尚入宮奔喪，與此同時，汪永昭帶著他的部下撤離皇宮，在偏殿側門遇上了那國舅爺，當今的兵部尚書凌蘭。

他朝凌蘭彎腰躬身行禮，凌蘭瞄他一眼，自帶隨從快步進入了殿門。

待他完全消失後，汪永昭才直起了腰，轉頭便走。

現今的皇宮，是屬於皇后與國舅爺的凌家了，汪永昭也不戀棧，自當回去當他逍遙的二品總兵。

他暫且助凌家得一個天下，凌家容他汪家安寧，對此現狀，汪永昭也是滿意的。

他奔赴家中，剛下馬，就見得了他汪家的一家子人，掃過這些人一眼，他去了老父的房中給他磕了頭，向他道了聲無礙。

侍跟了僕人去了那婦人所住的房間，見得她，她便也只抬頭看了他一眼，淡淡地道——

「回來了？」

汪永昭瞧得她一笑，便回過了頭，去換他身上的血衣。

汪永昭的這一戰，張小碗不知他手上沾了多少的血，但五日之內，她已在汪家又親手殺了三人。

這三人都是之前的皇帝黨羽隱在汪家的探子，汪觀琪還臥病床榻，汪永安帶著兩個弟弟在接管前院，便只有她在後院對著這群興風作浪的人，在他們鬧得沒邊之際，一箭射了他們的頭。

不管這幾日汪家的情勢如何，汪家穩住了，等到了汪永昭的歸來。

汪永昭換了衣後，做的第一件事就是整肅汪家。當日，被查出是內奸的汪家奴僕被賣去娼坊的有八人，拿刀宰了的有十三人。

翌日，總兵府正式由四夫人汪余氏接管，汪永昭攜了張小碗離了那血光漫天的汪府，回了葉片子村養胎。

張小碗終是動了胎氣，臥床半個月才保住了胎，等身體稍微好點，害喜的症狀便鋪天蓋地而來，吃也吃不得，每天都昏昏沈沈，睡也是睡不好，待還沒熬過這關口，這舊的一年便又過去了，過年那天，她都是躺在床上昏迷不醒的。

待到她能下地稍稍行動，已是這年的四月了，她肚子裡的孩子也有了五個月。她每日還是睡的時間多、吃的東西少；但饒是如此，她還是每天逼得自己吃下飯食，清醒時也會下地多走幾圈，哪怕為此會累得她筋骨都疼。

過得一個月，大夫再來探診，愣是驚訝，他本以為這孩子再怎麼保，也是保不住的。

看得大夫驚訝的眼，汪永昭卻微微笑了起來，把張小碗診脈的那隻手握到自己手中，對說過話的大夫淡淡地說：「如此便無事了。勞你過來一趟了，小山，送大夫出去。」

大夫走後，汪永昭便把張小碗的兩隻手都合在了手心，親吻了下她的臉，對她很是得意地說：「我汪永昭的孩子，誰奪得去？」

躺在床上的張小碗微微笑著，伸出手，輕拂過了他面前垂下的髮。

沒得多時，待汪永昭與她說罷幾句話後，她又迷迷糊糊地昏睡了過去。

她肚子裡的孩子似要把她的能量吸乾，而他的父親，卻非要他生下來。

張小碗只有念及她那在遠方的孩子，才覺得自己一定會活下來。

饒是汪永昭看顧得精細，張小碗的這個孩子還是提前了幾天生了下來，孩子健康出生，張小碗卻是九死一生。

她在房內血崩不止，房外，汪永昭差一點掐死給大夫揹藥箱的小徒弟。

這一年九月底，汪永昭的第四子、張小碗的第二個兒子能睜開眼睛好好看人的時候，張小碗還不能下床，白日睜開眼睛的時候甚少，有時喚她都喚不醒。

她日漸枯萎，這日汪永昭強自把她弄醒，告知她，只要她好起來能下地，他便帶了她的小老虎回來。

如此才又激得昏沈的張小碗探得一線生機，就算眼睛都睜不太開，她也日日吞嚥那苦得味蕾都能僵化的藥汁，噁心得吐了，又強自再灌一碗下去，硬是如此才在這年的過年前下了地，重新活了下來。

待到她能下地，這才把眼前的汪永昭看了個清晰，原來在不知不覺中，汪永昭頭上已經有了些許白髮，那不可一世的眼神卻沈穩得深不可測了。

「你怎地不走？」這夜，張小碗看著身邊的男人問。

「怎走？走去哪兒？」汪永昭回了她一句，便轉過頭，看著他們榻邊小床上的小兒，目光柔和。「待妳力氣恢復了，妳抱抱他，他長得和妳甚為相似。」

「是嗎？」張小碗也探起了身，就她的身勢，她看不到他的樣子，但看得了他身上穿的那件襖裳，是她為他做的。

「嗯，一樣。」汪永昭拉下她，給她蓋好被子，掖緊邊角，便抱了她的腰，與她說道：「今年過年我們回汪府過，妳帶著他給祖宗磕幾個頭，謝他們保佑我們全家平安。」

「嗯。」張小碗輕應了一聲，沒得幾時便又睡了過去。

汪永昭在油燈下看了她好幾眼，才把油燈滅了。

半夜小孩哭鬧，汪永昭抱了他出門，交給了奶娘，回房後，才發現張小碗已經醒了，手抓著被子怔怔地看著他。

「似是過去很多年了一般。」那婦人看著他，眼裡有著深深的疲倦。

「大夫說妳被血氣驚了魂，這幾個月的日子要過得比別人的久，現在回過神來了，就不礙事了。」汪永昭淡笑著扶了她躺下，把油燈挑亮了一些，端到床邊放下。

他隨之躺了進來，半摟著張小碗的肩，與她說道：「家中的事都是小山幫著溫婆子在管，管成了一團糟，妳歇得幾天後，就把家中的事處理一番，我們要在大年那天進府。」

「好。」張小碗輕應了一聲。

「還有一事……」汪永昭沈吟了一下。

「何事？」

「娘親腿腳好了許多，今年會接回家中來過年，妳與四弟妹安排一下，看要如何照看她。」

「大公子……」

「嗯？」

「夫君？」張小碗叫完，苦笑了一下。「您這是讓我想睡都睡不著了。」

汪永昭聞罷冷嗤了一聲，隨即又笑了起來，低頭看著她道：「妳會處置好的，有什麼是妳捱不過去的？」

第二十五章

張小碗在床上昏睡的這段時日，只要懷慕不哭鬧，汪永昭便把他安置在張小碗的身邊，說來張小碗沒怎麼抱過他，卻與她這小兒也甚是熟稔，四個月大的懷慕到她手上也不哭鬧，會睜著黑黝黝的眼睛看著她。

張小碗再仔細瞧瞧他，看出他與她其實沒幾分相似的，這兒儘管不像他的哥哥般，與他的父親長得完全一樣，但也是有七分肖似他父親的。

「我看還是像您。」張小碗這日早間把孩子看得仔細後，便把孩兒放回了汪永昭的手中。

「說了像妳。」汪永昭接過懷慕，他剛開得口，懷慕便朝他笑了起來，還朝他吐了個口水泡泡。

汪永昭瞧得微笑了起來，低頭拿著鼻子碰了碰他兒的鼻子，才抬頭對端正坐在椅子上的張小碗道：「這眼睛像妳。」

張小碗又探過眼去看得幾眼，瞧得確也是有一點像的，但還是說：「他還是太小了，待長得大點再看。」

這時奶娘進來抱了孩子去餵奶，汪永昭看得他走罷，轉頭對她道：「妳家人已經來了幾趟了，怕驚了妳，就沒讓他們見。妳要是想見，我這幾日就派人過去接了他們過來這邊過年，等到府裡的年一過，妳就回來讓他們陪得妳住幾天。」

張小碗微怔了一下，便點了頭。

汪永昭言出必行，在張小碗這白日慢悠悠地處理了半日家事後，便真派了親兵去，把張家人接回來。

這日夕間張家人一到，張家的張小寶就扯著嗓子對著他大姊嚎哭。

他還以為他這輩子都見不得他大姊了，外面有話在傳，說他大姊殺了人中了邪，魂早被閻王爺奪走了，活著也只是個空殼子。

張家有了張小寶這個大嗓門領頭，個個都掉了淚，哭得汪永昭都拍了桌子，罵道：「帶你們過來是讓她歡喜的，你們一個個哭著給她找什麼晦氣？都給我閉嘴！」

他大吼完畢，張家的人就閉了嘴，張小碗只得笑著出來打圓場，溫聲安排了家中的老僕帶著家裡人去他們的房間把包袱放好，再洗漱一番，就出來吃得晚膳。

張小碗只陪得她家裡人吃了一頓飯，隔日就是大年三十，又得帶著懷慕跟著汪永昭回那總兵府。

在馬車上，見得張小碗微攏了眉，汪永昭便低下了頭，在她耳邊輕輕耳語。「靖王已快攻入夏朝朝都，待再等上半年，京都群臣反淩家之時，就是他們返兵之日。妳莫要著急，很快妳就能見得到他了。」

說罷，他深深地看了張小碗一眼。

汪永昭先行下了馬車，扶了抱著孩兒的張小碗下來，汪府門口，汪永安領著一干人等迎了他們。

「去見爹娘。」汪永昭免了他們的禮，把懷慕抱回了手上。

「大嫂，可要奶娘來伺候？」汪余氏這時幾步走到張小碗的身邊，輕聲地說了一句。

張小碗聞言微笑了一下，偏過頭看了汪余氏一眼，淡笑道：「先沒必要，勞妳費心了。」

「大嫂吉祥。」汪余氏見她開了口，便抿著嘴，微微一笑，又退了下去。

張小碗回頭，當著汪家那幾個兄弟和奴才們的面，對汪永昭微笑著說：「四弟妹知禮得很。」

汪永昭聞言「嗯」了一聲，轉頭對汪永重說：「你媳婦管家辛苦了，回頭你去庫房支三百兩銀子，給她打幾件手飾、頭飾。」

汪永重躬身拱手。「謝大哥、謝大嫂。」

汪永昭看他一眼，便不再贅言，領著張小碗去了汪觀琪的院子。

汪觀琪與汪韓氏早候在院子堂屋內，張小碗微低著頭跟著汪永昭磕了頭，便聽汪韓氏欣喜地說——

「昭兒，你懷中可是我的小孫兒懷慕？」

「是。」

「快抱來給我瞧瞧。」

「是。」汪永昭抱著孩子起來，見張小碗還在跪著，便看了看他母親。

汪韓氏只是笑看著他懷中的孩子，眼睛轉都沒轉一下。

汪永昭笑了一笑。「娘，讓小碗起來吧，她身子骨兒不好。」

汪韓氏聽得這話，笑容便冷了下來，那伸出欲要抱孫兒的手也縮了回去，她頓了一會兒，又轉頭瞥到了汪觀琪不悅地看著她的眼神，心裡頓時一緊，便開口笑著說：「大兒媳婦快快請起，妳這跪著幹啥？瞧得妳現在，就給我跪上一會兒，我這兒子啊，就已經心疼得不行了！」

說罷，拿著帕子掩著嘴笑了起來。

張小碗隨即站了起來，抬眼看那笑得花枝亂顫的老女人一眼，便悶不吭聲地站在了汪永昭的身邊。

汪永昭看她一眼，未語，抱著孩子朝汪韓氏走近了幾步，讓她看了看懷慕。

「讓祖母抱抱吧？」汪韓氏又伸出了手。

「他認生，您就我的手看看吧。」汪永昭又淡淡地開了口。

「抱都抱不得？」汪韓氏遲疑地看著汪永昭。

汪永昭看她一眼，便把孩兒放在了她的手上。

果不其然，懷慕剛到汪韓氏的手上便哇哇大哭了起來，那聲音聽著像是受了驚嚇般，越哭越驚慌。

「娘，我來吧。」汪永昭便把孩子又抱回了手上，哄得他幾聲，待他不哭了，才把他放在了張小碗的手裡，對她淡然說：「坐下吧。」

他帶著張小碗在下首坐下，便跟汪觀琪說起了新年祭祖的事。

這些事女人插不得嘴，汪韓氏便沒有言語，只是拿著眼睛不斷地看張小碗。

張小碗只是靜靜地抱著懷中的孩子，等汪韓氏看她看得太明顯，她便抬起了頭，朝得汪韓氏嫣然一笑。

她這一笑，足把汪韓氏微驚得倒抽了一口氣，這刻她完全不覺得眼前這個看著有幾分病弱之態的美豔婦人是張小碗，但驚訝之餘，她看得張小碗的眼，那驚訝之情便又淡了下來。

沒錯，她還是那個想把她活活氣死的畜婦，那樣冷冰冰得沒有絲毫感情的眼睛，只有這個婦人身上才有。

她咬著牙重新站了起來。託了娘家的人找了汪家的族長才回的汪家，她受過多少苦難與屈辱，定要這死婦嚐嚐那般滋味，且定要比她還要多上幾分，因為千錯萬錯都是那畜婦的錯，萬事皆是因她才起的頭！

這次，汪永昭沒讓張小碗住後院，而是帶了她回前院他辦事的院子——正宇閣居住。

張小碗剛歇下，把江小山端來的藥喝了，聞管家就來報，說姨娘們來給她請安了。

張小碗朝那逗著孩子的汪永昭看去，只見汪永昭看著孩子，頭也不抬地說：「要見就見，不想見就讓她們走。」

張小碗想了想，便對聞管家溫和地道：「帶她們從後門進來吧，我在側堂見她們。」

側堂是正堂的小房，但正堂是汪永昭處理公務的地方，張小碗便讓人把隔扇的門全關了起來，把側堂的小門打開讓人進出。

沒得一會兒，四個姨娘便全來了，其中兩個姨娘一人手上牽著一個小兒，年幼的那位便抱在另一個姨娘手中。

張小碗這是第一次正式看著這兩個孩子，可能是她也生了兩個孩子的原因，便對孩子的注意多一些，對千嬌百媚的姨娘倒沒什麼興趣，更對那說是摔斷腿，可剛看著走路也沒什麼大問題的麗姨娘是絲毫興趣也無。

她仔細看過那兩個小兒，便在內心嘆息了起來。汪永昭的遺傳因子果然強大，這兩個孩子也是有幾分像他的；不過，只是形似而不神似，兩個孩子之中一人眉眼之間怯氣太重，另一年齡更小的小兒也有一歲多了，見得她看他，連躲了她的眼神好幾次，差一點就要被她嚇哭了。

「夫人。」幾人這次給張小碗行了跪拜之禮，待聽從張小碗的吩咐在椅子上坐下後，坐在前的表姨娘，也就是鍾玉芸，先笑著開了口，她朝張小碗小聲地說：「好久未曾給夫人請安了，今日一見，夫人比以前更是年輕貌美了。」

張小碗在房中養了許久，皮膚養白了些，人確也變得嬌嫩了些，但再怎麼嬌嫩，她也是比不上眼前的這幾個，於是聽得這話，她只微微一笑，並不說話。

「是啊，夫人看著甚美。」雯姨娘也開了口，臉上無笑，還拉了拉手中的兒子，命令他道：「還不快叫母親！」

張小碗朝她看了過去，然後見那汪懷玨看著她抿嘴不語，頭只往他娘身後躲。

「快叫！」雯姨娘又大力地拉了拉他的手。

許是拉疼了他，這汪懷玨便大哭了起來。

「你哭什麼哭？你這見了嫡母也不知叫人的孩子，你爹到時知道了，看他不狠狠教訓你這個不成器的……」雯姨娘氣得像是要哭了，字字似泣血般悲切。

「大過年的，歇停點吧。」在她面前鬧這麼大，張小碗冷眼旁觀不得，只得淡淡地開了口。

她話說完，門外有人走至了門口，朝裡道：「大夫人。」

聽得是江小山，張小碗問道：「何事？」

「大夫人，大公子有話要小的跟您說。」

「進來吧。」

「小的在門邊說即可。大公子說了，您身體還有些許不適，不要太過於勞累，要是有誰在妳面前哭鬧，叫下人拖出去即罷，無須費神，耗了身體。」

「知道了。」

「小的退下。」

「嗯。」

江小山走後，張小碗看了一眼鴉雀無聲的姨娘們和那兩個兒子，便又開了口。「還有什麼要說的？」

沒有回話，張小碗又掃了她們一眼。「要鬧現在就鬧，要是過年跟我鬧，我話放到這裡了，管妳們誰是表妹，還是誰送給我們大公子的，也管不了妳們是不是生了孩子，大過年的要是給這府裡找了晦氣，出了這正月，我就把妳們拖了出去，在大街上活活打死。」

聽得這話，幾個姨娘都沒說話，只有那雯姨娘別過了臉，拿著帕子拭著臉，小聲地說：「您就不怕報應？」

「妳說什麼？」張小碗聽得眯了眯眼。

「您也是做母親的，您就不怕報應嗎？」那雯姨娘似是個真有傲骨的，聞言便毫不服氣地轉過頭，對張小碗哭著說：「聽說您的小公子是千辛萬苦為大公子生下來的，您就不給他積點福嗎？每次回府不是打殺這個就是要打殺那個，動不動就拿這些個話來嚇唬我們，您這般凶惡，不為小公子積善存福也就罷了，還非要生生折了他的壽不可嗎？」

這話聽著可真是有理得很，張小碗看著這伶牙俐齒的雯姨娘，看得她幾眼，見她毫不怯懦地回視著她，張小碗輕輕地勾了勾嘴角，搖了下頭，說：「妳是不是覺得衝這當口，我就收拾妳不得了？」

「妾身不知，妾身自覺話沒有說錯！這話便是放到外面，傳到那些唸了聖賢書的大官人耳裡，也是有理的……」雯姨娘臉上的眼淚越流越多，眼看一塊帕子已經擠得出水了。

「夫人，」這時，芸姨娘輕輕地開了口，她站起身朝張小碗恭敬地福了福，像是提醒地說道：「您看，現下老夫人也回府了，要是有什麼不對，要不要請她過來給您評評理？」

她說罷，剩下的那兩個姨娘見張小碗朝她們瞧來，都低下頭拿了帕子掩了嘴，沒有接張小碗的眼神。

張小碗看著這幾個可能是聯手起來給她添亂的女人，頭疼地揉了揉腦袋。

她這才剛好一點，這些個人就不放過她了。

「叫吧，叫夫人過來。」張小碗半靠在了椅子上，半歛了眼，淡淡地道。

她們要看看汪韓氏是怎麼處置她的，那她就讓她們看看，再開開眼界。

拿她的孩子說她的事？還要脅她會被言官談論？依她看，她們的腦袋還真是長到針眼裡頭去了！

張小碗那兒的情況自有人回稟到了汪永昭那處，汪永昭聽罷一笑，擺手讓人下去。

江小山正在扮鬼臉逗小公子玩，等人退下後，小聲地問了句。「您就不去幫幫？」

汪永昭微微一笑。「她自會處置好，何須用我？」

說話時，眉宇之間一片愜意。

那廂張小碗坐在側堂，待請人的聞管家去了一段時間，她便起了身，端正地站在了門口，遠遠看得汪韓氏帶著丫鬟來了，便朝她福了福身。

汪韓氏走近，她便又彎了腰，恭敬說道：「兒媳拜見婆婆。」

「免了，免得這腰彎得久了，有人又怪心疼的。」汪韓氏勾起了嘴角，笑了一笑。

張小碗笑著抬頭，點頭道：「婆婆明見，大公子憐惜我以病體生了懷慕，自是多上心了一些，想來也是大公子好心仁慈，道我在汪府有滅頂之災時，以懷孕之身殺得了那別處派來汪府的探子，驚了心眼；又道我以命相拚生了懷慕，便認為我對汪家有功，這些日子以來，還真是多虧了他憐惜，要不妾身這命，也早早去了。」

她說罷，又朝得汪韓氏一笑，朝這站著不動的老婦人道：「婆婆，您請。」

她以懷孕之身坐鎮汪府，就算是汪觀琪也得給她三分臉，汪韓氏能不給？那她就在這裡等著。

張小碗的硬氣讓汪韓氏臉上的笑頓時全無，她冷著臉坐上了主位。

張小碗待她坐下，施了一禮，便對那站著的幾個女人冷冰冰地說：「老夫人來了，妳們這些個姨娘誰有什麼話，就給我在這裡說明白了！」

她那話，說得又硬又直，別說是那幾個姨娘，就算是汪韓氏，都驚了眼朝她看了過去。

張小碗一一直視回去，嘴角揚起笑。「趕緊地說明白，這夜間的團圓飯眼看不久就要開了，在這之前，就把事兒在老夫人面前給說清楚了。」

她這話一畢，汪韓氏便拍了桌，厲聲道：「大過年的，有什麼話還不快說！」

這廂雯姨娘身體一抖，站在那兒長長地吸了一口氣，便站起來低頭輕輕地道：「我們一進來，夫人便對我們喊打喊殺，我道這太不為小公子積福了，夫人似是不以為然。」

「雯姨娘……」張小碗聽得淺笑。「我就不問妳姓氏了，不知也罷。我就問妳，妳當著我的面哭哭啼啼，我說妳兩句，妳就頂我十句，大公子那邊隨得我如何處置妳們，我依著仁心，便沒處置妳這頂我嘴的，只口上說道妳們幾句，規矩點，別大過年的給汪府找晦氣；現下，連老夫人都被妳驚動來了，要是妳再不服氣，豈不是要我去那皇宮裡請皇后娘娘為妳作主來著？」

說罷，她轉過頭朝汪韓氏又施了一禮，嘆道：「婆婆，去年那一次我以命相搏，不敢說搏了汪家半分安寧，但這些年來，任誰都知道我與汪府榮辱與共。雯姨娘口口聲聲說我喊打喊殺，一來，別說府中之人，就是那外人，也都知我為何喊打喊殺；二來，我不知她一個姨娘哪來的膽子，敢這麼妄言我這個有誥命在身的二品夫人；三來，大公子與我吃齋唸佛只願我那小兒身體康健，她竟咒我不為我小兒積福！婆婆，您要為我作主，要不然……」說到此處，張小碗拿出帕子，拭了眼角的眼淚，哭道：「婆婆，請您為兒媳作主，要不然兒媳真真是活不下去了！」說罷，就朝汪韓氏跪了下去。

汪韓氏僵坐在主位半會兒，才終開了口。「來人……」

「在。」聞管家在門口應了聲。

「來……來兩個人把這頂撞大夫人的姨娘拖出去，大打二十個板子。」

「啊？」張小碗似是有些微驚地叫了一聲。

汪韓氏厲眼看向了她。「兒媳，妳似是對我的處置有意見？」

「竟這般輕？」張小碗瞪大了眼，輕輕地說：「先前大公子什麼都不知時，還隨得我如何處置她們，沒想，您只是打個二十大板子。」

「張氏，她是汪府小公子的生母。」汪韓氏冷冷地看著張小碗，那緊緊握住椅臂的手掐得都出了白痕。

「生母？」張小碗拿著帕子掩了嘴，垂著眼淡淡地道：「我還是大公子的正妻，給他生的第一個小兒，此時正在沙場上為汪家建功立業，第二個小兒，現還抱在大公子的手中。婆婆的意思，是我這個汪府兩個嫡公子的生母，還比不得一個生了庶子的生母來了？」

「妳……要如何才滿意？」汪韓氏氣都喘得粗了。

「自當您處置。」張小碗垂眼看地，跪著沒起來。

「……拖出去，打死！」汪韓氏從喉嚨裡擠出了字，那聲音陰冷尖細得讓人心底發麻。

「且慢。」張小碗這時若無其事地轉過了身。

她看著那進來的兩個奴才，對汪韓氏不疾不徐地說：「婆婆，大過年的，就別讓個姨娘給府中添晦氣了。」

「妳不是讓我處置？」汪韓氏冷笑。「說來，妳還是有意見？」

「婆婆一回來，就在大年三十這天在家中打死人，這要是傳出去了，怕是……」張小碗抬頭冷冷地看著汪韓氏。「您還是差人把這雯姨娘送回娘家去吧，我想有她娘家人教，她自會知禮，您看如何？」

汪韓氏氣得拍了好幾下桌子，好一會兒，才又從嘴裡擠出了一個「好」字。

雯姨娘本在哭鬧，但被聞管家差人拿了布巾堵了她的嘴，這時當婆媳已經商量好怎麼處置她，她只得哭著雙眼往她的兒子看去。

汪懷玨已得六歲，已懂一些事，見得他娘哭著看他，他終鼓起了勇氣，小跑上前對著跪著的張小碗就揮了一小巴掌。「妳欺負我娘，我打死妳！」

小小的人兒那一巴掌不重，張小碗被打得不痛不癢，看得他被人拖了下去，再看那驚恐得眼睛都瞪出來的雯姨娘一眼，便也不再看她了。

有時，女人的命運都是自己作死的，連帶地，把兒子的命運也給拖累完了。

汪永昭在正院後方的歇榻處聽得張小碗被庶子打了一巴掌，便急步繞道走了過來，恰好看到掙扎的雯姨娘被拖了出去。

她嗚嗚哀求，淚如雨下，汪永昭卻看都未曾看她一眼，便走到了那側門，一腳把門踢開，對著那坐在上方的汪韓氏拱手叫了一聲。「娘。」隨即，他看了張小碗一眼，淡道：「起來。」

張小碗看他一眼，並未起身，只朝汪韓氏看去。

汪韓氏這時對上兒子那直接向她射來的眼神，心下一窒，差點都呼吸不過來，喘得氣後，她忙朝著張小碗啞聲道：「妳起來！」

張小碗這才起身，朝著她福了福，再轉頭朝汪永昭福了福身。

「坐著吧。」汪永昭看她一眼後，走到了那被奴僕拉著的汪懷玨面前，看了他兩眼，見他兩腿抖個不停，他便泛起了輕笑。「我道你膽氣不足，哪料想，打你嫡母的膽子卻有得是。」

見他這般笑了起來，汪韓氏兩手一抖，急匆匆地跑了過來，把汪懷玨抱到了懷裡，朝著汪永昭厲聲斥道：「他也是你的兒子，他也是汪家的男孫！」

「我沒道不是。」汪永昭聽罷又笑了笑，對汪韓氏淡淡地說：「娘妳這是怎麼了？以為我會對他怎地？」

「不，不是！」汪韓氏連忙搖頭否認。「是娘一時激動，想岔了、想岔了……」

「嗯。地上涼，起來吧。」汪永昭笑笑，扶了她起來。

汪韓氏見他臉色還算好，便安了心，轉頭看了那默不作聲、垂著頭坐著的張氏一眼，便朝汪永昭小聲地試探道：「你看，雯姨娘的事……」

「您已經讓人拖出去殺了？」汪永昭朝她詢問道，不待她回答又接道：「那便殺了。」

汪韓氏頓時不再言語，這時那幾個跪在地上的姨娘把腰趴得更低了。

汪永昭看得她們一眼，對汪韓氏又溫和地道：「讓丫鬟領您回去歇息吧。」

「那這孩子？」汪韓氏看了看抱著她的大腿顫抖個不停的汪懷玨。

「您可有時間能帶？」汪永昭沈吟了一下，問道。

「有時間！我帶！」汪韓氏頓時斬釘截鐵地回答。

「那便您帶吧，得煩勞您教養了。」汪永昭又朝她笑了笑，叫了聞管家過來，讓他請老夫人回院。

這廂汪韓氏領著人匆匆走了，不待那些姨娘們抬頭，汪永昭拉著張小碗的胳膊起來，拉扯著她就往後走。

等回了歇榻處，他放下她的手臂，問她。「打著哪兒了？」

張小碗輕輕地搖了搖頭。

「打在哪兒了？」汪永昭的聲音冷了起來。

張小碗只得指了指右邊的臉。

汪永昭便伸出了手，撫了撫她的右邊側臉，呵呵地冷笑了起來。「我從閻羅王那裡把妳的命搶了過來，日夜守著妳，只恐驚了妳的魂，可一介小兒，就可把他的巴掌揮到妳的臉上……」

「不礙事。」張小碗抬頭看他，抹平了他眉眼之間的陰冷。

汪永昭抓了她的手，放到嘴邊輕吻了一下，心裡自有了定奪。

張小碗瞧得了他眼裡的冷然，便知這事，她這裡已經結束了，汪永昭那裡卻沒有。

大年初三，雯姨娘的家人，她的嫡母長兄，一個七品的武官來拜年，也是上門道歉。

汪永重見的他，回頭也朝汪永昭問了話，汪永昭只答了一句話，說正午門還缺個守門的，他要是有意，立即就可以走馬上任。

雯姨娘的嫡兄自然不會為了個庶妹去正午門當個守城門的，就這麼離開了汪府。

這天汪永昭帶了張小碗去給汪韓氏請安，剛站到門口，汪懷玨就從裡面跑了出來，抱了汪永昭的腿，抬起小臉，哭著喊道：「爹爹，我要娘……」

汪韓氏這時也抬眼看著汪永昭。

汪永昭手中還抱著懷慕，見懷慕聽到哭聲，好奇地轉了轉眼珠子，他的小兒因沒看到人，便看著他，嘴又吐起了水泡泡。

「帶走。」汪永昭見狀不禁莞爾，撇過頭朝江小山淡淡地道。

「娘，孩兒帶媳婦來跟您請安了。」汪永昭帶著張小碗行了禮，喝過一口茶，便又抱著懷慕走了。

等到下午，汪韓氏才知汪永昭帶著張小碗回了葉片子村。

回了村中的宅子，張小碗才算是又重掌了家事，儘管懷慕有貼身的奶娘照顧，她也有溫婆子當幫手，但頭幾天她還是忙得很是疲累。

而這幾天，汪永昭每天都是帶著他那幾個住在前院的親兵早出晚歸，有時晚上也不見得回來，在忙一些她不知道、也不打算問的事。

待出了正月，張小碗的身體才算真緩了過來，不再走一段路就會直喘氣，抱懷慕也可以一直抱著不覺得疲勞了。

張家的人也一直住到正月結束才戀戀不捨地離開，臨走前，張小碗心下不安，把靖王妃與汪永昭私下給她的那些銀兩全拿給了張小寶，讓他和胡九刀想盡辦法把糧食存好，並傳信給去大東做生意的小弟，叫他急趕回來，先把家裡的這些事全部辦好。

「要出大事了嗎？」張小寶拿著他大姊給他的那一大包銀子，很是不安。

「怕是。」張小碗把給家裡人做好的幾件衣服放在了另一個包袱裡，仔細又想了想，才對小寶說：「回頭我會跟大公子商量，會叫一些能信任的人住進山谷，幫著咱們看糧，你先跟刀爺商量好，叫他們村裡的人也都準備好。」

「知道了，妳放心。」張小寶聽聞後臉色一整。「我在這小半年裡必會按妳的吩咐，把事全辦妥。」

聽得他的認真保證，張小碗笑了笑，過了一會兒，她輕嘆了口氣。「還好你們尋了我來，要是沒得你們，大姊這日子怕也是不好過得很。」

「大姊……」張小寶聽得眼睛都紅了。「妳別說這話，要是沒妳，咱家早一個人都沒得了。」

張小碗聽得轉過了頭，朝他揮了手。「趕緊走吧。」

張小寶抹了把眼睛，拿著她給他的兩個大包袱出了門。

等他走後，張小碗才默默地抹掉了眼邊的淚。

張小寶這廂剛出門，知他們今日要走就留在家的汪永昭早派了人看著他，現瞧得他從夫人的房裡出來，汪永昭的親兵便領了他進了汪永昭的書房。

「大人，啥事？」張小寶一進門便給汪永昭施了禮。

汪永昭的眼睛掠過他揹著的大包袱，還提著個更大的包袱，什麼也沒問，只說道：「那趙大強不是能信之人，在你大姊讓你辦的事期間，防著他一些。」

「我知道。」張小寶聽得這話，勉強一笑。趙大強是什麼人，汪永昭早告訴過他，他也不是沒心眼的人，自知要怎麼辦事。說罷，張小寶覺得有些不對勁，問汪永昭道：「您知我大姊要我辦什麼事？」

「知一點。」

「她跟您說過？」

「沒。」

「那您從何知道的？」

「你說呢？」汪永昭翹起嘴角，冷冷地笑了笑。「她是我的妻子，她要幹什麼，我這當夫君的還能不知道一二不成？」

「那……那事您還瞞著她嗎？」張小寶問到這事，有些忐忑不安了。

「瞞，不僅我要瞞，你也要瞞得死死的！」汪永昭說到此，嚴厲地看著他說：「不要再給她心中添事，明白了嗎？」

「知道了。」張小寶也是吁了口氣，抱著手中的包袱，朝這凶神惡煞的汪大人說：「我比您更不想讓她知道，我這不是怕您——」

他本是要說汪永昭不是個對他大姊多好的人，但這一年多來汪永昭所做的事，好幾件都稱得上好了，張小寶便也沒什麼話可說了。

他姊說得對，這人再如何也是懷善的親生父親，打斷筋還連著骨頭，再如何，他們表面上還是要對這人恭恭敬敬的，讓人挑不出理來，如此事情也不會壞到哪裡去。

二月間，汪永昭夜間每每回來，頭一沾枕便睡。

張小碗給他脫靴擦身，靴子有時泥濘不堪，腿側偶有騎快馬才有的擦痕，這些種種，都讓她猜測這本就不穩的京都更不穩了。

她沒什麼更大的本事去預測這些她看不透的形勢，她眼睛所及之處不過是這個村子和汪府的那座總兵府，她沒能力知道更多，所以她只能掌握她能掌握的，存糧、存肉、存油、存藥物。

人活命的根本，就是有口吃的。

哪天她的小老虎在遠方的戰場上沒得吃的了，她也得有吃的給他送去才成。

張小碗什麼都不信，她只信自己，她也不想依靠誰，因為就算是大如皇帝，好比先前的永延皇那樣的人物，哪一天，說他死了他就真的死了；就算是如汪永昭這種夾縫生存也沒死的人物，他累極了躺在那兒，死亡對他而言也就是別人一刀子的事。所以這世上，無論是誰，就算是有天大能力的人，那能力也算是有限的，靠誰，都不是回事，總有一天他們會倒下，信自己卻能讓人更踏實一些。

張小碗也曉得汪永昭多少知道她的一些舉動，但這時候，這都是些心照不宣的事了，想來，她辦的事，汪永昭也是要得些好處的。

畢竟他手下暗士不知多少，人人都張著一張嘴，都是要吃飯進去的。

果不其然，大鳳朝這年五月，京城的大門把守嚴密，有好幾天裡，城裡只許進不許出，那幾天汪永昭根本沒有回來，她只收到了江小山帶回來的那條汪永昭頭上她給他紮的髮帶，讓她提一千石糧食給江小山。

張小碗心裡苦笑，汪永昭莫不是把她當成個開糧鋪的了？但也是急找了胡九刀過來，讓他帶著江小山去提糧食。

江小山也是頭一次清楚知道張小碗藏了這麼多糧食，對這個出身不高的夫人當真是刮目相看了。

五月末，汪永昭這才回來，張小碗這時也知朝中百臣齊反凌家把持朝政，欲要趕凌國舅為首的凌家人出朝廷。

張小碗也從家中老僕那邊得知靖王妃府中已是捉襟見肘，為了替靖王在朝廷拉攏官員，靖王那邊的庫房儼然已空，她便咬了咬牙，跟汪永昭小聲求了事，把汪永昭那些年月裡帶兵打仗所得的貴重器物全給了靖王妃。

汪永昭雖是答應了她，但知道這事的汪觀琪卻心疼得當晚趕到了這別宅，足瞪了張小碗半晚，害得張小碗累極了，也只得半垂著頭，拿著帕子掩著打出來的哈欠。

張小碗這時已是不怕了，她當真是不管不顧了，因只有靖王上位，她的孩子才能活著，所以她只能再次豁出去。

六月末，懷慕十個月大，已會爬在汪永昭的身上，把嘴巴上的口水泡泡往他爹爹的嘴上撲，直逗得汪永昭只要一在家，必要把他抱在手上，不管被這小子尿濕了多少衣裳也如是。

七月，汪永昭帶著張小碗離開葉片子村，把她藏在了山中的一戶人家，他則帶暗兵而去。

七月中，江小山又給她帶來靖王妃給她的信件，其中有小老虎捎給母親的兩封家信，還有一封是靖王妃的親筆書信，她要跟張小碗借三千石糧食。

張小碗這幾年間存了三次急糧，這還是她的兩個弟弟與胡九刀在民間想盡辦法，才不著痕跡存來的，存了這麼多年，實則也就近三千四百石糧食，前面已給了汪永昭一千石，現下存糧已不夠三千石了。

但這時，張小碗只願多給，不願少給，她便親自領了靖王那邊的人去了山谷，見了胡家村的族長，談好了條件，胡家村舉全村之力借給了她八百石糧食，她這邊才把靖王要的糧食籌好，全部交到了靖王的人手裡。

這件事，從接到信件，包括來往路上的時間，再到把糧食全部交與到人的手中，張小碗只花了六天的時間。

七月底，糧食運抵靖王五千急行軍駐紮處，首領小將汪懷善領著士兵大吃了一頓乾飯，當晚，朝著京都的方向，磕了三個響頭。

這時，先前急路前往谷中與胡家村調糧的張小碗，因長途跑馬淋雨淋了兩夜，路途中又從馬上掉下來好幾次，身體受損，高燒了近十天，此時還在床上昏迷不醒。

京城風雲突變，汪永昭把手邊的事交給親信副將，才急趕回了張小碗居住的小山村裡。

張小碗高燒不止，喝不進藥，他便用了老法子，用嘴含了藥，強自餵到了她喉嚨裡，如此三番下來，張小碗在他回來的第二晚終醒了過來。

汪永昭守得她醒來，便又氣又急，想伸手打她，卻只揚高了手，又恨恨地收回。

「您怎回來了？」張小碗見到他，便伸出手拿了帕子，去拭他頰邊的汗。

汪永昭坐在那兒看著她，看得她半晌，見她只顧著伸出虛弱的手給他拭汗、整理衣裳，便悽愴地哼笑了一聲。

罷，罷，罷，隨得了她去。

她只一門心思地放在她那小兒身上，便由得了她去吧，這個當口，她能活著就是好事。

他們的懷慕，還不到一歲。

聽得汪永昭呼吸正常，張小碗便抬起了頭，抬頭後，瞧得汪永昭那瘦得像冷箭一樣銳利的臉，她便真真切切地苦笑了起來，小聲地問他。「您能待得了幾日？」

「兩日後回。」汪永昭把她的手放進了被子裡，給她拉了被子，蓋住了她的肩膀。

「那就好，待明早我下了地，給您燉雞湯喝。」張小碗說著偏頭看著汪永昭，眼皮半垂不垂地掛在那兒。

汪永昭又哼笑了一聲，他伸出了手，遮了她的眼睛。「睡吧，明天的事明天再說。」

當張小碗睡罷，他拿著溪水沐浴了一下，等不及頭髮乾，便趴在了張小碗的身邊，閉上了眼。

門外，他的兩個隨身將士見他就寢，一人便抱了劍坐在地上，半打起了盹，一人依舊全神守衛。

第二日張小碗好了一些，便真起了床，把她先前捉來的七隻山雞全殺了，燉了三隻，炒了四隻，想讓汪永昭帶著他的兵好好吃一頓。

懷慕這些日子被奶娘帶著，十幾日來與張小碗沒見著多少面，對張小碗生疏了一些，但對汪永昭卻絲毫未見生疏，他只被汪永昭帶了一個早上，就抱著他爹的脖子不放了，連奶娘也不要。

汪永昭欲要用膳，張小碗想抱他到手上，讓汪永昭騰出手來用膳也不行，汪懷慕就是認定了他這個爹，坐在他爹的膝蓋頭拍著手板心樂呵呵地看著他爹用膳。

汪永昭連喝了幾碗湯，啃了兩隻雞腿，見懷慕睜著他黑黝黝的眼睛歡喜地看著他，他心中頓時一暖，臉色也緩和了一些，轉頭對張小碗問：「那小子小時也這麼聰慧？」

張小碗聽得稍稍一愣，又挾了幾塊肉多骨頭少的雞肉放到他碗中，才點了點頭。「懷善小時也一樣聰慧。」

「嗯，就這點還像樣。」汪永昭瞧得她一眼，便又埋頭吃了起來。

他吃的速度快，但樣子還算得體，與懷善小時恨不得把臉都埋在碗裡的樣子是截然不同的。

與吃得飽飽坐在他爹腿上，興高采烈地看著他們說話的懷慕也是不同的。

「那時未得多少吃的，便是在山中捉了兔子、抓了雞，做好了後也是村中最好的拌飯菜了；但這些在我們住的山上也不是老有，多的地方就得往深山裡去了，他又離不了我，我也不便帶他往那深山裡去，只得時不時在山邊轉轉，看能不能天天都逮到一、兩隻野物給他加菜……」說到這兒，張小碗朝用膳速度慢下來的汪永昭笑笑。「您還聽嗎？」

汪永昭把嘴裡的骨頭吐了出來，點了下頭。

張小碗便繼續淡淡地說：「他一歲時，夕食吃得早，光吃稀粥吃不飽，有天夜半時，他餓得醒了過來，我頭一次當娘，先是不知他為何哭鬧，只得什麼法子都挨個試，才知這時他夜間吃不得稀飯，要吃乾飯才不會餓。我原先還想著他剛一歲的人，牙齒都沒長出來，嚼不動乾飯，便跟我們一樣先吃吃稀粥也是好的；哪想，在餓了他好幾天後才知他是給我餓的，所幸那時乾飯還是吃得起的，便也還是養活了他下來。後頭他三、四歲大，一頓兩大碗飯，頓頓都要吃得極多，有次別人問他為何，他說要吃得飽才能盡快長大，才能好好護住我，不讓人欺負我，還能去那山中抓野兔子給我吃，不讓我離他而去，去那山中忙活了……」

說到此，張小碗轉過臉，眨了眨眼，把眼裡的水光眨掉才轉回頭，對汪永昭歉疚地說：「您別怪我如此為他，那時，只有他伴著我。」

她的孩兒，一歲還不懂怎麼說話時，聽得村裡的老人家哄他說吃飯就能快快長大，就已經會嗷嗷哭著鬧著要吃更多的飯了；見不得她辛苦，他便要保護她了。

汪永昭聽罷，微垂了眼，看著她放在桌上的那雙手，沒有言語。

張小碗便低了頭，繼續給他挾菜。

她這時給汪永昭說那以前的事，是想讓汪永昭知道，她為她的大兒子竭盡全力不是沒原因的，另外也想讓汪永昭知道，他的大兒子不親他，也是有其原因。

她當年被逐到水牛村，固然她瞞了有孩子的事不對，但當年汪家想把她趕到鄉下讓她等死的事實，她也不信汪永昭心裡沒有數。

事到如今，清算當年之事也沒有太多意義，但張小碗不允許汪永昭因她的孩子不親他，他就要薄待他。

小老虎返京後，汪永昭該給她的孩子的助力，他都要給，不能因為孩子不喜他，他就不給。

她知道汪永昭骨子裡是個什麼樣的人，她再明白不過，知道汪永昭很是排斥她的大兒子，不過，她也知汪永昭不會對懷善有什麼不利。但，她還是希望他能做的都要做到，無須她的孩子去走更多沒必要的路。

當夜張小碗睡到半夜，汪永昭壓上了她的身，弄醒了她，問她。「妳知妳是汪家婦？」

「我知。」張小碗在迷濛中答道。

「妳知就好。」汪永昭便解開了她的肚兜，脫了她的褻褲，輕摩著進了她的身體。

許是念及張小碗的身體，這一晚他的動作很輕，饒是如此，張小碗最後還是出了一身熱汗。

快要晨間時，汪永昭去灶房燒了水過來，倒進了浴桶裡，把張小碗抱在身前，兩人在熱水裡相偎了許久。

待到那夏日的晨光快要從天的那邊爬起，汪永昭在張小碗耳邊輕輕地說了句。「妳可願意把我放在妳的心上？」沒有人回答他，他懷中的婦人已疲憊入睡，他便自問自說道：「如此，我便也把妳放在我的心上。」

一日後，汪永昭離去，張小碗再見到他時，已是一個月後，他來接她回尚書府。這時，汪永昭已是大鳳朝的兵部尚書。

這年，即位不到兩年的劉瓏退位，有著赫赫戰功，攻下夏朝，帶回無數金銀珠寶的靖王劉靖，被群臣擁護即位。

張小碗不知內情如何，也不知這個朝代的史書會如何評價這些事，她只想知道她的兒子何時回來。

但汪永昭不說，她也按捺住不問。

她知他會在該回來的時候回到她的身邊。

汪永昭答應她，兩年之內必讓他回，他做到了，而她要做的就是給予他做到這事的回報，還有尊重。

她不能在這個男人夜間疲憊回來，在他睡在她身邊時還追問他這種話。

這也許會讓汪永昭憤怒，也會對她的孩子不利。

張小碗忍耐著，終於在這年九月底，在懷善十七歲生辰的前兩天，見到了她的兒子——善王汪懷善。

善王來尚書府，下面的下人也不知道，他偷偷地爬過了尚書府的後牆，在當今兵部尚書汪永昭的眼皮子底下溜進了尚書夫人的院子裡。

他探得她坐在亭子裡，手上正在做針線活兒，便想悄悄地上前嚇她一跳，於是便想了法子，走到了她的身後，但卻在探頭之際怔住了。

他娘手上的衣裳，看著那樣式，似是他的。

他看看衣裳，再看看自己如今的身長，便探頭到他娘臉邊，有些鬱悶地說：「妳怎知我現長這麼高？」

早在他探頭時已經察覺他的氣息，內心已驚心動魄過了的張小碗側頭看了看他，笑著道：「你站我面前看看。」

汪懷善便乖巧地站在了她的面前。

張小碗拿起手中的袍子，站起在他身上量試了一下，便點了點頭。「看來是沒錯。」

「我回來了，妳竟如此？」汪懷善站在她面前，那眼睛卻是一眨都沒眨過，他看著她的眼裡有著紅光，似心中藏著過多的話，卻沒得到法子，說不出口。

「竟如此什麼？」張小碗拉了他坐到她先前坐著的凳子上，把他隨便亂紮起的頭髮拆下，將那條舊髮帶放到一邊，拿了衣籃子裡的新髮帶到手上，給他重新紮起了頭髮。

「妳一點也不想見到我……」汪懷善吸了吸鼻子，眼睛徹底紅了，心裡委屈得不行。

「為了來見妳，我連靖王賞給我的善王府都沒去瞧上一瞧，整頓好了兵士我就跑回來看妳了……」

「我怎地不想見你了？」張小碗好笑地翹起了嘴角。

「妳見到我一點點歡喜也沒有！」汪懷善大聲地哽咽抽泣道：「許是妳跟那王八蛋過了這麼久的日子，還生了個孩子，便不要我了！」

「誰說的？誰說我不要你了？」張小碗輕輕地梳著他的頭髮，笑著問。

汪懷善乖乖地坐在那兒讓她梳頭，一動也不動。

這時，他不答話了，只是抽泣地吸著鼻子，似是傷心得不行。

「娘以前說過的話你都不記得了？」張小碗給他一下一下慢慢地梳著頭髮，也隨意地慢慢地問。

如若不如此，因陡然見到她突然長大了不少的孩子而起的酸楚，會把她淹沒，會讓她的眼淚奪眶而出。

她梳理著他的頭髮，也緩緩把那些鋪天蓋地而來的情緒慢慢掩了下去。

「哼……」汪懷善先是不說話，後頭卻是恨恨地哼了一聲，待張小碗給他紮好髮帶，他伸出手，摸了摸那條藍色的髮帶，還放到鼻尖聞了聞，這才轉過頭，一把抱住了她的腰，把臉埋在了她的小腹前，盡情地流著淚。

「我好想妳，娘。」他說。

張小碗抱著他的頭，抬起頭任由眼淚蜿蜒流下。

「妳想不想我？」在她腹前，汪懷善悶悶地問。

「很想。」張小碗笑著答。

汪懷善總算是抬起了頭，他抬頭看著他娘掉下的淚，看著它們滴到了他的臉上，他伸手摸了摸，這才站起，拿起袖子去擦她臉上的眼淚。

「妳最歡喜我是不是？」汪懷善看著他淚眼矇矓的娘，小心且無比慎重地問。

張小碗未語，只輕輕地頷了幾下首。

「那便罷了，我原諒妳了。」汪懷善嘆息著嘆了口氣，把頭靠到她的肩上，似是忍耐地說：「妳多個兒子便多個兒子吧，只是妳要永遠記得，不要傷我的心。」

說著，他把張小碗的一隻手捧起，放到自己的心口，讓她感覺著他的心跳，讓她知道，在他的心裡，他最歡喜的人也是她。

見此，張小碗忍不住笑了起來，她低頭，用下巴貼住他的臉，感受著他的體溫，告訴自己，她的孩子是真的回來了。

母子相依相偎，不遠處的大門口，汪永昭見到此景，差點把拳頭捏碎。

他忍了又忍，終是看不過去，掉頭而去。

他本要走進去，可他知道現在不是時候，他不能逼得她太緊。

那個女人的心太狠，他一逼，她就會在她給自己留的無數條後路中，奪路而逃。

現下，是她還欠他的。

「怎會是善王？」張小碗帶著汪懷善進了灶房，先給他打了水洗手，在她準備拿米磨粉之際，她問道。

這處正院，汪永昭按照她的習性，每天只有早間有丫鬟、婆子定時進來打掃地上，其餘時候，都得有她的吩咐才進得了門。

今日汪永昭在家，懷慕便給他帶到前院去了，要得午間才過來。

現下還早，還要一個多時辰那兩父子才會回來，張小碗便把要問的話問出了口。

聽了她的問話，汪懷善把洗好的手從木盆裡伸了出來，等著他娘給他擦手，嘴上也答道：「我也沒多問，給了就給了吧。我跟靖王先前說好了的，有仗的話我就給他打，打完了，或等我打不動了，我是要帶妳回鄉下養老的，其餘的都讓他看著辦。他給了我這個善王，我也答應他了，哪天要是覺得不妥，那便收回去就是，別要我與妳的腦袋就成。」

「你們這般說話？」張小碗給他擦了手，沈默了一下，問道。

「靖王……不，現在應該稱皇帝了。娘，我跟他現下算是很好，跟他無話不說，他不是個好人，但他是個有志向的人。娘妳說過，一個人只要有志向，再怎麼壞都不是個純粹的壞人，他要他的大鳳子民絕大部分都吃得到飯，他要讓我們這個地方的人就算有了天災，也不會伸手就抓了自己的兒子果腹。娘，我覺得我可以幫幫他。哪天他要是覺得我礙了他的眼，我便帶妳走，我已經有本事了，帶著妳，我們哪兒都可以活著。」汪懷善笑了，他俊朗的臉明亮得就像陽光一樣耀眼，說到此處，他又悄悄地在張小碗的耳邊說：「娘，我現在有本事了，妳知道嗎？」

張小碗又笑了起來，她伸出手摸了摸他的臉，嘆道：「是，你終於長大了。」

「是的。」汪懷善認真地點點頭，他拿過搗米杵，搗起了米粉，臉偏向張小碗問道：「妳哪天收拾一下，帶著我那弟弟住進去？」

「嗯？」張小碗給他折著衣袖，漫不經心地出了聲。

「住去善王府啊！」汪懷善停了手中的搗杵，認真地與她說道：「我可是叫人把我給妳帶回來的什物都搬回我的善王府裡了，就等妳住進去歸置管家了啊！要多少丫鬟、婆子，也還得等妳過去發話呢！」

張小碗聽罷，頭都疼了，她伸手揉了揉額頭，沒說話。

「妳不是不跟我走吧？」汪懷善急了，聲音又大了起來。

「你弟弟還小。」張小碗只得如此說道。

「我沒說不要他啊，妳可以帶著他走啊！」汪懷善急得臉都紅了。「妳別怕他不許妳走，我叫靖王多賞他幾個國色天香的美人換就是！」

張小碗聽得連苦笑都露不出了，只得淡淡地說：「你再無理，我便抽你。你剛剛回來就招我，是不想讓你娘有好日子過了？」

「妳……妳捨不得他！」汪懷善把搗米杵拿起來，狠狠地砸向了牆。

他氣得在原地呼呼地喘著氣，張小碗看著掉了淚，看著他靜靜地說：「你在外頭，我無一日不想，你回來不問問娘，在你不在的日子裡過得如何，你只回來跟我任性無理，你難道不知，你這是親手在娘的心裡扎刀子？」

「我……我……」汪懷善結巴了兩字，這便又哭了，他哭著，不解地問他娘。「怎地我回來，這一切都變了？」

張小碗靠近他，把他又擁入懷裡，安撫地拍著他的背，過得一會兒，待他平復了一些，才在他耳邊嘆道：「娘不是不想跟你走，能走，現下就跟你走了。可你是善王了，你把我從你老子的府裡接走了，是要外人怎麼看你？要外人怎麼看你老子？現在你們在同一艘船上，這船還沒穩，你就要拆船了，你怎地還這般不懂事？」

汪懷善哪是不懂事？這些事其實他都懂，他只是想讓他娘住進他為她打下的善王府。

「可那王府是我為妳打下的，妳不住，讓誰去住？」汪懷善恨恨地咬了她的肩頭，儘管告訴了自己許多遍要體恤他娘，可他還是覺得被她背叛了。

她不再只有他一個孩兒，她還不和他走！

那他要怎麼辦？

「以後自然有人會去住。」張小碗無奈了，柔聲地安撫著他道：「那是你以後的家，你想讓誰去住了，自然誰就可以住進去，可懂？」

「哼，那也是以後的事！妳現在不去住，那我住哪兒？」汪懷善聽得惱火，又咬了咬她的肩，但又怕咬得她疼了，又輕輕地舔了舔那咬著的衣裳處。

張小碗忍不住安撫地又拍了拍他的背，才道：「你要是願意，自然是娘住在哪兒，你便住在哪兒。」

「……那好吧，我跟汪大人說去！」汪懷善沈默了一會兒，才不甘不願地擠出了這句話。

汪大人？他對他那父親，到底是有多少種叫法啊？張小碗無奈地搖了搖頭，把他扶正站直，又去滌了帕子來給他拭臉。

給他洗臉時，還是忍不住說他。「都是要當善王的人了，怎地還哭哭啼啼的？」

「我只在妳面前哭，別人面前才不！」汪懷善聽罷此話，倒是滿不在乎地說。

確也如此，他跟著靖王打的哪場仗不是血仗？騎下伏屍萬具，他還不是坐在那馬兒上，該吃的吃，該喝的喝，吃飽了、喝了水，便又提矛上陣，繼續廝殺，哪怕是下一刻會被敵人千刀萬剮，他也從沒害怕過，更別說掉過一滴淚了。

他從不哭，他只愛笑。

所以靖王才叫他善王，這善字也是通了笑。他們糧草斷絕時，在萬眾兵士的哀鳴聲中，他還能笑道幾聲，確也沒給靖王多添晦氣；回頭笑過，他便帶了他的兵士去給靖王奪敵軍的糧草，他笑著去笑著回，萬般困苦，從沒掉過一滴淚。

只有回了，知道了他的娘親不再只有他一人時，那乾涸的眼淚才滴滴答答地往下掉，偏偏怎麼掉他都樂意，他不覺得有何不好，也不覺得苦，只是難受。

「我心裡難受，我要哭，妳莫攔我！」汪懷善掉過頭，看著她的臉，臉上絲毫羞澀也無，眼睛還顯得紅紅的。

「好吧，不攔你。」張小碗聽得一時沒有忍住，低頭在他額頭上輕柔地吻了一下，微笑著道：「你再長得如何大，也是娘心裡的小兒子、小老虎。」

汪懷善聽得這話，便稍稍有點得意地笑了起來。

張小碗這話便也哄好了他一半，她做飯之際，哪怕還多做了幾個人的，汪懷善也只不屑地哼了哼，別的話卻也是沒說了。

第二十六章

汪懷善在大門口見得那走進來的汪永昭，先是瞪大了眼看著他懷中的小孩，瞧得了好幾眼，才收回眼神，虛情假意地笑著拱手。「父親大人……」

「嗯。」汪永昭漫不經心地應了一聲，抱著懷慕與他錯身而過。

「哥哥、哥哥……」懷慕這時卻叫起了人，才一歲多一點的小孩，「哥哥」兩個字硬是叫得清晰。

汪懷善一聽，眼都直了，幾步竄到汪永昭的身邊，瞧得那跟他長得相似的小孩口吐著泡泡，拍著手叫他「哥哥」，頓時心裡癢得不成形了，便伸出了手。

懷慕看得他伸出了手，便哈哈笑著朝他哥也伸去了手。

張小碗在正堂屋的門前看得也輕笑了起來，朝著汪永昭柔聲道：「您讓懷善抱抱懷慕吧？」

汪永昭掃了她一眼，又偏頭看了汪懷善一眼。

汪懷善一見，立馬揚起了笑，大叫了一聲。「父親大人！」

汪永昭冷冷地翹了翹嘴角，便把孩子給了他。

汪懷善把人一接過，便拋向了空中，再接到手中，見到懷慕又拍著手板心哈哈大笑，他立馬也歡喜了起來，轉頭便朝他娘大叫道：「娘，這個弟弟像我，膽兒賊大！」

「這都叫什麼話！」汪永昭一聽他稍顯粗鄙的話，那眼頓時微微瞪大。

「飯菜都上桌了，就等您來開飯了，快去坐著吧。」張小碗伸手輕輕地拉了下他的衣袖，笑著道。

她這一拉，汪永昭的臉色便好看了些許，那邊的汪懷善瞄到後，則不著痕跡地抿了抿嘴。

到了桌上，懷慕便要張小碗抱了。這一個來月他都是張小碗親手帶的，自然也是有些纏著她的，吃食要得她餵，才願意張開嘴。

懷慕現下也不吃奶了，跟著他們一起吃，張小碗也每每做一些麵條和魚蝦丸給他吃，因著汪永昭也喜歡，每次都是一大份地做出來。

魚蝦都是剝了皮骨的，只取了肉做成丸子蒸出來。張小碗今天做了一大份，分成了兩碗，待人坐下後，她把一碗擺在了汪永昭的面前讓他和小兒子吃，一碗擺在了懷善面前讓他吃。

懷善小時肉吃得很多，也吃得精細，但打仗這幾年間，確也是沒吃過什麼好吃的，待一坐定，先是把這碗丸子吃了，又把一大盆的雞湯也給吃了一半，沒得半晌，那麵條也是去了一半了。

「稍稍慢些。」一看他吃得太快，張小碗的注意力全在他身上去了，懷慕張大著嘴，等著他的下一口飯時她都沒注意到，也沒去餵他。

汪永昭瞧在眼裡，眉頭緊皺了起來，見得這婦人這時連他的臉色也無暇看了，他的臉便鐵青了，一把抱起了懷慕，自行餵了他一口丸子。

張小碗這才回過了神，朝著他不好意思地笑了笑。

汪永昭垂眼，未理會她。

「爹爹……」懷慕吃得一口，朝著他爹爹叫了一聲，又把手伸向了張小碗。「娘親……」

張小碗看看汪永昭，見他臉色沒更難看，便把懷慕又抱了回來，拿著帕子給他擦了臉，才笑著小聲地跟他說：「懷慕乖，娘抱抱，可好？」

懷慕聽得把頭靠在她的懷裡，表示答應。

張小碗這便又笑了起來，這時正在啃雞腿的懷善見得，奇怪地和他娘說：「娘，他是怎認得我的？才一歲多一點吧，這就認得我了？」

張小碗笑笑，輕描淡寫地說：「教的。」

「怎麼教的？」汪懷善饒有興趣地問，視而不見坐在上首位的汪永昭臉有多黑。

「就教教，便教會了……」張小碗嘴角彎起，笑看著她的大兒子。

汪懷善一見她這帶著不善的笑意，便知他最好要收斂點了。

要是太過分了，等一下就臨到她來收拾他了。

汪懷善也知見好就收，向他的這個父親大人暗示了一下，他娘心心念念都是他後，便收了手，痛快地繼續用起了他的飯。

待到飯罷，汪永昭吃得不多。

午間，待張小碗送了懷善進了房午睡回來，汪永昭便叫了奶娘進來，讓奶娘哄得懷慕午睡，他則對著在房內的張小碗冷著臉說：「我肚疼。」

「肚疼？哪裡？」正在忙著整理衣裳的張小碗忙放下手中的活兒，走了過來。

「這裡。」汪永昭摸了摸自己肚子的左側。

「可是沒吃好？」張小碗替他揉了揉，輕嘆了口氣。「剛見您吃得就不多。」

「嗯。」汪永昭冷著臉嗯了一聲。

「我去給您煮點稀粥，您再吃點啊？」

「不用。」

「這……」

「蛋羹即好。」

看著面不改色的汪永昭，張小碗淺笑著點了點頭，朝他一福。「這便去。」

待她走了幾步，見汪永昭跟了過來，張小碗在心裡輕輕地嘆了口氣。

做罷蛋羹給他吃了，江小山新娶的媳婦過來替張小碗熬補藥了，見到他們在廚房裡，還小訝了一聲，施過禮後才問張小碗怎地還沒午睡。

張小碗只得笑著說了聲「今日歇得晚了些」，便跟著把羹吃得乾淨、連碗也隨手丟給她洗了的汪永昭去得了那屋裡。

懷善還在另一房，張小碗這午睡睡得不安寧，過得一會兒就醒了過來。剛起了身，心想要去瞧懷善，就見汪永昭一個箭步下了地，連鞋子也未穿，大步打開了門往那門外走去，沒得幾時，他就把懷慕抱了過來，怒氣沖沖地與她說道：「這也是妳的兒子，妳這婦人好好帶著他吧，休得厚此薄彼！」

這汪氏父子午間便已如此，晚間更是磨人，這飯桌上，張小碗已經用眼神制止不住汪懷善了。

汪懷善拿著碗伸到他母親面前，讓她給他又挾了半碗菜後，便又朝得汪永昭笑著說：「父親大人在京勞苦功高，皇上心裡也是知道的，您確實不易，我看哪，過得幾日，您的府裡就又要熱鬧了，到時那賞賜便會源源不斷地賞到府裡來了。」

張小碗聽罷，淡笑著終開了口，對他說道：「好了，你就好好用膳，先生教你的禮節你都忘了？」

「那是窮講究的人家才講究的，我和妳才用不著呢！」汪懷善聽罷，笑著扮了個鬼臉，對張小碗說：「我回頭就去谷裡把先生接過來養老。娘，妳這兒呢？說個日子，我也來接妳。」

張小碗聽得頭都大了，在桌底下伸出腿，狠狠地踩了他一腳。

汪懷善見罷她的臉色，頭往桌子底下一探，看得他娘踩了人後，「哎呀哎呀」地叫著，便抬起頭來對他娘說：「娘，妳踩著我父親大人了！這下壞了，妳可真是不賢……」說罷，端正了身體，肅了肅臉，朝汪永昭拱手道：「父親大人，我看我這娘出身低，又不知書達禮，襯不起您這一表人才的尚書大人，我來日便把她接了出去，不留她在這府中給您丟臉，算是孩兒對您的一片孝心。」

張小碗聽得這話，實在是忍無可忍了，她即刻站起了身，把懷慕放到了汪永昭懷裡。這時她見得汪懷善要跑，便冷了臉。「你再跑個一步給我看看。」

汪懷善一聽，把踏出門的腳收了回來。

「正中間給我跪下！」張小碗喝道了一聲。

汪懷善抱頭，慘叫了一聲。「娘……」

張小碗沒理會他，四處找能打人的什物。

「娘，妳不能在父親大人的面前打我……」汪懷善吞了吞口水，當真有些害怕了起來。

「門外的柱子上掛著馬鞭。」汪永昭這時淡淡地說了一句，餵了懷慕一口蝦丸。

懷慕正好奇地打量著他的哥哥，這時見他哥哥的臉皺得擰成了一團，他還道是在玩，便格格笑著，激動地拍起了小手板，不懂事的小兒給他哥哥助威了起來。

張小碗默默地去門外拿了馬鞭進來，站到汪懷善面前，蹲下身嚴肅地問他。「還敢不敢這麼沒規矩了？」

汪懷善本還不服氣，但見到她眼底的焦慮和疲憊，心下頓時一疼，再也不敢放肆，便輕輕地道：「不敢了。」

「再也不敢了？」

「再也不敢了。」

「大老爺……」張小碗回頭去看汪永昭。

汪永昭看得她一眼，便收回眼神，不語。

「夫君。」張小碗只得又叫了他一聲。

「起來吧。」汪永昭翹起了嘴角，看了汪懷善一眼，淡淡地說道。

汪懷善暗地咬了牙，表面則笑著朝他拱了手。「謝父親大人不怪罪。」

張小碗這下已疲憊不堪了，帶了他回飯桌，等吃罷飯後，她把懷慕交到了汪懷善手裡，叮囑他道：「好好帶一下弟弟，可行？」

汪懷善低頭看了看懷裡那有幾分跟他相似的小子，再瞧得他的眼睛像他的娘，眼光也柔和了起來，朝他娘道：「好。」

張小碗便也放了心。

待安排好了懷善，到了夜間，汪永昭這頭卻是不行了，剛上床，他便把她衣服脫光，能親的地方都親了一遍，又把她困在他身下做了一遍又一遍，床榻動靜實在太大，饒是張小碗這個前世見識算是不少的人聽著都有些汗顏。

所幸，她也不是個沒心眼的，早把懷善安排得遠遠的，只要汪永昭不把這睡房全拆了，那邊便聽不見聲響。

汪家這大的、小的兩個男人，都不是能讓她省心的，虧得這麼多年她已忍耐成性，要不然誰又受得了這番折騰？

最後最深處，汪永昭把牙狠狠地咬在了她的肩頭，疼得張小碗不禁側過頭去看他，眼睛看過他凶狠的臉，又落在了她那午間被懷善咬出痕跡的傷痕處。

此時，那結了一點點疤的傷痕，被新的、更大更明顯的牙痕替換掉了，再也看不出原來的痕跡。

第二日，汪永昭、汪懷善都上了朝，但待到午後，先回來的是汪懷善。

張小碗二話不說，把懷慕交給了奶娘，讓她把他抱到了外院。在正院裡，她把汪懷善關到他的房內，先用鞭抽到他衣裳內滲了血，才哭著問他。「你是不是要把你娘逼死，你才覺得一切都對頭了？」

汪懷善想嬉皮笑臉，但還是沒有對他娘言不由衷，他只是趴在地上傷心地哭了，哭得就像他的心已經完全碎了。

張小碗沒有忍住，還是上前抱住了他，哭著又問他。「你懂不懂？這不是你的天下，這也不是你一個人的戰場。」

汪懷善傷心地抬起流著淚的眼，問他娘。「為什麼我這麼努力，卻還是得不到我要的東西？我只想好好打我的仗，想跟妳好好在一起！」

他只是想跟誰都說清楚，他的娘是他的一切，為什麼就沒有人懂得？

他那個父親大人、他的祖父大人，就算是和他推心置腹的靖王，也全都不瞭解，他娘是多好的一個娘。

他們不像他一樣，愛戴她、尊敬她，為她的苦所苦，為她的傷所傷。

「懷善……」張小碗抱著他哭得聲嘶力竭，只能告訴他。「因為這世上，別人都跟你不一樣，誰人跟誰都不一樣。你愛我，可你不能讓別人都跟你一般地愛我啊！就好似我願意對你好，但我不願意對任何一個人都好一般啊……」

這世上千千萬萬的道理，她教了這麼多年，最終只能告訴他，這是一個備受桎梏的世間，沒有什麼是逃得脫這個世間的制衡。

他也好，皇帝也罷，誰又真逃脫得了這個世間定下的倫理？

如果他愚蠢，張小碗也就任由他曲高和寡去了；可她的孩子，心心念念的都是希望她逃離苦海，但這苦海，這世間的誰人又真能逃脫得過？

她不願意他帶著她逃離，然後最終，他們死於非命，一無所有。

她確實過於懦弱，但她只希翼，她能保住他的命，讓他看到更多的可能。

他是她捨命保下的孩子，她只願他往後的人生裡，有更多幸福的可能。

晚間汪永昭回來，晚膳期間他一言不發，汪懷善說了好幾句近乎挑釁的話，他都未語。

張小碗給他沐浴完，給他擦乾身體，還來不及擦乾頭髮，他便已然疲憊入睡了。

這夜半間，張小碗醒來，就著黑暗聽著他輕淺的呼吸半會兒，最終還是把口裡的嘆息嚥了下去。

隔了幾天，汪懷善來跟張小碗不甘不願地說：「他幫我想法子，把對我當善王不滿的那幾家子抄家了。」

「幾家子？」

「嗯，幾家子，上千的人口。」

「懷善……」

「娘……」

「你知我為何讓你忍了？」

「知了。」

汪懷善說到此處，把頭低了下來。

張小碗愛憐地把他的頭抱到肩前，輕聲地跟他說：「你才多少歲？他多少歲了？你幾歲上的戰場？他幾歲上的戰場？」

「他快四旬，我不到二旬，他七歲上的戰場，我十三歲上的戰場。」汪懷善把他的頭埋在他母親的懷中，悶悶地說。

「他在護你，這就是我待在尚書府的理由。」張小碗靜靜地和他說道：「你要是忍不得，今天就可帶著我遠走高飛，生死不論，娘願意跟你走；你要是忍得，我就和你好好地活到老，待我老得什麼地方都去不了時，你還可帶著我回到我來到這個世間的地方，慢慢地送我走。這兩條路，你要幫娘選哪條？」

汪懷善當下什麼也未說，只把頭埋在了她的頸間，好一會兒才嘆息著說：「選後一條吧……娘，我知道了。」

張小碗悲涼地笑了。「你啊，就算到了頭，也是我心中最不可能了卻的牽掛。」

他不懂的、他不願意懂的，她都得替他懂。

她沒什麼辦法，誰叫當日，他成了她的孩子，也成了她心中永不會忘卻的存在。

汪懷善就此在尚書府裡住了下來，但他忙於軍中事務，在尚書府中住了不到三日，把善王府的事交給了張小碗，他便回到了軍中。

張小碗這夜趴在汪永昭的懷中問他。「怎地如此多事？」

她訝異孩子如此的繁忙，汪永昭尋思了一會兒，才與她詳細地道：「他現今統管萬軍，營下三將、六都統、十二千總，都得與他領命，這麼多人與他會面，哪有那麼多閒暇待在家中？」

張小碗一想，便垂了頭窩在他的肩頭，與他嘆道：「孩子一長大，竟不像是我的一般了。」

汪永昭聽得好笑。「他都是異姓王了，妳還想著他是妳一個人的孩兒？」說罷，又道：「懷慕也是妳的孩兒。」

張小碗聞言便笑了，垂下雙眼，在他的肩頭睡著了。

第二日，她去了善王府又歸後，聽得她的夫君得了四個大美人，以前都是大家閨秀的罪臣之女，她當下真是無奈又哭笑不得。

聞管家彙報完畢，見罷她的臉色，站在那兒不語。

想了一會兒，張小碗只得嘆道：「都放在那大院子處吧。」

聞管家領命而去。那大院子裡，還住著三個姨娘，但那大院子有九座小院，再塞四個也是塞得下的。

當晚汪永昭回來，張小碗若無其事，得了四個大美人的汪永昭卻面色鐵青，對著張小碗又是面色不善，又是憤怒不堪，最終抱了懷慕冷臉而去，在他的書房小榻處，抱了孩子睡了一晚，第二日一大早的，就被聞管家抱到了她這處。

張小碗又能如何？只得第二日她的大兒子一回來，她就拿了雞毛撢子，硬是狠狠地揍了他一地雞毛。

饒是如此，汪懷善還是不服氣地說：「他才得了四個，我的上頭尚德將軍，得了堪堪十二個，他還得另築院子才塞得下呢！」

張小碗當下又打了他一頓。

汪懷善又泣又訴。「又不是我給他的，是皇帝陛下賞給他的，干我何事？」

張小碗拿他頭疼，這才真正領會，孩子長大了，有了自己的主意，就由不得她掌控了的感覺。

有了那四大美人和那幾個大美人的姨娘塞在一處，這尚書府又熱鬧了起來。

每日張小碗一從善王府回來，聽得那些女人們都幹了啥，都有些許的目瞪口呆，她很是佩服這些女人們這麼多的心眼，一個人能整得一個人生生吐血，而正主卻從來沒出現過。

但她也不興風作浪，如果這些個美人能得了汪永昭的眼，其實這也是她能接受的事。

她對汪永昭無愛，汪永昭要是對她無情、無所顧忌，那就更是美事，這些個美人，誰得了他的眼，都是那女子的好事，也是她的幸事。

她已有兩個兒子，在她完全不期待有什麼感情的基礎下，她有孩子就夠了。

不管是女人的一生，還是人的一生，得了一點，人就得學會滿足，所以張小碗壓根兒就沒想過，汪永昭對她的那丁點興趣，真能維持很長時間。

但許是最難消受美人恩，汪永昭在外忙碌了大半個時間，回到家中，不是有人在他面前摔倒，就是有完全陌生的女人在他面前哭哭啼啼些他聽不懂的，這些突如其來的美人恩與飛來橫禍沒什麼不同，待閃過，他就來到張小碗面前發火，卻只得痛聲罵她。「不尊不孝，枉為人婦！」

枉為人婦的張小碗聽他罵得狠了，只能低頭不語，且讓他厲聲痛罵去了。

只是這日回來，汪永昭罵完她後，便躺在了椅中，一語不發。

她一驚，探過他的額頭之後叫了大夫來，才聽得大夫說他「思慮過度」。

她心下陡驚，又令人叫了汪懷善回來，才知這幾日裡，汪永昭在外一刻都不得閒，每日帶著汪懷善在外拜會無數官員。

這些汪永昭醒不過來的日間、夜間，汪永昭在夢中驚叫了數聲，聲聲叫的是張小碗聽都未曾聽過的名字。

她叫來汪懷善細問，待懷善一一去找人查問，才知這些名字個個都是往日犧牲在戰場上的那些人，無一例外，都是汪永昭的手下。

有些人，甚至是懷善現今手下得力人員的父親。

那些個人，得知汪永昭夢中唸的都是其父的名字，紛紛跪倒在汪懷善的身前，聲聲泣哭，皆言生死追隨他左右。

數日後，汪永昭終究自夢中醒了過來，一待醒後，他便對張小碗說道：「妳別離開我，妳還欠我甚多。」

張小碗聽得淺淺笑了一聲，拿過帕子，撫了他的額，輕聲地說：「知道了。」

汪永昭聽罷，又閉上了眼，輕呼了口氣，用若有似無的聲量說：「許多年了，小碗，妳知不知道，我只願太太平平過上那麼些許日頭。」

汪永昭在家中歇了好些日子才上朝。

這日，有宮中人秘密來請張小碗，張小碗匆匆進了宮中，見了榻上那母儀天下、現下已眉目憔悴的女人。

以前的靖王妃、現今的皇后，握了張小碗的手，當下人全退下後，對她說：「還得求妳一事。」

張小碗不語，只是垂目。

「答應我吧。」皇后看著她的手，掉了淚。

「您說說。」張小碗說罷此話，才知她的心硬得不成形。

「把我的婉和嫁給妳的兒子，讓她當妳的兒媳吧。」

「善王是如何說得的？」張小碗輕輕地道。

「呵，他說這得問妳。」

「而妾身得問他。」張小碗跪在她的身前，把頭磕在了地上。

「讓她嫁給他吧。」皇后起身，狠捏著她的手心。「答應我。」

「您為何不下旨？」張小碗抬眼，冷靜地看著她。

她完全可以不問她，她是皇后，她只是一個臣婦。

皇后看著她，流著淚。「哀家求妳也不成？」

張小碗看過她的淚臉，低下頭，再給她磕了一個頭。

待她離去，皇后呵呵地笑了，語道：「這世上的女子啊……」

這世上的女子啊，心狠的心狠，可憐的可憐，愚昧的端是如此愚昧。

當夜子時，靖鳳皇后薨，享年三十八歲，舉國哀痛。

當晚，汪氏父子匆匆回家著喪服，張小碗把門關了，來不及把汪永昭支開，當著他的面問汪懷善。「為何皇后不下旨讓你娶公主？」

汪懷善冷冷地翹起嘴角，冷冰冰地說：「因公主另有心上人，郎有情、妾有意，孩兒不奪人所愛。皇后想讓孩子出面請旨，可她這是要置孩兒於何地？我可不想給汪家娶一個給我戴綠帽子的夫人。」

「皇上的意思呢？」張小碗長吸了一口氣，屏住呼吸道。

「娘親，那人才貌雙全，是當今相爺的公子，皇帝自然中意他。」汪懷善聞言便笑了。「想把婉和公主嫁與我的，只有皇后一人而已。」

張小碗這才把氣全鬆了下來，她吸了兩口氣，才起身給汪懷善整理喪服。

她沈著地把汪永昭與汪懷善送出了門，這時，她已恢復了平時的平靜無波。

路上，汪永昭問汪懷善。「你娘是怎地想的？」

「何事？」

「你的婚事。」

「我的婚事？她是怎樣想的？」汪懷善奇怪地看著與他同在馬車內的父親，看得他半會兒，笑了，問道：「您真想知道？」

「說。」汪永昭簡單的一句命令。

「就算是天王老子把劍架在她的脖子上，我想娶誰，她都由得我娶誰。」汪懷善在他父親耳邊翹起嘴角，一字一句輕輕地說：「她和您永遠不一樣，只願我永世平安喜樂，誰也休想逼迫她勉強我。您要是不信，您試試？」

汪永昭聽罷，隨手一掌，把他拍離了他的身邊，淡淡地與他說道：「你太多話了。」

汪懷善聽得坐在角落格格地笑了起來，笑完嘆道：「婉和公主啊，也真是可憐，自古才子多情，她哪知啊，她的江公子為了娶她，連懷了他孩子的丫鬟都可以殺人滅口了，這種男人啊，怎會是良人？」說到此處，他又輕聲地自言自語。「皇后想嚇我娘？可我娘豈是誰人嚇得了的？」

說罷，他開心又得意地無聲笑了起來，看得汪永昭又一巴掌揮了過去，小聲斥道：「規矩點！」

汪懷善這才收斂起了笑容，臉上掛滿了哀戚。

他心裡不是不為皇后嘆息的，只是，最應該憐惜她，最應該心疼她、為她著想的皇帝都不如此，他又有何立場替她惋惜她為皇帝殫精竭慮的一生？

靖鳳皇后薨，皇帝哀痛不已，舉國守喪一年。

關起房門，房內只有她與汪懷善時，對汪懷善與她所說的關於皇帝的事，張小碗翹起嘴角，不屑地冷冷哼了一聲。

汪懷善則躺在她的身邊，翹著嘴角，吃著手中的花生米，問他娘道：「娘，皇上已三日粒米不進了，妳說何日他才會緩過來？」

「再過幾日吧。」張小碗淡淡地道。

「幾日？」

「你想還要幾日？」

「呵……」汪懷善笑罷，嘴角笑意淡淡隱下，換上了滿臉的沈穩。「打仗時，王爺也是心心念念王妃的，娘，這是真情。」

「來日他懷擁別的嬌豔女子，也是真情。」張小碗淡淡地說。

「娘……」說到此處，汪懷善撇過頭，問她。「妳歡喜過汪大人嗎？」

「怎地了？」張小碗輕皺起了眉。

「就是想問問……」汪懷善說到這裡遲疑了一下，剝了幾顆花生米放在嘴裡嚼爛了才輕輕地說道：「妳給他生了我和弟弟。」

張小碗笑了，並沒有回答他。

汪懷善看她，卻看得她把頭輕輕對著窗戶那邊，淡笑不語。

想著隔牆有耳，汪懷善也不再追問了。

這年除夕前夜，皇帝詔令幾個大臣攜家眷進宮茹素。

汪永昭名在其列，汪懷善也在其中，身為兩人的家眷，張小碗穿了她那身二品夫人的行頭，跟在了兩人後頭進了宮。

宮宴寂靜無聲，很符合這個王朝剛死了皇后的氣氛。

許是宮宴過於死氣沈沈，皇帝叫了宮女出來唱了一首曲子。

張小碗聽得個開頭，就震驚得半晌都無語。

這聲調清麗的曲子和聲線，跟她所處的那個時代某女歌手唱的那首〈但願人長久〉一模一樣！

別說詞，連音都一模一樣！

看她呆了，聽得一點味兒也沒有的汪懷善湊過頭來，小聲地問她。「有這般好？」

張小碗僵硬地看了兒子一眼。

汪懷善不解。「這是婉和公主教宮廷樂師唱的，真有這般好？相爺也說好，我可是覺著一點味兒也沒有。妳要是覺著也好，我改天教人學會了來唱給妳聽。」

張小碗垂下眸，不語。

見得她恁是如此這般守規矩，見汪永昭也朝他橫眼過來，汪懷善便不再言語，坐在那兒喝著清茶，百無聊賴地聽著這催眠的調子。

婉和公主他見過，人長得清純也甚是美麗，就是太嬌滴滴了，也太讓人——不想接近了。

娶回來做啥？娶回來當菩薩供著嗎？他可真是敬謝不敏。

正好，她非江容坤不嫁，還私訂終身了，他可真是鬆了一口氣。皇后娘娘在垂死之際，還老惦記著要他替她守護個不諳世事的；他何德何能，在連自己的娘親都不能解脫束縛的境況裡，替不相干的人保護一個心有所屬的女子？

各人的命各人擔。

想至此，汪懷善側頭看著坐在他們身後、靜靜跪地坐著的母親，目光溫柔了起來。

像是察覺到他的眼神，他的娘親輕輕地挑起眼皮，看得他一眼，這才繼而垂下了眼。

得了眼神，汪懷善心滿意足地轉回頭，見得汪永昭皺眉看他，他朝他的父親大人一挑眉，又坐直了身體聽著這就算惆悵，也還是過於柔情的調子。

張小碗這一夜過於安靜，汪永昭也覺察出了幾許不對勁，待離了宮門，馬兒快步跑向了尚書府，他才握了她的手，問道：「哪兒不適？」

「沒。」張小碗輕搖了下頭。

這時汪懷善正探頭在吹口哨，得到左右兩邊的守將都報平安的訊息後才收回了頭，不安地摸了摸她的額頭，說：「回了府中，找大夫來瞧上一瞧吧？我見妳吃得不多，連口茶都沒喝下。」

心神不寧的張小碗苦笑，忍了又忍，才輕輕地問汪懷善。「那婉和公主是個什麼樣的人？」

「娘……」汪懷善瞪大了雙目。「妳別是真看上她了吧？」

聽得他沒規沒矩的口氣，汪永昭伸手毫不留情地搧了他後背一巴掌。

汪懷善怒目向他，但隨即又緊張地看向了張小碗。

張小碗輕嘆了口氣，輕輕地搖頭。「不是。」

罷了，不多問了，她是誰、不是誰，與她又有何干？

汪懷善聽罷，還是有些許不放心，探到她耳邊說：「我不歡喜她，妳也不要歡喜她，她不是個守規矩的人。」

「不守規矩的人？」張小碗稍稍有些愣然。

「是……」汪懷善看了看汪永昭一眼，見他未阻攔，便又繼續在她耳邊道：「她已跟那相爺的兒子私訂終身了，聽得我們在宮內的暗線說，她在青鳳宮中要死要活地要嫁給江相的兒子江容坤，想來皇后死得這麼快，也跟她的違逆有那麼一些關係。皇后死後她哭天兒抹淚，日日在皇上面前道她對皇后的孺慕之情；哼，怎地不在生前便對她的母后多些尊重？她太假了，我不喜她，妳也不要歡喜她，她當不了妳的好媳婦，再有才也沒用。」

張小碗聽得真真是傻了，好一會兒才回過神，搖了搖頭對著兩個看著她的人淡淡說道：「看著我做啥？我可沒說讓她當我的媳婦。」

汪懷善聽到此話，完全安下了心，心下輕鬆，嘴上又沒把門兒的了，對他母親說道：「妳看不上她，她也看不上我，正好！」

「她怎地看不上你了？」張小碗瞄得他一眼，漫不經心地問。

「哈，還能怎地？嫌我是個武夫，嫌我娘是個鄉下來的會打架的粗婦……」汪懷善說到此，把他娘那手放到自己手中握著，不屑地說：「她要是知她母后求妳，妳都沒答應要我娶她，不知她會做啥想？」

除夕，汪永昭帶著汪懷善、汪懷慕與張小碗回了原先的總兵府，也就是現在的汪府過年。

現在的汪府被皇帝賞了下來，賜給了汪家。

汪家出了一個異姓王，汪永昭又是官拜兵部尚書，汪家在京都極為風光，他這攜家帶眷地回去汪府，路人皆駐足觀望。

馬車內，張小碗並不說話，待到了汪府，汪永昭那三個弟弟帶著其家人拜見過他們後，他們便進了汪觀琪夫妻的主院。

汪觀琪看到他們，受了汪懷善的一拜之後，眼露滿意。

汪韓氏則笑得勉強，不停地往他們身後望。

許是沒有看到她想看的人，在團圓飯桌上，她對於張小碗的伺候不冷不熱。

飯後夜間，汪余氏攜著女眷與張小碗熱鬧說話，張小碗也是有笑有答，場面倒是熱鬧得很。

只是待到放鞭炮後，汪韓氏那邊還是出了岔，送了一個丫鬟過去伺候汪永昭。

這丫鬟送過去時，汪韓氏讓她過來與張小碗見了面，張小碗見她長得真是楚楚動人得緊，那雙眼睛，未動就已含三分情了。

確實是個美人。

汪韓氏叫她進來見過張小碗，又朝張小碗笑著道：「他們那邊今晚怕是酒會喝多，就著了小楚過去伺候他們吧，妳看可行？」

「這……」張小碗遲疑了一下。

「我派個丫鬟，如今都不成了？」汪韓氏淡淡地接了話。

「依婆婆的意思就是。」張小碗苦笑出聲。

她話罷，汪韓氏滿意地叫了丫鬟下去，屋內女眷一時半刻的，竟誰人也沒出聲。

張小碗垂目坐在那兒，引來了汪余氏幾人的同情眼神。

就算她是異姓王的母親又如何？在這個家裡，最大的也不是她。

汪韓氏這邊派了貌美丫鬟過去，待到半夜汪永昭那廂酒醉，她就進了屋，扶了汪永昭去歇息。

喝得也不少的汪懷善眼睛一抬，輕輕一笑，隨即推開身邊的丫鬟，找來了小廝扶他回他母親的院子，睡在了最靠門邊的客房。

第二日午間，汪懷善以善王府要應酬同僚官員為由，抱著懷慕，帶著張小碗，跟汪觀琪告了別，三人離去，回了那善王府。

懷慕在馬車上還叫著「爹爹」，汪懷善逗他道：「你爹爹正醉臥美人鄉，等回頭得空了，就會來抱你。」

懷慕聽不懂前半句，但後半句那句抱他可是聽懂了，遂歡快地拍起了手板心，笑得眼睛都彎彎的，口裡叫著「爹爹乖，疼懷慕」。

張小碗聽得哭笑不得，但也無暇想太多。一到善王府，她尋來的管家已經候在了門口，就等著她的吩咐。

張小碗急步先查看了下前院待客的堂屋，又打量了一下周邊的地方，見甚是乾淨，擺置也得體，算是先放了心，這才帶懷慕回了後院。

他們剛回善王府沒多時，就已有懷善麾下的兵士上門拜見，張小碗則在後院收禮，聽得前面的管家著人報信過來，來的是什麼人、在懷善旗下得的什麼位置、家中有幾口人，張小碗聽罷，就打點回禮。

家中有老人的，就包一小包人參，家中有小孩的，多包一包糖果，大過年的，銀兩不好送及，便把素布五尺、花布五尺的布疊得厚厚的，塞進了那籃子裡。

這天善王府來的人絡繹不絕，所幸張小碗在年前已經把各色什物都備得很齊全、很妥當，來的人多，但回禮也沒缺誰短誰的。

待到初二，懷慕已經想念他的爹爹，張小碗猶豫了一下，叫來管家，得知汪永昭已回尚書府，清晨她便帶著懷慕回了尚書府，在書房見了汪永昭，充滿歉意地與他說道：「懷善那邊還須忙得幾天，您看，我還是在那邊多待幾天可好？」

汪永昭的書房內，那楚楚動人的美貌丫鬟亭亭而立在一邊，她與張小碗見過禮後，張小碗朝她淡笑著說了句「免禮」，確也沒心思多看一眼。

她說罷話，見那丫鬟又偷偷摸摸地看她，張小碗奇了，摸了自己的臉。「我臉上可是有髒物？」

那丫鬟受驚地閃過眼神，頭垂得低低的，欠身施禮。「沒有，是奴婢無禮……」

她這廂還要說話，張小碗聽罷就揮揮手說：「如此就好。」

說著，就朝汪永昭看去。

汪永昭看她一眼，把手中的書本擱在了書桌上，看著懷中還在打瞌睡的懷慕半晌，許久才道：「如此便去吧，忙完了再回。」

張小碗聽得這話猶豫了一下，好一會兒，才彎腰答道：「多謝大老爺。」

張小碗猜測汪永昭那句「忙完了再回」是讓她就此在善王府住下，她先是試探地住了幾天，尚書府那邊未來人著她回家後，她才確定，汪永昭確確實實就是這番意思。

她揣摩著汪永昭的心思之時，最高興的莫過於汪懷善和汪府中的汪韓氏了。

而尚書府的後院，確也是樂翻了天。

這十來日，汪永昭確也是在後院歇息了，不再像前段時日一樣，一步也不踏入。

張小碗這邊過到十五出了節，確也是想懷慕了，汪懷善便去了尚書府，接了懷慕過來，玩罷兩天，又主動送了他回去。

他跟張小碗說了，隔三差五的，他就把懷慕接過來陪她。

張小碗這下才算是真正地鬆了氣下來。尚書府如何，汪永昭如何，到底是什麼樣的，只要不危及她的利益，她什麼都無所謂，所以整個尚書府算下來，只有懷慕是她捨不下的。

只要懷慕能見得，她與汪永昭兩府而住是再好不過了。

汪永昭可有嬌妾、美丫鬟相伴，而她則得了幾許輕鬆自在，用不著再多伺候他。

兒子的善王府，確也要比尚書府令張小碗愜意得多，在這個府裡，她說什麼便是什麼，與尚書府裡的謹言慎行完全不同；住得些日子，懷慕也過來幾次後，張小碗整個人都放鬆了下來，那眉目之間，也算是有幾許婦人的風情了。

來了這世道這麼多年，張小碗這才覺得不被日子逼得連喘口氣的時間也沒有，有閒暇了，也不再憂慮太多，可看看書，或者四處轉轉，打點下家務。

家裡那邊，張小寶也帶著家人過來住了段時日，張家又多添了兩個人口，兩人都是男孩，一人是小寶的小兒，一人是小弟剛得不到一個月的孩子。如今算是有了自己真正的家，張小碗便把他們留了又留，留到四月田土要忙活起來時，才放他們走。

這次，張小碗還是又把讓他們留後手的什物都帶走了，她想得多，什麼事都還是要給自己留些退路。

四月中，汪永昭病重，讓聞管家帶了懷慕過來請張小碗回府。

懷慕這時已有一個半月未來，張小碗這才驚覺，在有張家人住在府裡的時日，她竟沒有想他多少。

待他來，不到兩歲的懷慕似是心事重重，看著張小碗竟不願再叫「娘」，也不願意伸出雙手來讓張小碗抱。

張小碗過去要抱，他則躲閃了一下。

聞管家在其後輕聲地告知他。「小公子，這是夫人啊，你娘啊，你要接回家去的娘親啊……」

懷慕這才癟了癟嘴，伸出手，要哭不哭地叫道：「娘……」

張小碗便把他抱到了懷裡，給家裡的管家交代了幾句，便上了尚書府的馬車。

馬車內，懷慕不願意張小碗抱他，縮到馬車的一角，低著頭靠在那兒。

張小碗心酸，靜靜看著他半會兒，才再伸出手，把在她手臂中掙扎的孩子緊緊地抱在了懷裡。

一下馬車，聞管家就帶著抱著懷慕的張小碗往她以前住著的主院走。

一進去，她掠過院中的景致，看見她走時抬放在院中石桌上的那一大盆月季還擺放在原位，因著春天，遠遠看去，那月季似是長出了淺淺的花朵。

前面幾步的聞管家已把主臥的門打開，張小碗抱了孩子進去，剛進，就聽得懷慕拔高著嗓子喊——

「爹爹、爹爹！」

「回來了？」一道低沈又微顯冷漠的聲音響起，伴隨著幾聲輕咳聲。

張小碗抱著欲掙扎出她懷抱的人，見得了那床上的人，稍呆了一下，竟忘了施禮。

懷中不斷掙扎的懷慕把她拉回了神，待她放下他，看著他朝汪永昭奔跑而去，她這才勉強地笑了笑，朝床上那瘦得兩頰都凹陷進去了的汪永昭施了禮，說：「大老爺。」

「嗯。」躺在床頭的汪永昭未看她，輕應了一聲，專注地看著汪懷慕爬上床，見他爬不上來，便起了身，把他抱了上來，淡淡地問道：「可叫你娘了？」

懷慕不說話，他鼓了鼓嘴，把臉埋進了他父親的懷裡，像是在逃避著什麼。
見到此景，一時之間，張小碗竟不知說何話才好。
孩子還太小，終是離不得，不管他多得汪永昭疼愛，她終歸是他的娘。
張小碗在心裡嘆了口氣，靜站在一邊，雙眼略帶無奈地看著趴在汪永昭懷裡的小背影。
「讓娘抱抱吧，懷慕？」張小碗靠近他們，彎腰小聲地說道。
懷慕並不理會她，張小碗只得又叫了幾聲。
她喚了他好半晌，他才抬起頭來，眼睛略紅。
張小碗這次去拉他，他終是沒有掙扎，由得了她抱住。
「娘去做糖糕給你吃，可好？」張小碗親了親他的頭頂，誘哄地問道。
懷慕未答應，只是看向那倚在床頭、看著他們的汪永昭。
張小碗不得不也看向他，對上了汪永昭那平靜無波的眼睛。
「好。」汪永昭淡淡點了頭。
懷慕這才轉過頭，朝得張小碗輕輕地點了點頭，便又委屈地癟起了嘴，縮在了張小碗的懷裡。
下人熬了藥來，張小碗都是親自端了給汪永昭喝。平日裡，她便在堂屋裡做著針線，看著懷慕跟人玩耍。
懷善隔兩天就會過來一趟，每次陪得她坐半會兒，見得她安然自在，臉色甚好，便只得回了他的善王府。

他娘說，懷慕終歸是她的孩子，她也得養大他，不要他像他一樣，有一個就沒有另一個。

汪懷善聽得心裡酸楚，便不再提要把她搶回去的話了，只是閒下來了，就過來陪他娘坐會兒，陪弟弟玩耍一會兒。

他終究是與汪永昭沒有感情，往往問過安，不談公事，只坐在那兒的話，他們完全無話可談。

如此，他每次過來問過安就退了出來，專到張小碗這邊來坐著。

對於汪永昭，張小碗想著還要在這尚書府長久住下去，因著那長久，為了對她自己好點，她便也不再像過去那般親力親為了；事情全交給了下人做，宵夜有廚房裡的下人，洗澡沐浴穿衣自然有丫鬟，這些該是下人做的事她都交與下人，不想再像過去能不使喚這些人就不使喚這些人。

五月，汪永昭的身體好了些，但他還是託病，藉故並未去上朝。張小碗聽得汪懷善說，皇上有新政令要頒布，群臣天天在朝上吵，他這父親大人幾派人馬都認識不少，不上朝可能是要圖個清靜。

這些都是懷善告知她的，張小碗也並未多問。

朝中吵翻了天，汪懷善卻是饒有興致，每天上朝上得勤快，退朝時走得最慢，按他跟張小碗的話說，就是他看他們爭得跟鬥雞似的太有意思了，捨不得少看一眼。

這年的五月，雨水要比往年多，那婦人悄悄遞了信出去，汪永昭叫人中途使了法子，把那信謄寫了來，一看，那婦人竟是又要存糧了。

存糧、存糧，這婦人似是她沒有了糧，便不能活下去一般，就是到了今日，她那兒子都當了王了，她還是誰人都不信，什麼話都不與人說。

她要存，就由得了她存去。汪永昭放了話下去，叫暗地裡的人給她那娘家的人多存點糧。

她愛如何，就如何去吧。

他又去了後院，後院的女人溫膚柔肌，抱起來倒也算是暖和，只是興致一過，他還是覺得冷。

這漫漫長夜熬到初晨，便不能再躺下去了，又得回院。

他躺回了那婦人的身邊，聽著她輕淺的呼吸，又覺得有了幾許安寧起來，便再睡了過去，那些惱人的舊疾似是也沒疼得那般厲害了。

他試過讓這尚書府沒有夫人，自然有新人替了她這舊人，只是他喜愛的孩子是她生的，這床榻也讓她睡出了溫度，沒得她，一日無謂，二日無妨，時間久了，竟似是忍耐不得了。

汪永昭心想，怕是還沒緩過那勁，待他對她也似她對他那般冷心冷情後，待到那日，他便是緩過來了。

現如今，就姑且這麼過吧。

五月中旬，雨水還是未停，站在廊下看著大雨的那婦人抱著他的孩兒，也不再像平日那樣歡笑了，朝他看過來的眼神有些憂慮，問他道：「您瞧瞧，這雨可是還會下上一段時日？」

汪永昭抬手把溫熱的黃酒一口乾了，那婦人瞧見便抱了孩子過來，把他的懷慕放到椅子上，低頭笑著道：「懷慕乖乖，娘親幫爹爹倒杯酒。」

她給他倒了一杯酒後，又抱起了孩兒坐著，笑眼看著他。

她兩隻手都放在了孩子的身前，那種護衛著他的姿勢讓汪永昭冰冷的心稍稍緩過了點氣。

她給他倒了酒，他便給她想要的，遂開口淡淡道：「國師說，四月雨連著五月雨的話，必是澇災無疑，這雨不會停下。」

「如此……」那婦人苦笑了起來，她心不在焉地吃過懷慕塞給她的芝麻糖，便轉頭看那雨幕，眉心輕攏起來。

汪永昭靜靜地看著她，瞧得幾眼，便轉過了頭。

這些日子以來，他看她看得近了，覺得她的眉眼不是那麼精緻，但卻烙在了他的心口似的，讓他疼痛。

「爹爹，吃……」懷慕又抓了顆糖，小身體向他探來。

汪永昭不禁淺笑，靠近他，讓他把糖塞到了嘴裡。

「娘親、娘親……」餵完他爹爹的糖，懷慕又叫喚起了他的娘。

那婦人一聽，連忙拉回了眼神，眼睛溫柔地看著他問：「可是又要什麼了？」

「尿尿、尿尿……」話並不是能說得太多的懷慕叫喊著，抬著他的小臉，滿臉著急地看著她。

那婦人便笑了起來，一把抱起他，嘴中說道：「我的乖乖，可真是懂得叫娘了，真好，下次想尿尿了也要叫娘親可好？」說罷，她抱了孩子去了那出恭房。

汪永昭看著她急步抱著孩子而去的背影，直至她消失。

他聽著大雨傾盆的聲響，過了一會兒，他仔細地辨別著，終聽到了那婦人去而復返的聲音，也聽得她在廊下的那頭和小兒說道——

「懷慕要乖，晚膳後娘親帶你去爹爹的書房玩，可好？」

懷慕便拍起了手板心，嘴裡叫著爹爹。

那婦人抱著他，笑意盈盈而來，汪永昭便伸手接過了他，瞧了瞧他的手，未見通紅，這才抱實了他，對他道：「可要喝水？」

懷慕也抱上了他的脖子，笑眯了眼睛。「爹爹，水水，喝水水……」

汪永昭便拿了他的酒杯探到他的嘴邊，懷慕靠近他的手，許是聞到了酒味，便癟了嘴，朝得那婦人伸手。

那婦人便接過了他，笑著白了汪永昭一眼，拿了水杯給他餵水。

汪永昭微翹了下嘴角，看向了那院中的雨。

這雨要是再下下去，那新皇，怕是又得頭大了。

這雨又下了幾日後，這天下人來報，後面院子裡的女人有人懷孕了。

汪永昭突生厭倦，便把這些個人叫到了屋子裡，看著手下人把一碗打胎藥給那懷孕的姨娘灌了下去。

躺在地上的女人沒得一會兒，身下就滲出了血。汪永昭揮手叫人拖了她下去，對屋內靜寂無聲的女人們淡淡說道：「聽好了，我讓妳們生，妳們才能生，沒叫妳們生，那避子湯哪時得的就哪時喝，要是讓我再知道誰敢自作主張，我便叫人挖了坑，活埋了妳們。」

當場無人說話，汪永昭便提腳出去了，把這些女人拋到了身後。

他給她們飯吃，養活她們，不是讓她們來添亂的。

要是敢，那就得做好承擔這責任的後果。

那懷孕不到兩個月便沒了孩子，最後甚至喪命的姨娘，是新皇賞的，不出幾日，宮裡來人叫汪永昭過去。

汪永昭臉上無波無緒，一派平靜，張小碗抱著懷慕送他到大門口，看他帶人出了門，她無奈地搖了搖頭。

這日夕間，汪永昭回來了，張小碗走至他身邊時，才發現他全身的衣都濕透了，身上冒出了一股濃郁的汗味。

她忙招了小廝抬熱水讓他沐浴，待忙好，浴房裡的下人來報，說尚書大人在桶內睡著了。

張小碗匆匆過去，見他真是睡著了，便叫江小山過來把他抬上了榻。

本來她是要叫小廝過來擦身的，但小廝跟著江小山抬水去了，她也沒再叫丫鬟，親身幫他擦乾了身體，把他裹到被子裡後，又給他擦起了頭髮。

頭髮快要擦乾時，懷慕這時被丫鬟抱了過來，看到他爹躺在床上，便睜著他的大眼睛問：「爹爹睡覺覺了？」

他這一聲，把入眠的汪永昭叫醒了過來。他先是看了懷慕一眼，又抬頭看得張小碗一眼，便閉了眼，淡淡地道：「把懷慕抱來。」

張小碗接了丫鬟手中的懷慕過來，把他塞到了汪永昭的被窩裡，父子倆同一被窩。

「懷慕跟爹爹睡一會兒可好？」懷中有了孩兒，汪永昭這才又睜開了眼，疲憊地看著他的孩子問。

「嗯，爹爹，睡。」懷慕像是覺察出了什麼，說罷這句，便把頭倚到他的胸前，乖乖地閉上了眼睛。

汪永昭無聲地微笑了起來，抱著懷中的小兒，安然入眠。

總歸，這個孩兒完完全全都是他的。

第二十七章

這夜，汪懷善入府，得知汪永昭因私自殺了皇帝賜的美人，被皇帝藉此名目懲罰，起不了床，他默默用了晚膳，待到下人一退下，他便跪到了張小碗的面前。「娘，妳怪我嗎？」

「後院的那幾個人，是你開的口讓那位賞他的？」

「是。」

張小碗良久未語，好久才疲倦地嘆了口氣。「你也知你能活得太平，與他是你父親息息相關是不是？」

「是。」

「那現在告知我，你以後還會如何？」

「我不會再與他有意氣之爭。」

張小碗聽得半晌無語，她看著汪懷善許久，才對他道：「以後他要得多少美人是他自個兒的事，你不要為了娘，為了你自己，再在這些事上給他找不痛快。現在這當頭，他死了，你能跟我保證，你定會安然無恙嗎？」

兔死狗烹，他一直在汪家的這條船上，他怎能擺脫得了汪永昭？

「我以前告訴過你的話，現在再告訴你一遍，你既然要出人頭地，要仗打，要大展抱負，你得了汪家的身分，你定要做與你的身分相符的事！這麼多年、這麼多事你看在眼裡，難不成還學不乖嗎？」張小碗吼出最後一句，胸前劇烈起伏，她急喘了幾口氣，憤然地接著道：「還有，懷慕在家中念我，你為何不與我說起？為何不再接他來？你舅舅他們提起他，你說他好得很，他是好在了哪裡你才這般欺騙我？這麼多年了，我等到你長大，就是等來了你這般欺我、瞞我？你知就是你大舅、二舅他們，思及我的不易都會千里尋我；可你現下，到底有沒有想過你娘的不易？是不是要我任由你任性妄為，你才知我是在意你的？」

她實在氣得很，說罷，拿著那馬鞭抽到了他身上，狠抽了幾下，他未疼，她先疼，忍不住失聲痛哭了起來。

汪懷善難受極了，他跪下爬過去，抱住了她的腿，喃喃道：「妳別怪我，我回來後，啥都變了，我只是不想讓妳離開我。要是沒了妳，誰聽我說話？我哭時誰又能安慰我？我害怕，娘，我真的好害怕……」

「你別以為你這麼說我就會心軟！他是你的親弟弟啊，懷善！你可知，他身上跟你流著一模一樣的血啊……」張小碗抬頭，怎麼硬逼都無法把眼淚逼回去。

好多次她都以為她麻木得無法再掉出淚了，可只有當心疼得很時，才會發現那些折磨其實一直都揮之不去。

她被困在了這世間，片刻動彈不得，她逼著自己堅強再堅強，可這日子，還是得接著往下熬啊！

她生了這兩個孩子，這些是她必須活著的理由，也是她必須償還的債，她又能如何？成天掉眼淚嗎？

張小碗花了許久才把眼淚逼了回去，這才低頭看向那赤紅著眼睛看著她的汪懷善。

「娘……」

「你要是再意氣用事，自私小心眼，不愛護幼弟，我見你一次便打你一次。」說罷，張小碗無力地坐在了椅子上，茫然地看著地上。

她已經盡全力而為了，可古人誠不欺她，這世上的事，不如意的真是十之八九。

汪懷善跪在了他們的臥房外面，汪永昭半夜醒來，靜躺了一會兒，聽得門外那道呼吸，便起了身。

他一起，身邊的婦人便起來了。

「妳睡，我出去一會兒。」他給她掖了下被子後，就下地打開了門。

見得那小兒，汪永昭剛要開口，就聽得身後的婦人下地的聲響，他微側了側頭，看得那婦人拿了他的披風過來。

待她給他披上，她就又退了下去。汪永昭聽到她又上了床的聲響，便不由自主地閉了閉眼，譏嘲地翹了翹嘴。

那笑容在他嘴角一閃而過，接著他看著地上的人道：「起來吧。」

「父親。」

「不要讓我說第二遍。」

汪懷善站了起來，抬起頭直視著他。

看著這眉眼與他完全相同的少年郎，汪永昭都有些想不起在他這年齡時，自己在幹啥？許是在佳里木的沙漠帶軍突圍夏三王子的營地？還是帶著兵夜刺那夏人的領頭將軍？打了這麼多年仗，發生的事還是記得，但具體的年月卻記得不是那般清楚了；那些事都過去那麼多年了，他不再年少如初，那個當初他不以為然，隨得父親與劉二郎訂下的未婚妻，現下也成了他的枕畔妻，他的第一個孩子，竟長成了他當初那般的模樣。

時間竟然過去了這許多年。

「記著，想看見我活得不好，那便要你自己活得比我久才成。」汪永昭看著比他矮半個頭的汪懷善，淡淡地道。

說罷，他轉身就回了房。

他這個大兒子，是天縱之才又如何？沒得他那個母親為他步步為營，沒得她為他卑躬屈膝，他早死了。

就算當年未死，戰場上未死，僅他回來的這大半年的刀光劍影，他也早死過無數回了。

他以為這朝堂是往日他那玩耍的小山村，隨得他四處亂闖嗎？

汪懷善這幾日一下朝就過來給懷慕當馬騎，帶著他四處玩耍，不知世事的懷慕得了哥哥的疼愛，每日一早醒來就要問張小碗，哥哥在哪兒？

瞧得汪永昭沒意見，張小碗便放心地跟他笑說起了懷善的事，告知他，等哥哥和爹爹下了朝，便會回來陪他。

懷慕的性子要比懷善好多了去，也易於勸哄，懷善要是白日有事不便過來，他也不會吵鬧，儘管還是會不高興一下子，但勸哄幾句便又忘了。

可這五月底，雨水還在下，張小寶與胡九刀他們都來了信，說農莊今年怕是沒有收成了，地裡、田裡的作物都快要澇死了，眼看是長不成了。

張小碗憂心不已，又寫信讓他們囤些藥草。

汪永昭看得她心煩了幾天，便叫汪余氏過來，讓她帶了張小碗去赴宴。

張小碗被告知要去相爺夫人家的賞花會，當被告知時，還瞪大眼睛看了汪永昭一眼，汪永昭也直直地看著她，害得她什麼話都不能再說，只得默認了這事。

第二日汪余氏一來，看得張小碗身上的打扮，確也小小地驚豔了一下。

她這大嫂，沒想到這歲數，竟還有這番光景，那大而黑的眼睛、挺直的鼻子、抿了一點胭脂的小薄唇，加上那白淨了的膚色，倒還真是個長得不一樣的美人。

汪余氏以前也暗地裡仔細看過張小碗，知道她不醜，但沒想到，現下居然是不錯……

一路上，她沒忍住，小心地打量了她好幾次，張小碗當作沒發覺，依舊笑而不語地端坐著。

她今日上了妝，確實跟平時素面時給人的感覺不同，人要顯得亮眼一些，自然就惹眼，別人多看幾眼也是要得的，也不枉她一大早的坐在妝檯前生疏地擺弄著那些許久未用過的胭脂水粉。

為了不給汪尚書與善王丟人，張小碗不僅臉上下了血本，穿的、戴的都相得益彰，看著確也像個明豔動人的貴婦。待汪余氏領了她進了那後院的門，那燕語鶯聲的後院還小小地靜了一會兒，等她們走近，見過那富貴逼人的相爺夫人後，那相爺夫人才開口，訝聲說道：「這就是汪大夫人？第一次見，未料竟是如此美人！」

張小碗微微一笑，微福了下腰。「江夫人盛讚。」

見她舉止落落大方，完全跟傳言中貧家女子出身的身分截然不同，相爺夫人不禁拿著帕子掩了嘴，笑道起來。「真是百聞不如一見，我早就想多送幾張帖子給妳，沒想到今日才把妳請了過來。」

張小碗看著她五根胖手指上戴的寶石金戒，又微微一笑不語。

待看過全場，張小碗默默地在心裡算了算，這些個婦人頭上戴的、身上穿的，確實是從頭到腳都通身富貴。這些個夫人頭上戴的金頭飾，插的那十來支金簪子，加上其他的飾品，算來一、兩斤也是有的，張小碗看得都有些許頭疼，不知這些個腦袋是怎麼承受著那些重量的？

這賞花會確是花團錦簇，但花團錦簇的並不只是那些花，也還有人。張小碗被汪余氏與相爺夫人一一領著見人，硬是要認得仔細，才能把這些個在白粉與胭脂妝扮下的人記在腦海，把她們的身分認知清楚。

她跟人見完禮，輕語幾句得體的問候話後，便也不再出聲，聽得她們言談。

眾人先是跟她笑語，等得時辰一久，就又不知不覺地把她忽略在了一邊，只有汪余氏極顧著她的身分，時不時要把眼神探過來，看得她幾眼。

待這賞花會一過，張小碗在這些婦人的言語中也得知了些事，還得知了那位婉和公主，因她日日為其母茹素抄經，竟瘦削成病，病倒在宮中，皇上讚她一片孝心，但又恐她傷及身體，特令她出宮去避暑山莊散心。

眾官婦紛紛讚嘆公主至孝至純，羨慕起了相爺夫人的好福氣，把相爺夫人逗得時時掩住嘴，生怕把咧開的嘴唇露了出來。

這賞花會竟是賞了兩個時辰才散，馬車先到了尚書府，張小碗與汪余氏告別，帶著那四個汪永昭派給她的丫鬟回到主院，看到了汪永昭正躺在躺椅上，手上拿著書，悠哉悠哉地看著。

待她走近，汪永昭才抬起眼，上下掃了她一眼，淡淡說道：「回了？」

「是。」張小碗朝他福了福身。

「那便去休息吧。」汪永昭又說了一句，眼睛轉回了他的書上。

張小碗退下走了幾步，走得幾步她又頓住了腳步，回來站在汪永昭的身邊，小嘆了口氣，對他說道：「多謝您了。」又施了禮，這才離開。

她走後，汪永昭才轉頭去看她的背影，待到她的背影消失，他接了送茶過來的江小山手中的茶，問他道：「你看她能跟別人家的夫人一樣過日子嗎？」

江小山聽得傻了眼，好一會兒才說：「這個我真不知。大老爺，大夫人的事我老是猜不準，我就沒料準過她的心思。」

他確實是弄不明白他們這個大夫人，看似她的傷心難過都有許多似的；但一回過頭，他要是仔細想想，其實夫人什麼都不在乎，連大老爺病得要死了，背過頭去，她的眉頭都不帶皺一下的。

他看不明白她。

「哼……」聽得江小山這般說法，汪永昭哼笑了一聲，他搖了搖頭，揮手叫他退下。「下去吧，那套新頭飾送來了，叫聞管家送到她手裡即可。」

江小山得令退下，又回頭朝兩鬢都有些許白髮的大老爺看了一眼，在心裡莫可奈何地嘆了口氣。

這大老爺也好，這大夫人也罷，這兩人，他伺候了這些年，就沒哪個他真看得明白過。誰知他們的心裡是怎麼想的？他們對對方是真好還是假好？是真心還是假意？他全看不明白。

張小碗自相爺夫人家的這一次出席，隔日就收到了不少帖子。

這下，汪永昭算是替她找來了不少麻煩。雖知他是好意，但除了表面對他的客氣說法，張小碗心裡對他確實沒什麼感謝。

不過就算不喜，她還是耐著性子去得了幾趟後宅婦人的宴會，偶有些聽得過去的消息，但細想想，確也當不了真。

後宅的女人們能知道多少事？就算知道些許，從她們的嘴裡說出來，就又要變味了。

她們能做到的就是替她們的夫君在檯面下做些見不得人的交易，算來這就是這些婦人們往來的意義了。另外，她們也可順便爭奇鬥豔一番，不論哪個時代，顯擺和炫耀都是女人們熱衷的事情。

張小碗去得幾趟，就已經不想再去了。

一來，她不可能替汪永昭和善王幹什麼私下勾當，汪家的事，容不得她一個什麼事都不懂的婦人插手，且朝廷水深，她也不敢插這個手；二來，她確實厭煩這種不是討論誰穿的衣裳富貴好看，就是比較誰戴了新的頭飾的場合；三來，這雨下到了六月，懷善已經帶了手下的兵士，奉了新皇之令出去救災了，她哪有那個心情跟著這些婦人吃吃喝喝、吟風弄月？

帖子再送過來，她就裝病推拒了回去。

她神情蔫蔫，吃的也不多，除了看著懷慕還是笑吟吟，其他時候就會不由自主地看著雨水發呆。

聞管家請了大夫來，大夫探過脈，背地裡跟汪永昭說，她思慮過度，才鬱鬱寡歡。

汪永昭讓他開了補藥，隔了兩天，發了暗令出去，把汪懷善叫回來一趟。

懷善這次回來，恭敬地給張小碗跪安過後，就跟張小碗說起了外面的情形來。說全國十八大省，七省受災，萬里餓民，衣不蔽體，食不果腹，卻還是有那貪官污吏貪那賑災的銀兩和國糧，他今日剛殺了這廂的貪官，便要夜赴千里，去往他省。

「那位此次是要你當他的劊子手？」張小碗聽得半晌，冒出了這句。

汪懷善跪於她腳前，低聲說：「娘，我也願意。妳不知，我回了葉片子村，昔日跟我玩的夥伴，十人只剩五人。娘，救得一個是一個。」

「可你幹的是殺人的事……」張小碗字字咬牙說道：「無論是那執筆的人，還是那鄉野中的人，只會記住你的過，不過記著你的功！」

「那又如何？」汪懷善抬起頭，滿臉堅決地看著她。「我問心無愧即好。」

張小碗聽得沈默了下來，夜膳過後，她送走了他，讓他淋著雨，駕馬千里而去。

同時跟汪懷善走的，還有汪永昭送給他的一小支人馬。

為此，汪永昭要去那後院時，張小碗伸了手，拉了他留下來。

當夜，她靜靜地在汪永昭懷裡躺了許久，終究潸然淚下。「他還是太年輕，不知天高地厚。」

「妳由得了他去，護住他的命就好。有些事他經歷過了便會懂，現下妳說太多也沒用，也勸不住他。」汪永昭淡淡地說，他伸出手，拿過了那案桌上放著的帕子，給她拭了淚。

「我幫不了他更多了……」張小碗嗚咽了起來。她確實幫不了他太多了，她存得了一家人的糧，存得了十人、百人的糧，可她替他存不了這天下的糧。

她只能送他到這步了，剩下的，真得他自己走了。

他終是飛出了她的天空，她從來沒有想過，待他飛遠了，她的擔憂卻是有增無減。她以為她放得開，卻發現那句兒行千里母擔憂的話，從來不是先人說著玩玩的。

「別哭了。」汪永昭說了這麼一句，再替她擦乾了淚，無力地閉上了眼。

這婦人啊，留他下來，卻是讓他來聽她說，她幫不了她那孩子更多了。

真真是……太會往他心裡扎刀子了。

懷善這次走後，張小碗消沈了幾天，在這天雨水突停了時，她也像是回過了神，抱了懷慕出去轉了轉。

這次她回了葉片子村，發現她的那些田土全都被水浸漬成汪洋洋的一片。

不過水面上還是尚存了點滴的綠意，它們冒出了水面，昭示著它們生命力的頑強。

可是，這點綠意也只是點滴而已，它開不了花，結不了果，給不起人們要吃的糧食。

張家那邊，張小寶按張小碗所說的話，把大半的糧食都捐給了可靠的縣官，讓他人開了粥棚，讓那些沒飯吃的都能吃上一口。

這時，也有士族和皇商出面開棚施粥。有了前幾年的旱災，這次這些大戶人家所存的糧要比往年多了甚多，多少都能拿出來一些救助平民百姓。

朝廷裡，皇帝下了新的旨意，讓百姓待水退後，重新播種，穀種由國庫所出，每家每戶可到縣上按名籍來領穀種。

大鳳朝的百姓沒有在六、七月時播過種、插過田，聽得上頭說自有人來教他們怎麼育秧種田，頓時民心大振，紛紛跪地而拜，大呼皇上聖明。

這事連尚書府的下人說起來時，都是滿臉對皇帝陛下的崇敬，說他定是上天派下來解救人民百姓的九龍真君。

待到百姓真領到穀種，這些呼聲就越來越大了，張小碗就算是待在內宅，也時不時看得自家府中的奴才跪地，朝天給皇帝磕頭。

深宅內院都如此，可想而知外面的狂熱了。

見得張小碗這段時間的平靜，汪永昭這夜問了她話。「妳不覺得皇上的方法可行？」

張小碗訝異於他的一語中的，她沈默了一會兒，還是把她的真話說了出來。「這些年我試過在不同月分育過秧、插過田，試來試去，只有原本四月播種育秧的方法是最好的，其他月分種下來的，穀子長不實沈，再好的穀種也沒有用。這北邊比我們南邊熱，穀子九月初就可收，六月下地的，就算使了法子催熟到九月能收，這穀子也不會收得了多少；不過想來皇上的法子要比我用過的法子高明，我的話也是不準的。」

汪永昭聽得笑了一笑，把她耳畔的髮絲撥到耳後。「那妳就看著，看他的法子是不是比妳的法子高明些。」

聽他說得不以為然，張小碗猶豫了一下，抬頭問他。「這是誰給皇上使的法子？」

汪永昭看得她一眼，稍頓了頓，便說：「妳也聽過的人，婉和公主。」

張小碗輕「啊」了一聲。

汪永昭收緊了她腰上的手，低頭看她的臉。「後悔了？」

「啊？」

「要是想讓她當妳媳婦，也還是有法子的。」

張小碗聽得大驚，趕緊搖頭。「不用，無須！」

她可不敢找這樣一個媳婦。有一個膽大包天的兒子就夠了，再來一個，她後半輩子的日子就真沒法過了。

看她搖頭搖得極快，臉上還有幾許緋紅，平白替她增豔了幾許，汪永昭的眼神便也深沈了下來，滅了油燈，翻身而上。

自她那夜留他後，汪永昭便日日留在了房中，這也是自她回來後的第一次，想著懷善和懷慕，張小碗想，她與這個男人，還是得繼續牽扯下去。

是夜一夜翻滾，張小碗累極趴著入睡，任由汪永昭在她背後輕吻，沈沈睡了過去。她背後，汪永昭探得她的呼吸平緩，便半壓在了她的身上，把頭靠在她的臉側，臉貼著她的臉睡了過去。

這個婦人，縱然沒有天姿國色，但勝在這具軀殼還暖和得了他的身體。

便是為此，也只得為她那小兒再多費力氣謀劃了。

懷慕快要兩歲，說話已很是清晰，腳步也穩妥多了。

外頭不再雨水連連，因是夏季，小傢伙身上穿得也甚少，極方便他到處玩耍探險。

張小碗也發現懷慕與懷善的性子確實是差得遠的，懷善小時幹什麼都不怕，兩歲就能指揮狗子咬他不喜的人了；懷慕則是要溫柔得多，哪怕是丫鬟跌倒了，他都會走過去噓一聲，像張小碗安慰他跌倒時說的那樣說一句「疼疼飛走」。

他這才真真是良善。

這日張小碗與汪永昭坐在廊下喝著茶，看著他在院中玩耍，見得他來他們桌前討了一塊芝麻糖，送去了那與他玩耍的小廝吃去了。

小廝得了糖，遠遠地朝他們施了禮，懷慕見罷，小小的人兒也學著他，一樣給他們施了個禮，張小碗看得都笑了起來，轉頭問那握著兵書不放的汪永昭。「懷慕可真是長大了，都懂得給我們施禮了。」

汪永昭這時也目光柔和地看著汪懷慕，聽得張小碗如此一說，輕頷了下首。

張小碗給他又添了點茶水，剛放下茶壺，就見江小山急步小跑過來，臉上熱汗連連，一跑到他們面前，就一把跪下，對他們說——

「不得了了！大老爺、大夫人，老夫人那邊鬧起來了！」

「怎地了？」張小碗忙站了起來，問了一句。

「老爺要把新姨娘接進屋，老夫人就說要上吊給他看！四夫人剛差了人過來，請大老爺和您趕緊過去看看！」

在馬車上坐定，張小碗瞄了瞄汪永昭，見他臉色平靜，心下尋思著等會兒過去了，她要說些什麼話才好？

公爹要討新姨娘，她這當兒媳的管不到什麼，頂多就是叫下人把繩子給拆下來，別讓婆婆真上了吊，死成了就好。

她心下想著，也便放心了下來，又挺直了下腰，卻聽得旁邊的汪永昭開口淡淡地說——

「妳去了，讓娘好好歇著，找大夫給她看看。」

「知道了。」張小碗垂頭應下。

「那不是什麼新姨娘，是爹養在外面的外室，已經有幾年了，這次也只是接進家中而已，無什麼大礙。」

張小碗聽得微有點呆，抬起頭看著臉色實在平靜得很的汪永昭。

汪永昭看她一眼，繼而又淡然地道：「讓丫鬟、婆子在身前跟緊點。」

張小碗默默地點頭。

待到了汪府，汪永昭去了前院，江小山得了汪永昭的吩咐，則帶著丫鬟、婆子亦步亦趨地跟在了張小碗的身後。

汪余氏見到她，臉上還有一點焦急，給她行過禮後便說：「娘正坐在屋子裡，我這就領您去。」

張小碗朝她輕頷了下首，待到了汪韓氏的院子，還沒進門，就聽得裡面噼哩啪啦地作響，聽著像是瓶子碎了一地。

張小碗輕瞥了汪余氏一眼，汪余氏見得尷尬一笑，輕聲說：「值錢的都收起來了，留了幾個不值錢的，旁邊還有丫鬟看著。」

張小碗未語，提裙進了院中。

院子看得出來已是打掃過一遍，但還透著些許不齊整，想來汪韓氏沒在這院中少鬧。

她剛進得汪韓氏待的那外屋，那披頭散髮的汪韓氏就向她撲來，口裡哭叫著——

「大兒媳，妳可來了！妳可看看妳那不要臉的公公去，都五、六十歲的老頭子，曾孫都快要有的人了，他還要接新人進門，他這是要給永昭和善王丟人啊！大兒媳啊……」

還好張小碗帶的婆子、丫鬟機靈，汪韓氏這一撲來，她們就上前把人接住了，沒近得了張小碗的身。

汪韓氏見哭訴不成，那臉上的哭鬧少了幾許，多了幾分刻薄。「張氏，妳這是看我這老太婆的笑話來的？」

張小碗抬眼看了汪韓氏一眼，淡笑了一聲。「您說的這玩笑話，兒媳可不敢應，兒媳敬您還來不及。」

江小山這時候在門邊，張小碗便朝得門邊喊了一聲。「小山，你去告訴大老爺一聲，就說我看過大夫人這邊，就去給公公奉茶。」說罷，她站了起來，對汪韓氏欠了欠身，道：「您歇著吧，兒媳這便差人去請大夫給您看看身體。」

眼看她就要走，汪韓氏拍了桌子，大吼。「妳就讓他這樣丟妳夫君和兒子的臉？」

「婆婆此言差矣。」張小碗轉頭，朝得她不疾不徐地道：「公公也不是納新人，只是把安置在外的舊人接了回來繼續養活罷了，外人知情，也不過是道他念舊。汪家人重情重義，公爹堪為汪家表率，誰能道我汪家人的不是？便是婆婆您，也知公爹對您情深意重……」

她說完這一大段話，汪韓氏卻只聽得進那新人是安置在外的舊人，她想得幾下，那雙眼便翻白，就這麼昏了過去。

屋中伺候的人一片驚呼，張小碗看得她們把她抬到床上，便把汪余氏叫到了一邊，對她道：「永重今年在兵部上任多久了？」

「三月去的，現下是七月，已有四個月了。」

「嗯，那就好好讓娘養著。這年頭，正是朝廷用人之際，切莫讓家中之事拖了後腿。」

汪余氏聽了朝張小碗速福了福身。「您放心，婆婆定不會有事。」

「看緊點！」這關頭，張小碗也不介意把話說白了。「別讓她在這時出事。家中幾位的位置都剛坐上去，不穩得很，她不想著這家裡的人，你們要替她想明白了，別讓大老爺替你們花的心血都白費了。」

「弟媳知道。」汪余氏又福了福身，沈聲地應道。

張小碗去了那前院，給汪觀琪奉了茶。

汪觀琪叫了一婦人出來給她見禮，張小碗一看，這位姨娘比她的歲數大不了多少，眉目間卻很是妖嬈，風情萬種。

張小碗見狀便笑了一笑，只朝得她輕輕頷首，細語了一聲「免禮」，便不再說話。

想來汪韓氏見著這般美麗非凡的姨娘，有這姨娘在面前堵著她的眼，堵著她的心，以後的日子怕是不好過了。

汪永昭跟汪觀琪說了幾句，起身就要帶張小碗去汪韓氏那兒請安回府，剛走到門外，就見汪府現在的管家王管家跑了過來，汗流浹背地與他們一一見禮完畢後說道——

「老夫人剛醒來，就出得了門外，尋井要跳！」

張小碗「啊」了一聲，拿著帕子捂了嘴。

汪永昭皺眉看了她一眼，便對汪觀琪說：「爹，我去看看。」

「去吧。」汪觀琪淡淡道。

張小碗輕垂了眼，在餘光中，她看得她這位公公的臉上，一閃而過的厭惡。

走至半路，汪永昭便停了步，揮退了下人，伸出手把張小碗放在嘴邊、握著帕子的那手拿了下來，他看得她的臉半會兒，冷然道：「我只在門外坐一會兒，妳知怎麼處置妥當？」

張小碗抬眼看他，思忖了下，便輕輕地說：「您任由我辦嗎？」

「說。」

「妾身這有個或許得用的法子。」

「廢話！」

看得汪永昭喝斥她了，張小碗不以為然地笑了笑，便抬手叫來了江小山，對他道：「請老爺的姨娘過來，我帶她去拜會下老夫人，見個禮。」

「啊？」江小山聽得都傻了，呆若木雞地看著他家的大夫人，不知她幹麼要去做這明顯招老夫人恨的事？

「去吧。」張小碗淡定地揮了揮手，讓江小山趕緊去請人。「大老爺與我就在這兒候著。」

江小山領命，但還是朝汪永昭看了一眼，看得他點了下頭，這才飛快地快跑而去了。

沒得多時，張小碗正看著腳邊的青石板沒一會兒，那新姨娘便跟著江小山過來了，一走近就極快地朝他們施了禮。「大老爺、大夫人。」

「免禮。」張小碗朝得她一笑，便也不再多話，朝汪永昭看去。

汪永昭看得她一眼，便抬腳而走，沒多時，一行人就到了汪韓氏的住處。

「您就在這兒坐一會兒，我先帶了花姨娘進去。」到了外屋，張小碗朝汪永昭福了福身，便領了那姨娘進了汪韓氏的內屋。

剛進那內屋的小拱門，張小碗就稍抬高了聲音道：「婆婆，您可在？我帶了花姨娘來給您見禮了。」

她話音剛罷，那廂就有了罵人的聲音。

「妳這惡婦，不通禮法的毒婦！」這時，那房門大打開來，只見頭髮梳到一半的汪韓氏站在門口，對著張小碗就是破口大罵。

「娘。」這時，汪永昭從外面通過拱門大步走了進來，待聲到，他人也到了張小碗的身邊，拱手彎腰施了一禮。

待禮過後，他便朝得汪韓氏淡淡地說：「孩兒府中還有要事處理，張氏這便也就跟了孩兒回去，給您請過安，這便走了。」

「婆婆，」張小碗這時也歉疚地朝得汪韓氏一笑，福身道：「兒媳這便走了。」

汪永昭未等她最後一字落音，便轉身而走。

奴才們都恭敬地彎腰候在一邊，不敢多瞧他，張小碗也是匆匆幾步，才跟上了這氣勢過盛的尚書大人。

待她快步到了門邊，就聽得甩巴掌的聲音響起，隨即，她就聽到了那姨娘喊疼的聲音。

那聲喊疼的媚叫聲，知情的人認知是喊疼，可要是換個不明就裡的，聽在耳裡便成了叫春的呻吟聲了。

張小碗聽得隱隱有些好笑，便不由自主地拿了帕子掩飾嘴邊的笑意。

剛拿起，就覺察到汪永昭回頭瞪了她一眼，張小碗看得他那稍有些譏嘲的視線，更是用帕子遮住了嘴。

他們這廂眼神剛對上，那內院裡，就聽得汪韓氏一句一句喊著賤人的聲音，聲音大得厲害。張小碗聽了確實是鬆了一口氣，放下嘴邊的帕子，對著汪永昭就說：「您放心好了，她身體好得很，一時半刻不會有事的。」

就衝著有這麼個美麗又年輕的姨娘在眼前礙眼，但凡有點心氣的，都嚥不下那口氣去死。

汪永昭聽罷未語，只是到了馬車上，他伸出手捏緊了張小碗的下巴，他那雙冷酷的雙眼看過她的嘴唇、鼻子，到了眼睛處，便緊緊地盯住她的眼不放；當張小碗以為他忍不住想掐死她時，哪料他竟低下了頭，狠狠地、大力地吻住了她的嘴。

張小碗嘴上一片赤疼地回了府。

汪永昭則是滿身的冰霜，他一下馬車，見到他的下人紛紛不由自主地退避三舍。

張小碗面無表情地跟在他的身後，由得了他快步，她不疾不徐地走著，落在了他的身後。

一直以來，恭順她可以假裝，溫柔體貼她也可以信手演來；但在馬車上，當汪永昭的舌頭強硬地探到她嘴間時，她自身的反應卻騙不了她自己，也騙不了汪永昭。

她所做的就是緊緊地咬住了牙關，雙眼冷酷地回視了過去。

她不喜歡他這麼吻她，床上她已躲避他多時，這時避無可避，卻也是無法掩飾了。

那刻，她被打回原形。

汪永昭看得她一眼，閉眼哼笑了幾聲，便靠在馬車上看著窗外，滿身的冰霜，一字也未再說。

張小碗也只能沈默地垂下頭，維持著她的恭順。

這夜汪永昭又去了後院，半夜回來時，身上還有著女人的脂粉氣，味道重得張小碗無法入睡，只得閉著眼睛靜待天明。

清晨時她起得早，剛下地把外裳披上，微一側身，就看見躺在床上的汪永昭冷冰冰地看著她。

她朝他福了福身，便又轉過身去穿裙子。

剛把裙套到腰間，身後就有人抓緊了她的胸，另一手把她的褻褲解開，探了進去。

「大老爺，不早了，我去看看懷慕醒了沒有。」由得了他動作，張小碗淡淡地說。

汪永昭沒出聲，只是兩根手指併作了一根，狠狠地往她底下鑽去。

那下面一陣刺疼，張小碗更是面無表情，眼睛看著窗外，沒再出聲。

汪永昭的手在她體內無情地抽動了幾下，便抽了出來，把她壓在了桌子上，大力地抽刺了起來。

半晌，他才喘著氣，鬆開了手，往後走了幾步，躺倒在了床上。

張小碗緩了半會兒的氣，才扶著桌子站直了身，去得了那平時拿來小解的小內房，拿了帕子把混著血的東西擦乾淨，又去找了褻褲、裙子穿上，出門打了冷水進來，便又穿好了衣服。

經過臥房時，床上的人就躺在那兒，也沒蓋被，張小碗無波無緒地走了過去，拿著被子幫他蓋好，便出了門，去了懷慕房裡。

懷慕這時還未醒來，她便坐在他的床邊，看著他的小臉，淺淺地笑了一下。

屋內無人，這時她才把疼痛的身體稍稍放鬆地靠在床頭，嘴裡輕聲地哼著常哼給懷善聽的調子。

那是她家鄉的調子，只有此時，她才會想起，那世的她是何等的幸福過……

汪永昭出去了幾日，再回來時，給張小碗帶回了一封懷善的信。

張小碗接過信，垂眼看了下信封，便抬頭對他淺笑著說：「您歇息一會兒，打水讓您洗洗，再著午膳？」

汪永昭沒看她，輕頷了一下首，算是應允。

張小碗便出門叫小廝倒熱水，讓丫鬟進來伺候。

安排妥當，她便朝得汪永昭一福腰。「我去看看懷慕。」

汪永昭「嗯」了一聲，依舊沒看她。

張小碗便去了院中找玩耍的懷慕，陪得他玩了一會兒，料想汪永昭洗完澡了，便帶了懷慕回主屋。

只是當拾級而上，快要踏進廊下時，她還是猶豫了一下，瞧得幾眼，見很是平靜，便放了心，帶了懷慕過去。

今日過來伺候的兩個丫鬟長相好，張小碗冷眼看著這兩個也是心裡不規矩的，也不知汪永昭這洗著澡會不會出什麼荒唐事，她怕懷慕瞧見，便也謹慎了些許。

進了主屋，汪永昭身上已穿好衫，坐在了那外屋左邊放置的案桌前的椅子上，抬眼看著窗外。

張小碗笑抱著懷慕過去一看，笑容頓時凝結。

這處窗子，正好能看到她來時的路，而她頓足判斷形勢時的地方，恰好就隔著這個窗子不遠。

有窗扇擋著，外面看不到裡面，但裡面的人卻可清晰地看到外面。

「爹爹、爹爹……」懷慕一路叫了過來，剛到汪永昭的身邊，他就探出了手。

汪永昭這時也收回了眼神，把他抱在了懷裡。

「可有乖乖吃食？」一抱到他，汪永昭那似萬年寒冷的臉孔便緩和了下來，嘴角也有了柔意。

「有，懷慕有乖乖……」懷慕親了親汪永昭的臉，撒著嬌道。

汪永昭的嘴角便有了笑意，目光也溫柔了起來。「那就好，不枉費爹爹在外面還要擔心你聽不聽話。」

他說罷此話，後面有丫鬟在怯怯地叫著。

「夫人……」

張小碗轉過臉去，就見這個丫鬟羞怯地看著她，跪下了身。

「俏兒、俏兒她……」

「她怎麼了？」

「她還在浴房……」

「在浴房怎地了？」

「她昏了過去。」

「怎昏過去的？」

「大老爺……大老爺……大老爺打的。」這丫鬟說完，哭著給她磕了頭。

張小碗看得她一眼，走去了汪永昭的身邊，在他的身邊坐下，和汪永昭溫和地商量著道：「您看，她是簽了賣身契進來的，要不然拿出去賣了？」

汪永昭沒有出聲，只是拿起案桌上的糖果去餵懷慕。

張小碗說過，便起了身，叫了江小山過來，對他輕輕地說：「把浴房內那個爬床的拖出去賣了，賣哪兒你替我看著辦，這個在懷慕面前哭哭啼啼的，便賣個好人家吧。還有，叫聞管家替我傳話下去，我不喜歡有人在我屋內爬床，也不喜有人在我面前哭哭啼啼，下次有人再犯，便不只是賣出去這麼輕易了。」她輕聲地說完，看了江小山一眼。

被她冷淡的眼睛一瞧，江小山竟不想回視她的眼，躬身應了「是」，就差人扶了那丫鬟下去，就且退了下去。

張小碗遂轉身回了那案桌前，瞧得懷慕捧著汪永昭的手掌在啃他拿著的糖果，張小碗走近一看，問：「這是什麼糖？」

「松子。」汪永昭出了聲。

張小碗便拿了一顆嚐了嚐，果真嚐到了一點松子的味道。

想來這也是稀罕物什，想著懷慕，汪永昭才帶回來的。

張小碗在旁看得懷慕吃掉他父親手裡的一顆，又要過來抓糖，便搖頭道：「不能再吃了，得午膳了。」

汪永昭聞言便把懷慕抱了起來，往那堂屋走，嘴裡和懷慕說著話。

懷慕說話正是喜歡一句話翻來覆去說的年紀，他也不嫌煩，懷慕問著一樣的問題，他便答著一樣的答案。

這頓飯，也是在汪永昭與懷慕的說話間過去的，張小碗安靜地坐在一邊給他們父子添飯挾菜，偶爾笑答幾句懷慕問她的話，就此用過午膳。

用罷午膳，汪永昭在房內歇息了一下午，晚間張小碗沒瞧得他來她這院子，也沒見江小山，便叫來了聞管家，問大老爺去哪兒了，只聽得他說是出去了。

是出去了，不是去後院了。張小碗便餵了懷慕先吃了飯。

汪永昭是亥時才進的主院，張小碗正在油燈下做針線活兒，一看到他，便起身道：「您可用過飯了？」

汪永昭看了她一眼，沒有出聲。

江小山在他身後小聲地答道：「是跟幾位大人一起喝的酒，酒喝了不少，飯卻用得不多。」

「我也未曾，您陪著我去吃點吧？」張小碗看著他，輕輕地說。

汪永昭又看了她幾眼，在張小碗以為他會揮袖離去時，他點了點頭。

「我這就去熱熱飯菜。」張小碗說罷，走了幾步，待走到門口，又折返了回來，伸出手拉了拉汪永昭的袖子，說：「夜黑，您替我掌了油燈，陪我去，可否？」

這婦人又來哄他。汪永昭明知如此，卻也還是替她掌燈、燒火。

她挾的菜，也悉數吃了。

晚間他手一動，她翻身過來，他也抱了。

把赤裸的她狠狠抱住、占有，聽得她急喘的呼吸，他才稍稍好過了一丁點。

事後，她過來替他擦身，明明她虛假得讓他噁心，他還是看著她討好著他，看著她臣服於他。

她的示弱、討好，全是假的，但他也隨得她去了。

他知道他不可能打罵她，或者再懲罰她。

而這婦人，也知道他不會捨得下她的這些虛情假意，她聰明得很，利用起他來毫不手軟。

他試過很多方法來擺脫她，但不得其法，只好想著待有朝一日，他對她的情熱消退，到時便不再看她一眼吧！

第二日汪永昭一早醒來，那昨晚累極的婦人還把頭枕在他的頸窩處，那纖長有力的一隻腿也垂在他的兩腿上，睡得極其沈穩。

他靜聽了她的呼吸半晌，才知她還在深睡，便低頭看了看她的臉半會兒，看得久了也癡了，欲要探首吻她，看到她的嘴時，他才突地回過了神，躺回了枕頭上，冰冷地翹起了嘴角。

張小碗知道她要是再不低頭，於她還是有損。

何不放下點，讓他好過點，她便也好過了？

想通了，對汪永昭也就要多好一些了，如果這能讓這日子不這麼冷冰冰地過下去的話，她退點步，真順著他又如何？

她現在不只有懷善，家中還有懷慕要長大，他也是她的孩兒，她不能為了自己那點兒身體裡殘餘的堅持，便把可以收拾起來的局面變成殘局。

那般坐以待斃，便不是她了。

這日午後她醒來，屋子裡靜悄悄的，她扶了床面，腳還沒放下床，身體便一陣痠痛，她輕吁了幾口氣，正要喚人時，門被打開了。

屋外進來人了，瞧得是汪永昭，張小碗便朝他苦笑了一下。「您過來扶扶我吧。」

汪永昭稍稍一愣，便走了過來，單手扶住了隻手撐著床面的她。

張小碗側頭看了他一眼，又輕聲問道：「懷慕呢？」

「跟小山在玩著。」

「這是午後了吧？您與他用過午膳了嗎？」

「嗯。」

「我睡不下了，您幫我叫了丫鬟過來替我穿衣吧，我想去堂屋坐坐，順道用點飯。」張小碗輕輕柔柔地說著，把自己的手搭進了他的手心，又抬頭朝得他淺淺一笑。

她笑得如此真心，目光又是如此清澈，這時，汪永昭的喉結急速地上下滾動了一下，目光一斂，便起身去了衣櫥。

瞧得他要親自動手，張小碗伸出手撥了撥耳邊的髮絲，把它們撥到耳後，才在他身後指揮著他。「您替我拿那件素面的裡衣過來，外裳要那件月白色的，下面那件裙子也可拿來。」

「這件？」

汪永昭提起一件白色的衣裳，張小碗看得笑著點了點頭。

汪永昭便把尋來的衣裳拿了過來，張小碗瞧了瞧，看罷裡衣，稍顯有點新，新過了舊衣，穿在裡頭，露出的那丁點兒領子與外面白色的舊衣有些不搭，便對汪永昭說：「這衣太新，穿在裡面不好，您給我去換件舊些許的。」

汪永昭聽得輕斂了下眉頭，便一言不發地去尋了件舊的過來。

張小碗接過，便在床上先穿了裡衣和外裳，待要彎腰下地時，還是因身上的痠楚倒抽了口冷氣。

「無用至極。」一直站在那兒看著她穿衣的汪永昭說罷，坐到了床上，把她抱到了腿上，長手往下一探，便把她的鞋探到了手上。

張小碗便伸出手拿過一隻穿上，這時也偏頭與他說道：「身子疼得厲害得緊，怕是要歇上兩天才會好。」

汪永昭冷眼看她，眼睛探過她未繫好帶子而露出來的前胸，看著那上面的痕跡，眼睛一黯，便偏過頭，把視線落在了她凌亂的髮絲上。

張小碗這時已穿好鞋，輕拍了下汪永昭的手臂。「您放得我下去吧，我要著衣了。」

汪永昭一抬頭，把她輕而易舉地抱起，嚇得張小碗單手掛上他的脖子，他這才把她放到了地上。

「您這是做啥？」張小碗苦笑著搖了搖頭，把裙子拿過來穿上，又整理好上半身的衣裳，這才去了妝檯梳頭。

梳頭時，汪永昭就站在那兒，張小碗梳順頭髮，隨意綰了一個簡單的婦人髻，插了兩支玉釵便了事。

起身後，她看著那目不轉睛地看著她的汪永昭，不由得笑了。「您去叫叫丫鬟，讓她們幫我把洗漱的水打好。」

汪永昭聽得像是一惱，瞪了她一眼，便起身出了內屋。

沒一會兒，張小碗就聽得了他叫下人過來吩咐的聲音，便又輕吁了一口長氣。

就這樣過吧，掙脫不得，還能如何？

等看了堂屋一角擺著的漏壺，張小碗才知這已是申時了。

待她坐好，剛翻開針線籃子的一角，江小山就捧了一盤水果進來，嘻笑地跟張小碗說：「夫人，這是剛從井裡撈上來的，您快些吃吃！」

張小碗一瞅，見居然是這世從沒見過的葡萄，微微嚇了一跳。「這是哪兒來的？」

「這是蒲陶，夏人那邊進貢過來的，皇上賞了一些給咱們大老爺。大老爺說這物放井裡一會兒，涼涼的更好吃。這不，您這一醒來，他就讓我提了上來給您送來，您快吃著幾顆。」

「這有些涼，我用過飯再吃。」張小碗笑著道。

這時汪永昭抱了懷慕進門，懷慕一見著她就朝她張開雙手。「娘、娘，妳可起來了！」

張小碗聽得笑容一僵，看了汪永昭一眼，也不知他是怎麼跟孩子說的，她嘴裡笑著說道：「娘身子有點乏，便睡得晚了。」

便是睡得晚一點，也要找理由出來說給下人聽？做女主人做到她這步，可真是滴水不漏了。汪永昭輕扯了下嘴角，抱了懷慕過來，坐到她身邊的椅子上，對懷慕說：「別去擾她，讓爹抱著。」

「喔。」懷慕聽得便收回了手，但還是探過小身子，朝得張小碗臉上吹了吹。「懷慕吹吹，娘親不乏了。」

張小碗笑了出聲，低頭用嘴唇朝他的小臉上輕碰了碰。

她抬頭時，見汪永昭看著桌上的葡萄，她便道：「胃裡空得很，不宜吃涼的，我先用點飯再吃。」

汪永昭收回了眼神，過了一會兒，才隨口「嗯」了一聲。

張小碗這時伸手拿了顆葡萄，小心地剝了皮，去了籽，放到了懷慕嘴裡，可能葡萄有點酸，懷慕吃得嘴都張成了雞蛋形狀，驚訝過後才嚼起了果肉，看得張小碗又不禁笑了兩聲，這才剝了另一顆。

給懷慕吃了幾顆，見他嘴裡還有著，張小碗便把剛剝下的那顆遞到汪永昭的嘴邊。

汪永昭一頓，看了她一眼。

「您吃上一顆吧。」張小碗朝得他笑笑。

汪永昭張開了嘴，張小碗便把果肉送了進去，又轉首剝起了皮。

兩父子便你一口、我一口地吃起了葡萄，沒一會兒，在飯菜還沒上桌前，這一小盤葡萄便也沒了。懷慕見狀，兩隻小手交叉著合著，還失望地「啊」了一聲。

「不要吃多了，就吃這些吧，吃多了肚子會涼。」見汪永昭抬首就要往外叫人，在他開口之前，張小碗把他的話攔了下來。

「才幾顆，礙得了什麼事？」汪永昭不由分說，叫了門邊候著的江小山再去拿一盤過來。

張小碗莫可奈何地嘆了口氣，懷慕見得她嘆氣，便轉身叫汪永昭。「爹爹……」

汪永昭皺眉，臉朝向門口，不耐煩地喊道：「來人！」

專門在門邊候令的小廝便跑了進來。

「叫江小山不要拿過來了！」汪永昭不快地說了這麼一句，便把懷慕放到地上，對他說：「自個兒出門玩會兒去。」

懷慕抬眼看他娘，見張小碗笑著朝他點頭，他這才一陣風地跑到門邊，叫起了專門陪他玩耍的小廝。「順子、順子……」

「等他過了兩歲，您還是多管束他，讓他多認得幾個字吧。」看著他跑遠了去，張小碗嘴邊的笑意便淺了點，側頭朝汪永昭商議道。

「嗯，這事我自有主張。」汪永昭半躺在椅子上，懶懶地道。

這時聞管家領著丫鬟把飯菜擺上了桌，張小碗沒讓丫鬟幫她添飯，溫和地叫了他們下去，這才自己動手給自己添了碗飯，慢慢地吃了起來。

吃到一半，見汪永昭老用眼睛看她，她便問：「您可還要用上些許？」

汪永昭搖首。「用妳的。」

張小碗便用起了她的膳。為著身體，她現下吃飯吃得慢了些，慢慢騰騰地吃著也用了近半個時辰。

汪永昭一直坐在那兒未語，等她吃罷三碗飯，他上下看了張小碗那瘦削的身子一眼，這才開了口，淡淡地道：「來日叫那大夫過來，開些補藥喝喝。」

「嗯。」張小碗未拒絕，點頭道。

這日晚上快到子時，見汪永昭未回，張小碗便提了燈籠去了那前院的書房。見得她來，守門的兩個武夫都呆了一下，一人呆過之後就跑進了內房叫人去了。

張小碗一路提了燈籠進去，見得了那書房的門大開，她便頓了足，朝裡道：「您可是在？我可進去？」

「進來。」

聽得那道乍一聽還有些許冷漠的聲音，張小碗提裙進了屋。一進去，左右打量了這間她從沒來過的書房，看過幾眼，便朝著坐在最中間書桌後的汪永昭溫聲道：「夜深了，過來問問您，是否要回去就寢了？」

手中提著筆的汪永昭看得她兩眼，對她淡淡地道：「先坐一會兒。」

看他還要忙，張小碗便把燈籠交給了在旁邊候著的武夫，朝那書桌兩側的一張椅子走去。

「別坐那兒，坐過來。」汪永昭這時又張了口。

張小碗回頭一看，看他頭也沒抬，便張目再尋坐處。

「騰飛，給夫人搬張椅子過來。」汪永昭說得了一聲。

這時，門外傳來了一道「是」聲，隨即，書房內又多了一個人。

張小碗見得這個她從沒見過的二十多歲的年輕人朝著她先屈膝，再拱手行禮。「小的騰飛見過夫人。」

「無須多禮，起。」

隨即，這人便給她搬來了張椅子，放在了書桌的左側。

汪永昭這時執左手寫字，張小碗看他在紙上游移飛舞，便規矩地坐在那兒，頭不探身不側，只等得這人寫完信，交給了剛給她搬椅子來的人。

當他起身，她便立即起身，跟在了他身後，回後院主院。

這一路，汪永昭先是走得極快，中間像是想及了什麼，便慢下了腳步，走在了她的身邊。

待他在她身邊走了幾步，張小碗稍想了想，便伸出未提燈籠的一手，把手握在了他的手臂上，先開了口，閒聊著道：「懷慕生辰，我想給他多做兩件衣裳，明日叫聞管家把庫房裡的布拿來瞧上一瞧吧？」

「嗯。」汪永昭看了她一眼，接過了她手中的燈籠。

張小碗便把雙手都掛在了他此時向後彎著的臂彎裡，在靜寂的夜裡，她輕輕地道：「也想著給您和懷善都做一套，給您用紫色的布，給他用藍色的布，您看可好？」

「嗯。」

「要是庫房裡的布沒得好的，我還想讓聞管家去外頭布莊再給我找幾樣來，您看可好？」

「嗯。」她說到此，汪永昭回頭瞧得她，淡淡地道：「要是得空，讓下人安排好，妳去染布房看看，歡喜的都帶回來即可。」

張小碗聽罷此言，搖了搖頭，輕嘆了口氣。「悄悄買得幾疋給你們父子做幾身衣裳就好，這光景，打眼的事還是不做的好，這裡裡外外，不知有多少雙眼睛在盯著您呢！」

汪永昭聽得這話，腳步頓了下來，轉身深深地看著張小碗，見得她目光平和地看著他，他手一揮，把燈籠扔到了一邊，把人抱了起來，往他們的院子快步走去。

第二十八章

沒得多時，汪永昭便把人抱回了主院後院的內屋，一腳把掩上的臥房門踹開。

黑暗中，不知是誰進來的下人驚呼了聲「是誰」，得了他一聲「滾」，隨後便鴉雀無聲。

這時，汪永昭把張小碗半扔在了床上，隨即他壓上了她的身，就著那點淺白的月光，他深邃的眼盯著她的雙眼，沙啞著喉嚨問她。「妳也知我不知被多少雙的眼睛盯著了？」

他還以為，她這一輩子的眼裡、心裡，瞧得見的，都只是她那大兒子。

「您哪……」張小碗嘆了口氣，伸出手摸了摸他的臉，隨即兩隻手都掛在了他的脖子上，讓汪永昭壓在了她的身上。

她抱著他的頭，聽著他重重地在她的脖間喘息著。

她以為他會平靜，哪料他的呼吸越來越重，張小碗聽得不對勁，不禁苦笑了起來。

汪永昭也沒動，過得一會兒，他在張小碗的耳邊喃喃地說：「妳幫我摸摸吧……」

聽得他的話，張小碗稍愣了一下，這時汪永昭已經甩了腳上的鞋，他的頭這時微動了一動，卻像是捨不得移開，更是靠近地與張小碗臉貼著臉，而此時他的手迅速地把外袍一扔，把褲帶一抽，抓住了張小碗的手放在他那裡。

張小碗只得握住那裡，直至手痠，汪永昭也沒出來。

最終，還是在她大腿間磨得她大腿內側皮膚都疼痛不已，才洩在了其間。

男人粗重的喘息在她耳畔一直響著，張小碗聽得半晌，終是心軟了一點，她自嘲地笑了笑，還是輕輕地在他嘴角吻了一下。

他一直都在忍著，可能是因著早上她說要養兩天的話，喘得那般濃重也還是在忍著，她再心如磐石，這時也還是鬆軟了些許。

只是她的嘴一湊上，汪永昭卻含住了不放，從她牙齒間探進了口裡，勾起了她的舌頭。

張小碗任由他動作，沒再掙扎。

庫房的鑰匙一直由聞管家放在汪永昭那兒，這天上午，聞管家拿來就與張小碗說：「大老爺說，鑰匙就放在您這兒，不拿回去了。」

張小碗笑著點了頭，帶著丫鬟過去看了看布。

庫房有不少好布，都是上面賞下來的，連素色的布都帶著幾分華麗貴氣，張小碗選來選去，都沒選到合適的，因此還是與聞管家說了，讓他照她說的樣式去外面布莊買幾疋襯裡質地好的，表面不要太顯奪眼的。

聞管家領命而去，張小碗回了主院堂屋，剛坐下，手裡的針剛摸到手裡，汪永昭便進了大門。

張小碗看得他一路從大門走進打開的堂屋，便起身笑著問他。「您今兒個不忙？」

「嗯。」汪永昭應了一聲，坐在了她旁邊的椅子上。

張小碗聽得他的聲音裡帶著沈吟，坐下給他倒了碗白水，看得他喝下才問：「您有話要與我說？」

汪永昭看她一眼，他有話要說她也看得出？他便開口淡淡地問：「還有什麼是妳不知道的？」

「您就說吧。」張小碗笑了，不與他多就此討論。

她不願多說，汪永昭也不與她講究這個，便開口不疾不徐地說道：「妳舅舅上了摺子，要從大東的駐軍處請調回京。」

「他要回來？」張小碗把手上剛拿回手的針線又放了回去，看著他道。

汪永昭輕頷了下首。

「那……」張小碗在心裡把話斟酌再三，才慢慢地說：「對您有礙嗎？」

汪永昭又看得她一眼，把她的手拿了過來，放在手中把玩了一會兒，才淡淡地說：「些許，這妳不要費心。只要他來了見妳，妳什麼都不要應承他就成。」

「知道了。」

「要是有為難處，我不在家，妳差了人來叫我。」

「知道了。」張小碗聽得笑了一下，抬頭目光柔和。「您也無須擔心，您說的，我會盡力辦到。」

汪永昭的嘴角微翹了翹，便不再言語。

張小碗便拿起了衣袍又重新縫合，汪永昭在旁看得半晌，又探過頭，頭靠在她肩上看著她拿針的手在布上穿梭，過得一會兒，他在她耳邊似是漫不經心地說：「倒也不怕他提出什麼來，就怕到時妳給他說情。」

「嗯？」張小碗有些不解，穿針的手未停。

「妳說了，我就得答應了。」汪永昭在她耳邊淡淡地說。

張小碗聽得穿針的手一停，偏頭過去看他，卻讓汪永昭在她嘴上啄了一口。

她眼睛帶笑地瞥了他一眼，又轉頭繼續手上的活計。

看著她如此淡定，汪永昭也不再有所舉動了，看得她忙了半會兒，直到前院有人來叫他，便又到前面忙去了。

八月初，大鳳朝上下一片繁忙，天氣也很是炎熱，懷慕一人便把賞下來的葡萄在頭兩天就吃完了，汪永昭便想了法子，把戶部尚書得的那點兒葡萄給騙回了家。

戶部尚書是汪永昭的老對頭，他的葡萄都被他得來了，跟汪永昭交情好的刑部尚書便把他家得的那一點葡萄也給送了來。

多得了兩份葡萄，還都是冰鎮著的，汪永昭便一份給了懷慕，一份給了張小碗。

張小碗從他嘴裡問清是怎麼得來的後，嘆著氣，把她的那份送到了汪家給了汪家那老夫婦，另外這兩位尚書家，她又各自備了一份禮送了過去。

戶部的送書，刑部的送劍，都是她從汪永昭的庫房裡挑出來的。下人去送之前，她拿來給汪永昭過了目。

汪永昭看過之後滿臉不以為然，嘴裡還說：「就一點兒紫蒲陶，還這麼貴重的禮，妳也不怕他們晚上睡不著覺。」

說歸這樣說，卻叫來江小山，讓他親手把禮送過去，還對他說：「見著人了，就說是夫人讓送過來的，多謝他們送的那點兒蒲陶。」

蒲陶本是大鳳朝就有，只是紫蒲陶只有那大夏才有，大鳳有的是小粒的青蒲陶，想來她也是不喜。

這次只有六部的尚書才得了賞，恰巧那戶部的顧可全有事求他，自己放了他一馬，便得了這一份。丁點兒芝麻大的事，她愣是要送回禮過去，真是謹慎小心得過了頭。

饒是如此，念著她是為這尚書府著想，他也就隨得了她了。

想罷，汪永昭側頭看那給孩子餵蒲陶的婦人一眼，眉毛微微一攏。「這麼涼，吃多了有什麼好的？」

那婦人聽得一笑，竟不怕他，把放果肉的碟子往他跟前稍稍一推。「那您幫著懷慕吃一點吧。」

汪永昭聽得皺了皺眉，見那果肉晶瑩剔透，便吃了一口，吃罷見那婦人微笑著看他，他把碟子推了過去。「妳也吃得兩口，別淨給他一人吃。」

說著，便把懷慕抱到懷裡，讓他坐到他手臂上。「爹爹帶你玩去。」

懷慕聽得他要陪自己玩兒，便也不著迷於吃酸酸甜甜的蒲陶了。「去院子裡玩，爹爹，還要去看馬兒！」

「院子裡熱，去馬廄看馬。」

「好，看馬兒……」

父子倆說著話走了，張小碗一個人坐在那兒，對著還剩下的大半份葡萄，失笑地搖了搖頭。

八月中，汪永昭出了趟門，連懷慕生辰那天也未趕回。

懷慕天天一早醒來就問他爹爹哪兒去了？生辰那天，他穿了藍布的新衣裳，從早盼到晚，也沒盼回汪永昭。

晚間他失望地掉了淚，入睡前卻對張小碗說：「不怪爹爹，爹爹說辦完事就回來和懷慕玩。」

張小碗對他笑，嘴裡輕言安慰著他，心裡卻是憂心得很。

懷慕生辰都沒法回的話，想來，是脫不開身。

現在朝廷看著是上下齊心，實則內裡卻是動盪不安，國家沒有糧，百姓家裡也沒有吃的，當一個王朝連肚子都填不飽時，底下哪會真正安寧？

汪永昭現在是有兵權的人，他要是手裡有棘手的事，連他兒子生辰都趕不回來，那就說明事情很嚴重了。

張小碗心裡猜測著無數可能，待到月底，汪永昭帶著他的家將與隨從回了府，隨之回來的，還有頭髮裡都結了血塊，全身被綁得嚴嚴實實，嘴裡還塞著布條的汪懷善。

見到她時，汪懷善人是懵的，張小碗也是傻了。

汪永昭讓人叫張小碗來的前院，見到她傻傻地向他看過來，眼裡只有乞問，沒有責怪，他刻意緩和了臉上的線條，對她說：「阿杉為救他死了，隨行死的還有十五人，我晚間給妳名冊，這幾日妳把撫恤的銀兩發下去。」

「怎……怎會有這麼多？」張小碗結巴了。

「為救他一人，死了我養了十餘年的暗將十五名。」說到這兒，汪永昭冷酷地笑了。「他以為這是戰場，見得人就提劍宰頭；哪想，他宰得別人一個，別人就宰得了他五、六、七個，蠢貨！」

說到此，他走到了此時在地上蜷縮成一團的人面前，狠狠地踢了他一腳，臉色嚴厲至極。「做事再不用腦子，就算你有十個她這樣的娘，也不會再救得你一命！」

「他到底做了何事？」張小碗努力冷靜，卻還是覺得出氣都困難。她踉蹌了幾步走到了汪永昭的身邊，扶住了他的手臂，剎那之間，她被伸出來的手扶住了腰，她這才堪堪穩住了身體。

手上一重，汪永昭反手就扶住了她，冷肅地說：「他殺了荊州縣府三名官員，那是老懷王的地盤，他不打招呼就殺人。就算是皇帝陛下都要敬稱一聲皇太叔的老王爺，這不懂事的畜生竟在他的地盤上殺他的人，妳說人家能放過他嗎？」

「他為何要殺那縣的官員？」張小碗撐著他的手臂問。

汪永昭聽得臉色剎那一冷，眼神也冰冷地看著她。

「夫君。」張小碗哀求地看著他。

汪永昭暴怒地瞪了她一眼，卻還是轉了頭，看向了江小山。

江小山上前鞠躬，用著疲憊沙啞的聲音回答道：「這倒不是善王爺的不是，是皇上下了令，讓他誅殺荊州縣太爺為首的幾名貪贓枉法的官員。」

「這既然是皇帝陛下的旨意……」張小碗重重地喘著氣，急促地說：「與我兒何干？」

「這時妳倒是跟妳的蠢兒子一樣蠢了！」聽得此，汪永昭氣急敗壞地朝得張小碗吼道。

「就算是皇帝親自去了，沒經懷王，他也殺不得老懷王的人，他一個異姓王，倒是有那滔天的本事，不經懷王的應允就殺得他的人了？早告訴過他，就是皇帝的旨意，他也要三思而後行，可妳看看他現在是怎麼幹的？」

這時懷善已經吐出了口裡的布巾，他臥在地上，虛弱地看著張小碗說：「娘，這是我的錯……不，我沒做錯，那幾個人，他們把好幾百個餓民推到坑裡埋了，那是活生生的人，他們為得那幾個銀子，把人全都活埋了！」說罷，他身體劇烈一縮，就此昏了過去。

如若不是汪永昭扶著，張小碗軟下腳的身體這時便會摔倒在地。

她欲哭無淚，看著她碰碰撞撞，終還是撞傷了額頭回來的孩子，她死死地抓著汪永昭的手臂，連喘了幾口氣，才側過頭與抱住了她的男人說：「叫、叫……」她喉嚨嘶啞，又緩了幾口氣，把眼角的淚也逼了回去，才接著說：「叫聞管家帶小廝把他揹抬回去，叫大夫。」

「去。」汪永昭一回頭，丟了一個字。

江小山抱拳，急急退下。

「他身上無傷。」見她似是傷心欲絕，汪永昭不禁伸手去撫摸她的臉。

在他的手掌心中，張小碗輕搖了搖頭，終還是流了淚。「他要是還這般不懂事，就是你幫著我護他，也護不了他一世。」

眼角的那道熱淚流了下來，她深吸了口氣，又站直了腿，朝得汪永昭勉強一笑說：「您放著手吧，我去吩咐小廝、丫頭們辦事。」

汪永昭剛回，也還有急事要處置，在伸手擦過她的眼淚、仔細地看過她的臉後，便鬆開了手。

「他會無事。」為了安撫她，他還是把這話說了出來。

「我知道。」張小碗朝得他淡淡一笑，朝他福了福身，快步跟著那揹了懷善而走的小廝離去。

看著她疾走的背影，汪永昭伸出那隻替她抹淚的手，放在嘴邊嚐了嚐味道，便一樣頭也不回地進了書房，處置後面的事。

當夜，汪永昭未回，張小碗徹夜未睡，她先在汪懷善的房間裡坐了半宿，聽著他的呼吸好半會兒，好幾次她都悄悄地走到他身邊，把手伸到他的鼻尖探著，摸著他溫熱的手，才萬般確定他還活著。

下半夜，她去了廚房，熬了粥，煲了清肺的冬瓜湯，這時得她令的小廝也從外面屠夫家買來了剛宰殺的豬肉，她清炒了一道肉菜，就此把這幾樣擱在了盤中，往那前院走去。

一路通行無阻地進了那書房，瞧得她來，還在書案後提著筆的汪永昭看了看她手中的盤子，輕皺了下眉。

「我去給您打點水。」張小碗把盤子放置在桌上，朝得他一福，便走了出去。

她找門外的武將尋了平時汪永昭在前院的入榻處，拿了水盆和布巾過來，這時武將已把她要的水提入了房中，她便倒了水，濕了布巾，上前給汪永昭擦臉。

汪永昭臉上有些許的不耐煩，張小碗視若無睹，給他擦臉時，他也未躲，她便輕輕地說：「不是來求您什麼的，就是讓您先吃點東西墊墊肚，順道把名冊拿回去，好怎麼想那撫恤銀子的事。」

說罷，替他擦好了臉，又去重滌了布巾，回來給他拭手。

汪永昭左手的墨跡很重，擦了幾下都擦不乾淨，張小碗便把水盆端來，把他的手放到盆中細細地搓拭，好半會兒才把那墨漬洗淨，這才繼續把他的手擦拭了乾淨，把筷子放到了他手中。

汪永昭看罷她一眼，喝了口粥，待喝得幾口，也覺自己餓了，沒得多時便把盤中的菜和湯都吃下了肚。

這時，有人前來稟告要務，張小碗也站起，收拾著盤碟之餘又溫聲地道：「那名冊，可否等會兒讓人給我送來？」

「不用，在這裡。」汪永昭從一疊宣紙中拿出一本冊子給她，看著她的眼睛也柔和了一些。「無須這麼著急，這半個月裡辦了就好。」

張小碗笑笑，輕應了一聲，端了那盤子施禮退下。

待一出了門，她臉上的笑容全無，冷靜地快步離去，一出了前院，就對那候在門口的丫鬟說：「給我找聞管家來。」

她這邊一回到院子裡，聞管家也匆匆地急步過來了，見到她就躬身。「夫人。」

「進來。還有你們……」張小碗看著院中的丫鬟、小廝，冷若冰霜地道：「全都給我出去，沒得我的吩咐，誰也不許進來。」

她前頭賣了丫鬟的餘威還在，這時下人誰也不敢多嘴，都施禮退了下去。

張小碗坐回了主位，拿出了剛得的名冊，打開給了聞管家。「我知你是大老爺的人，這些人裡，誰家有什麼人，你都給我說說。」

說著，她站了起來。「你先想著，我去拿了筆墨過來。」

她去了懷慕的屋中，見他還在睡，她站在那兒看了他一會兒，這才閉了閉眼，轉身去了他那小書桌，拿了筆墨紙硯。

回了堂屋處，聞管家說，她便寫。

途中有照顧懷善的下人膽怯地在門口報，說小善王醒了，張小碗叫他讓汪懷善自行用早膳，等著她來。

待全部人數列完，張小碗就拿了名冊去了汪懷善的房間。

見得她來，懷善就跪在了地上。「娘。」

張小碗沒去扶他，她叫了那小廝下去，等到聞管家來報，說院子裡無人，他也退下後，張小碗自行搬了椅子，坐到汪懷善的面前，一一唸著冊子裡的名字。「何杉，年三十五，家中孤母五十七，膝下三兒二女，長子十七，幼女一歲；巫倮，年三十，父母雙全，有一弟一妹，皆雙腳不能成足行走，要他供養，膝下兩兒一女，長子十二，幼子三歲；梁尚通，年二十八，一子，半歲；寧回鄉，年二十七，無親子，膝下收養族中父母俱亡者幼童十七人；何曾，年二十七……」

她一字一字地唸著，汪懷善跪在地上淚流滿面，到後頭竟嚎啕大哭了起來。

張小碗唸罷，把那冊子強硬地塞到他的手裡，然後盯著他的眼睛，一字一句地告訴他。「這也是幾百人。懷善，告訴我，在你顧前不顧後的如今，你要怎麼去面對這幾百個你斷了他們生路的人？難不成，他們就不是活生生的人了？你告訴我！」

「娘……」懷善把頭埋在了她的膝上，痛苦絕望地哭著。「是我錯了，是我太衝動了！」

「不，你沒有衝動，你只是有恃無恐。」張小碗冷冷地看著他，不為所動。「你知道你父親得讓你活著，你損他便也會損；你更知道，我不會眼睜睜地看著你有事，你就是知道得太多了，才有恃無恐。可是，你就真沒想過，你幫著皇帝把他拉下了馬，他完了，你能好到哪裡去？是，等皇帝不用你了，你可以帶著我遠走高飛，可你有沒有想過，你的弟弟會如何？你有沒有想過，待你恩重如山的刀叔他們、胡家村的那些人、你的舅舅們，他們會如何？你的外祖父、外祖母，難道也要死在你的快意恩仇下？或者你也讓他們跟著你遠走高飛？我是願意跟你走，可你有沒有想過他們願不願意？」

說到此，張小碗揚起了手，就算是這時，她也捨不得打他，怕打了他，他心碎。她無法宣洩心中的憤怒，便只能把手重重地拍到了椅臂上，痛苦地流了淚。「都怪我，教了你這麼多年，卻還是只教會了你如此任性，目光短淺，是我非得、非得……」

說到這時，她已喘不過氣來，眼前一陣發昏，那頭往前一栽，便栽倒在地上，在這短短的一時之間磕出了血。

「娘！」在張小碗說著話時還在磕頭的懷善，這才反應過來，他腦袋先是一木，接著大叫了一聲，忙扶起了她。他把她抱起坐到椅子上，緊張地抓住了她的手掌，貼在了他的臉上，剛剛沒扶住人的他流著淚道：「妳打我吧，妳打我吧！妳打死我，是我沒有想及妳、念及你們才下的手，是我任性！妳別生氣了，娘，妳別生氣，我以後再也不會了……」

說到此，他泣不成聲，看到張小碗的額頭上竟因栽倒現出了血痕，他飛速地一躍而起，在那眨眼之際就拿了放在一邊的佩刀，眼看就要往自己身上扎去，想要懲罰自己。

「你敢！」張小碗在他起身拿刀之際就失聲尖叫，汪懷善聽得手一頓，就在這時，門外進來了一個人，一進來一腳就往他手上凌厲地踢去，那刀子便遠遠地落在了他處。這時，踢人的汪永昭腳一落地，那手便毫不留情地往他臉上搧去。

「你這蠢物！」汪永昭打得一掌，又提了他起來，狠踢了下他的屁股。他轉頭間看得張小碗額頭上的紅痕，立時全身都是肅殺之氣。「他打的？」

「不是！」張小碗見他通紅的眼，忙喘了氣道：「是我自己。」

她太怕他會下殺手，忙跑了過去拉住了他的手。「是我自己不小心磕的！聞管家、聞管家——」

果不出她所料，說退下去了的聞管家這時卻飛快跑進了屋，對著汪永昭道——

「不是善王爺打的！」

汪永昭聽後，憤怒地甩了他手臂上的手，看著這婦人火冒三丈地道：「愚昧至極！」說罷，上前拖了汪懷善就往門口去，那粗魯的手法看得張小碗驚得心都快跳了出來。她不禁舉足上前，跟了兩步，卻被聞管家悄聲地喊住。

「您別去，就讓大老爺和善王好好說說吧。」

「這……」張小碗側頭看他，臉上一片茫然。

「這事也不是小善王一人的錯，大老爺曉得的，您別慌。」聞管家忍不住跟她開解道：「這內裡的事，就像您說的一樣，有小善王的不是，但這確也是上面的人在作怪。大老爺多教教他，他也就會了，畢竟，小善王還是太過年輕了不是？」

一路上，懷善都在慘叫，張小碗在屋內聽得不敢出屋，怕自己會忍不住上前去勸。

等動靜遠了，她才跌坐在了椅子上，任由丫鬟拿著布巾給她擦拭額頭上的傷。

只是出了點血，不過大夫還是來了，搽了藥，也說無大礙。

懷慕醒來玩了一會兒，待張小碗回了堂屋，他總算是見到了他娘，見到張小碗額頭上的傷，他疼得嘶嘶抽氣，依在張小碗的懷裡替他娘哭。

張小碗心中因掛記著那父子，心一直揪緊著，聽得懷慕偎著她哭得甚是傷心，不禁啞然，這時心中也算是稍稍好受了一點，抱著懷慕逗樂起了他來。

待到快要到午間，張小碗忙叫廚房做了飯，又差聞管家去前院叫那父子，就說快要午膳了，懷慕等著父親與哥哥用膳。

聞管家笑著拱拱手，應了她的話，去前院叫人了。

不多時，汪永昭領著懷善來了。

汪永昭完好如初，而與他長得相似，如今身形也差不了多少的懷善則是滿臉的腫包，嘴邊也有紫色的瘀傷，這下別說張小碗看得眼皮不由自主地跳了，連懷慕都嚇得好半晌才敢張口叫哥哥。

張小碗看得懷善坐下，眼神委屈地看向她時，她這才真鬆了口氣，放心地把懷中的懷慕放到汪永昭懷裡，朝他柔柔地說：「您抱著懷慕一會兒，我去廚房裡再給你們炒兩道菜。」

「不用，讓廚房上他們的菜。」

「廚房裡我還給您和懷慕蒸了蛋羹，就讓我去取過來吧。」

汪永昭聽得臉色一凝，不置可否。

張小碗朝他福了福身，看了可憐兮兮地看著她的懷善一眼，就去了廚房。

去時蛋羹還未好，她便還是炒了道牛肉，等蛋羹一好，便端了這兩道菜上桌。

這時飯桌上已經擺好飯菜，待汪永昭提了筷，這一家人的午膳總算開始，懷善咧著嘴齜著牙拿勺要去舀蛋羹，卻被張小碗拿著筷子攔住。

「這是發物，你身上有傷，吃不得。」張小碗淡淡地說。

「娘……」懷善都快要哭出來了。

「吃別的。」

懷善便把手又伸向了那道牛肉，結果又被張小碗攔了下來。

「也是。」她淡淡地道。

懷善聽後，眼看他手上那筷子就要往桌上扔，這時，汪永昭朝他瞧了一眼，他便想起了這人專挑他痛處打的勁兒，便把筷子又拿好，悶頭挾起了不是他娘做的菜。

「哥哥。」坐在父親身邊凳子上的懷慕不忍，挾了自己小碗裡的小肉條，要往懷善碗裡放去。

「懷慕……」懷善抬起碗，把碗放到懷慕面前，另一執筷的手抬起，拭了拭鼻邊流下的血水，嘴裡感慨地道：「還是你記得哥哥。」

張小碗見他說話間，先前的那股壓抑陰鬱已經消失了大半，便不由得看了汪永昭一眼，見他抬眼看她，她便朝他笑了笑。

汪永昭不以為然地別過眼，一言不發地用著他的膳。

張小碗便抬頭，把自己做的菜分了他一大半，另外一小半的，進了懷慕的小碗。

懷善在旁見著「啊啊啊」地發著叫聲，卻還是一句話都不敢說，最後苦著臉把頭垂得低低的，一粒一粒數著米飯。

午膳過後，張小碗給汪懷善全身搽了藥，快要走時，對他輕輕地說：「你快睡著休息一會兒，等醒來了，娘給你洗頭髮。」

骨頭才放心。

「可真？」懷善一聽，眼都亮了。

「哪時騙過你？」張小碗摸摸他的手，仔仔細細地又看了一遍他那腫著的手，見沒傷著

「他會許？」汪懷善又道，眼睛瞪起。

「會。」張小碗給他拉過小被單，蓋上他的肚子，淡淡地道：「只要你不在正事上犯蠢就好。」

「娘……」

「睡吧，娘看著你睡了再走。」還是不忍心對他過於苛刻，張小碗坐在了他的身邊，溫聲地對他說道。

「娘。」汪懷善動了動腦袋，靠得張小碗近了點，這才閉上了眼。

待到汪懷善睡醒，張小碗打來了熱水，在院中給他洗頭髮，懷慕在另一頭圍著他們轉著，一會兒叫一聲娘親，一會兒叫一聲老虎哥哥。

許是娘親的手太輕柔，汪懷善又濕了眼眶。

洗頭完畢，懷慕小心地爬上他的膝頭給他吹臉上的傷，他娘在他的背後給他擦著頭髮，汪懷善這才覺得，他沒有失去他的娘。

另外，他真的多了一個弟弟，此時他正用他的方式在全心全意地安慰著他。

他想，他娘總是對的，她從捨不得他真正地傷心，她總是盡全力保全他，讓他得到最好

的。

夜間張小碗與汪永昭同一個桶沐浴，可能有些時日沒發洩了，汪永昭在桶中要了她後，又在床上與她廝纏了好半會兒，張小碗後頭又是昏睡了過去，腦中殘餘的想法就是明兒個就別獻殷勤給他食補了，就這力道，這男人也只是表面瘦了點肉罷了，其他完全無損。

補得太好，目前也是她遭罪。

這一時半刻的，後院的女人也不會分去他太多注意力，而這當頭，她也不可能把汪永昭往外推。

自作孽不可活，張小碗便想著還是不要把這男人伺候得太好了。

想歸是這樣想，但給懷善調理時，張小碗還是把汪永昭搭上了。請來的大夫看過懷善後，又針對汪永昭的舊傷開了幾劑應對之方，張小碗不能厚此薄彼，便把汪永昭放在了第一，懷善放在了第二，免得汪永昭又吃味。

懷善這頭日間跟著汪永昭上朝下朝，無事之餘也是跟著汪永昭待在那前院，這樣一來，時時陪在她身邊的只有懷慕了，張小碗便教他認起了字。懷慕沒懷善小時那樣靈敏，很多字不說懷善小時都能猜得出什麼意思，懷慕則要多教一遍；不過相比張小碗曾經教過的小寶、小弟他們，懷慕的學習能力就要強多了，一天認得幾個字，隔天也還是記得的。

過得幾日，撫恤銀子的事張小碗思慮好了，便讓聞管家領著懷善每家每戶去送。

這十幾家人，懷善兩天便已送好了銀子回來，當晚，在主院的廊房下，他把張小碗替汪永昭溫的半壺黃酒全喝下了肚，趴在桌上好半晌都未說話。

張小碗又去溫了一壺酒過來，讓他們喝著。

許是喝得多了，懷善對汪永昭的話就多了起來，在月光下，他當著張小碗的面問著汪永昭。「我娘赤著足，半夜在冷水的田裡插秧時，你在哪兒？」

張小碗本在給他們挾菜，聽得他這話，背部一僵，眼睛剎那往汪懷善警告地看去。

汪永昭看了她一眼，而這時懷善沒有看她，他只是眼睛赤紅地看著汪永昭，語中帶著悲意。「你知不知道，她哭時，都只能背著人哭，我也是，我們都只能哭給自己看。好不容易，好不容易到如今了，她卻還是……」

張小碗冷冷地盯著他，看著他的頭一垂，便就此醉了過去。

好半會兒，她都無法動彈。

當汪永昭過來抱她起來後，她才把頭靠在了他的頸間，疲憊地說：「世人誰不苦？我如是，他如是，您也是，誰人都有誰的不易。他年輕氣盛，說的話大多都是置氣話，您別跟他計較。」

到底兩人在床上肢體廝纏了這麼久，有些話，張小碗也是跟他說得出口了。

汪永昭未回答她，揚手叫來了候在外頭的小廝，讓他扶了懷善回去歇息，他便抱著張小碗進了屋。

「妳小時是個什麼樣子？」把她放到了床上，看著她爬起給他們褪了衣，又乖乖地趴到他的胸口上，汪永昭淡淡地問出了聲。

「小時？」

汪永昭拿起她放在他胸口的手，與她五指交纏著。

「小時啊……」張小碗努力地回想，想了半會兒，才淡淡地答：「打獵、幹農活，讓一家人活下去，不餓死、凍死。」

「後來呢？」

「後來？」張小碗聽得笑了一下，抬起頭看著他那雙過於深邃、總是讓人看不透的眼道：「後來也如此，夫君，誰人都如此，是不是？」

汪永昭沒答她，只是摟緊了她的腰，彈指弄熄了那燈光，才在黑暗中發出了含著疲憊的聲音。「睡吧。」

這年九月，風雨飄搖的大鳳朝民眾高聲歡呼，為的不是田裡那看著並不能得上一、兩擔的穀子；而是朝廷下令，凡是領了穀種、入了名籍的百姓家，人人都可再去衙門領兩石糧食。

是兩石，而不是一斤、十斤，是整整二百四十斤！

民間對新皇的讚譽與崇敬鋪天蓋地而來，士大夫更是對新皇多加讚揚，新皇聲名遠播，看這勢頭，或待過上那麼一些時日，怕是連那從不知朝代更迭的山間小坳，也要知他們所處的這個國家有這麼一位愛民如子的皇帝了。

但，這些歡騰都只是屬於民間的。
汪永昭所知的是，為了得到這批能養活不少大鳳朝百姓的糧食，駐紮在夏朝的大鳳軍隊屠殺了夏朝五個大城的城民，運回無數金銀珠寶和糧食。
為此，夏朝五品以上的官員，以及皇家的子子孫孫，當場自盡上千人。這一場數萬人的浩劫，血流成河，換來了大鳳人的生存。
而劉二郎因在此事件中厥功至偉，上調京城，特封兵部侍郎。
在他這裡知其真相的汪懷善傻眼了，如若不是汪永昭訓斥，他怕是執了他那劍，就要闖入皇宮，逼問皇帝一句為什麼了！
小老虎消沈得很，這天夜間，張小碗與他談過，得知真相後，她徹夜未睡。
過得幾日，汪永昭見她面色不好，要去訓那惹禍的汪懷善時，張小碗攔住了他，當著他的面，她寫了信給小寶與胡九刀。
沒得兩日，張小寶和張小弟來了，胡九刀則帶了胡家村那幾個仁義的族人來了，其中還有小弟的大舅子們，張小碗本只叫了這家的老大，但這家子的四兄弟都來了。
堂屋裡，張小碗沒再與他們守那虛禮，見在場的人都安靜地待她說話，她溫聲地先開了口。「今日叫你們來，是想著得煩勞你們些個事了。」
「您說。」胡家村的那幾位，這時全部站起，朝她肅言道。
張小碗是個什麼人，打了這麼多年的交道，他們心中也是有數的，不管多年前她幫胡家村做的那些事，就衝去年她借的糧、她還的銀錢還有人情，便夠他們感激的了。

現下，衙門內，他們胡家村是有人入官，以後，胡家村的人誰進了官場，不也得靠著這家子人的提攜與照顧？

這些人來之前，族長就找他們談了一宿，讓他們只要是能做到的，不管多難，都得替她去辦上一辦。

張小碗見他們的神色，也是知他們的意的，這些人多少也是靠得住的，當聞管家再次示意她這院中無旁人後，她便又道：「你們都所懂甚多，這田裡的活兒也好，地裡的活兒也好，還是山間打獵辨物的本事，我知都是一等一的好。我多年前來這京中的一路上，從懷善的嘴裡聽聞過不少事，聽說這萬里疆土裡，有些什物，在我們這裡吃得，但在別處，他們是一點也不碰的，那是多好的糧食，竟是沒人吃得。你們都是出外跑過行商的，懂得要比常人多……」

在座的人，只有張家兄弟隱隱知道她要說什麼，胡九刀他們則有些弄不懂地看著她。

張小碗溫婉一笑，接著道：「我聽著懷善說，這歸於我朝的夏土除了萬里黃沙，也是有連綿不斷的山土的，這山間，據說藏著不少寶貝，你們跑過那邊，也知那邊的風土人情，可是？」

她說到這兒，別說胡家村的人了，就是張家兄弟也是不太明白她的意思了，紛紛都看著她。

張小碗一一看過他們一眼。「我有個不情之請，希望你們能幫我這個婦人辦到。」

「夫人請說。」

「我想讓你們把你們所知的，知無不言地教會懷善和懷善底下的人，這樣可行？」

「只是這樣？」胡九刀先訝異問道。

「已是不得了了，讓你們把這風裡來雨裡去才得知的事情傾囊相授，我心甚是有愧了。」

張小碗言罷，胡家村的人又是放心又是失望，但總歸不是什麼危險的事，便一口就答應了下來。

一直坐在一旁的懷善則起身向他們一一拜禮，嚇得胡家村的人紛紛一揖到底，連連說不敢。

懷善帶了他們下去，讓他們這些人秘密教與這兩日汪永昭緊急選出來的家兵。

這些人受過訓後，就會遠赴邊疆，替那邊的人，無論是大鳳朝的人還是夏人，盡些棉薄之力。

張小碗這一著，汪永昭都甚是詫異。

她看得太遠了，連以後夏人與大鳳朝的誓不兩立都看了出來。

這屠城之恨，沒個三朝五代，哪個夏人忘得了？除非把夏人全部殺絕，才斷得了那反撲；可這夏人豈是殺得乾淨的？這人殺不乾淨，這仇恨便也不會有了結的一天。

她這一舉，讓汪家軍的人過去帶去一點生機，哪怕這生機只是多給人幾口吃的，多得那幾個錢，可這日後的作用誰又說得清？

而汪懷善知其母意後，幾夜之間，整個人頓時沈靜了下來，連眉目之間的那點戾氣也消失殆盡，取而代之的是大氣與沈穩，從而，少年郎終長成了男人。凡是思慮之事，他也會在與汪永昭商談過後才找張小碗說話。

而張小碗出過那主意後，便不再輕易干涉其他，隨得了汪永昭主管其事了。

這時，劉二郎已經回京述職，與此同時，夏人聚集反大鳳，皇帝著令善王帶兵剿殺。

皇帝這一舉，舉朝無人反對。

張小碗知情後，沈默不語。

當晚，她問汪永昭。「那位是何意？」

汪永昭輕撫著她的頭髮，看得她靜寂的眼睛半晌，才淡淡道：「懷善抗旨，不忠不義，可殺；不抗，領命而去，辦不妥事，可殺；我在其中說一個不字，他也可辦我。無論哪條路，都是汪家斷翼。」

「他就不怕失了懷善的心？」

汪永昭聽得譏誚地翹起嘴角，看著這心口不一的婦人。「妳說得是，他怕不怕懷善反他？」

張小碗默然，垂下眼皮。

汪永昭輕笑幾聲，才悠悠地說：「那便更好了，一舉就滅了汪家。於皇上來說，難不成還有比這更好的事？」

張小碗枕在他臂彎的腦袋也更往下垂了。

「他現下得了這天下百姓的民心啊……」沈默了片刻，汪永昭嘆道：「誰在當前跟他說一個不字，那都是自找死路。」

「那只能如此了？」張小碗抬眼問他。

「只能如此？」汪永昭把她赤裸的身軀抱到身上，他看著她，臉上一片沒有感情的漠然。「他敢斷我的後路，那便讓他試試。」

劉二郎回京述職又上任兵部侍郎後，汪永昭稱病把兵部的事務交給了他，在家休養。劉二郎去了尚書府，見過汪永昭也見過張小碗後，才滿臉凝重地答應了此事，還給汪永昭送了不少珍貴的藥材過來。

汪永昭這尚書上任沒多久，就稱病徹底地歇在了自家家中。

只是當劉二郎上任後，才知兵部就是一個鐵打的水桶，打開這桶蓋的鑰匙握在了汪永昭手裡，他是進是出，都要汪永昭點頭。

這事務看著算是交到他手裡，實則，他只是個辦事跑腿的，這事最後的定論，還是得汪永昭說了算。

可汪永昭都已經稱病在家不上朝，也不上兵部了，皇帝也不能在這剛上位不久的當口，就把汪永昭召到宮裡，告知他把權柄讓出來。

於是，劉二郎又求到了張小碗這裡。

他這次還讓劉姜氏帶了禮物過來，大有張小碗不答應幫他說情，便讓劉姜氏耗在這裡不走之勢。

劉姜氏是個蠻橫的，以為能替劉二郎辦好這事就會得回那恩愛，自然全力以赴。她先是坐在院中勸張小碗幫著自家舅舅說說話，讓汪永昭把實權給了她舅舅，讓他辦事順暢些。

她這話得了張小碗一句「朝堂的事，我這婦人不知，不敢非議，也不敢妄言」。

劉姜氏坐在那兒，又誇了張小碗的姿色和穿戴，說張小碗苦盡甘來，現有了一個異姓王的孩子不說，連那夫君也是對她恩愛異常。說罷，就哭了起來，哀嘆自己的命不好，言語中也說自己備受冷落。

到後頭，她更是直接地說：「妳舅父著我來辦這一件小事，要是這都辦不好，妳舅娘我就沒有活路了！」說著就掩帕大哭了起來。

張小碗不為所動，任著她哭。

劉姜氏見她勸都勸不動一句，哭了半晌，又止了哭，才用悲切的聲音輕輕地說：「就知妳是個心狠的，要是我的親外甥女嫁了這汪大人，她哪會像妳這樣對我見死不救？真真不是個親的，任由得我苦，也不搭一把手！」

說著，又抽泣了一聲。這時她臉上的白粉哭成了一團糟，她的帕子早髒了，她也視而不見一般，拿著那髒帕子又要掩面而哭。

這時，她餘光見得張小碗抬起了手，以為她要說話，心當下就漏跳了一拍；哪料，張小碗只是抬手端起茶杯喝了口茶，便又微低了頭，玩起手中那帕子去了！這下她氣急敗壞，又不能對著張小碗破口大罵，只得又大力地扯著嗓子，嚎哭了起來。

她那架勢，就像要把尚書府給哭塌一般。

張小碗卻是不怕她哭的，也不勸，讓劉姜氏一個勁兒地哭，待劉姜氏哭得沒勁了，她便讓丫鬟扶著她，送了她到門口，送了劉姜氏進了那轎子，看著她離去。

隔日，她去了相爺夫人辦的賞花會，哭得那個叫梨花帶雨。她哀哀戚戚地和相爺夫人小聲地道：「我家夫君現今還活得好好的，她一進門就從頭哭到尾……江夫人，不瞞您說，我這心裡苦啊！舅舅當了侍郎是不假，可是，我那夫君也是為朝廷征戰多年才得的一身舊傷，這才在舊病復發之時剛剛歇在了家中，那舅娘怎麼就、就……」哭到這兒，她就哽咽得無法言語了，哭得就像要昏過去一般。

她哭得像隻小貓似的，又面帶病容，相爺夫人與其他幾位一品夫人見了也是臉帶憐憫，有兩位這時私下交談，還道：「這剛當了侍郎就要尚書的位置了？還哭上了門去，這皇上面前的紅人，也真真了得啊……」

另一人也嘆氣回道：「可不是嘛，這才……」說到此，這位夫人也不敢把那句「這才多少天啊」的話說下去，拿帕掩了嘴，垂首不語了。

張小碗在相爺家的這一哭，哭到了眾家的後院去了，這朝廷上下的文武百官也知劉侍郎的心太急了；這事文官搖頭，武官憤然，當天朝會，不少武官便當朝參了劉二郎，道他心術不正，對上不尊，有負聖恩。

劉二郎站在殿堂之中，被一道一道當著面的參本臊得滿臉通紅，下朝回去就直奔那尚書府，但剛到門口，又咬緊了牙，叫了轎伕往回走。

九月懷善生辰的那天，張小碗等了一天，也沒有等來他的信。

深秋的大鳳朝，也漸漸變得涼了起來，這個王朝的子民家中還有點餘糧，也種起了初冬能收的菜，縣衙也陸續徵人挖渠修道，年輕力壯的就組織前往那深山，尋找可用之物。

這個王朝，儼然一派生機勃勃之態，對於生存，人們熱火朝天。

在九月，懷慕也有了自己的先生，張小碗本想讓孟先生來教，可孟先生只住善王府，不來尚書府了。

他跟張小碗說，他這一生，有懷善這麼個弟子已是幸事，現已老邁，雙目看物已模糊，是不能再教人了。

張小碗想接他來養老，但孟先生自知他住尚書府，只是讓皇帝對尚書府更多些注意力罷了，便沒依了張小碗的意思。

而這些話，誰都沒有說出口。張小碗感恩他對懷善的恩德，又別無他法，只得令善王府的管家好好照看他，她則每隔三、四天就去看望他一、兩個時辰，跟他下下棋，喝兩盞清茶。

這月，劉姜氏又來了兩次，有一次張小碗當著她的面昏了過去，沒得多時，外面不少人都知道尚書府的汪夫人被她的舅母在家中逼昏了過去。

此話一出，劉姜氏就再也不來了，許是怕了張小碗再有什麼後招。

現在劉二郎站在口舌的風口浪尖上動彈不得，只願事態趕緊歇平，這時也不敢再有什麼舉措了。

汪永昭這次未先動手，困境就被張小碗在檯面上幫他化解了一大半。這段時日，他就只看著張小碗的一舉一動，並不插手她的事情，只看著她這天穿得光鮮，前往他府與女眷交往；那日面容憔悴，接著劉姜氏入了府，沒得片刻，便捂胸倒下。

她不再上箭拉弦，這些時日她笑容溫婉，舉止嫻靜，可汪永昭還是在其中看到了濃濃的殺機，似是她只單單一人，也便要殺出一條血路來。

這事過後，她便又沈靜了下來，不再頻繁出外。

這夜，汪永昭問她。「為何不接了那賞茶會的帖子？那是太師家的請帖。」

懷中的婦人對他嘆道——

「樹大招風，我不能再給您添麻煩了。」

汪永昭聽得笑了起來，忍不住吻上她的嘴。

半晌，他啞著嗓子笑語。「妳倒甚是清楚。」

張小碗在外與官員的女眷打了多日交道，也清楚這些婦人對她釋出的那點似有若無的善意，怕也是託了汪永昭的福。

她不會以為自己哭幾場，這些女人就真能同情她，這些事，還是檯面上的男人在掌控著，只是有了後宅這通風耳的藉口，這些男人在朝堂上便好說話多了。

就是皇上，也不能殺了文武百官們家中的女人，堵住她們的嘴吧？女人嘴中的話，說來說去，不僅會傳到朝堂上，也會傳到鄉野間，所以就如皇帝的聖名遠播一樣，他重用功臣異姓王汪懷善的事也傳遍了朝堂上下。

善王先是隨皇帝征戰大夏，後宰貪官污吏，現下更是馬不停蹄地遠赴大夏剿殺叛軍，此等盡忠報國的臣子，也只有如此聖明的皇帝，才有此等鞠躬盡瘁的臣子。

在外該說的話說完了，張小碗便暫緩了外出，但也沒有閒下來。

這些日子以來，她打點內外不知多少人的禮物，錢到用時方恨少，用得多了，也有捉襟見肘的窘迫。

過了這麼多年，沒想到，她吃啥、穿啥都無礙了，卻還是覺得自己窮得叮噹響。

這日她在房中算帳到深夜，汪永昭回來，她還在把算盤撥得啪啪作響。

汪永昭在她身側坐了許久，也沒得到她的一個專注眼神，便薄怒道：「這都幾日了？還是沒算清？」

「沒。」聽得他口裡的怒意，張小碗停下了手中的算盤，抬頭對他情不自禁地嘆了口氣。「我不僅在算懷善手裡的銀錢，還有您的。」

「我的？」汪永昭皺眉。

張小碗把尚書府庫房和暗庫的帳簿全拿了出來，指點著給汪永昭看。「您看，打賞您下來的、下面孝敬上來的，您光這兩個月拿出去的就是一小半了。我聽得聞管家說，待到年末外官上京述職，到時您又得出外弄銀子了吧？」

汪永昭淡然道：「我自有弄銀子的法子，妳無須擔心。」

「我不擔心。」張小碗把懷善封地的地冊拿了出來，對汪永昭淡淡地說：「懷善不在，託這些歸我管，您幫我看看，哪些地方是能弄出些銀子來的？」

汪永昭訝異地看著她，翻過名冊，才對張小碗說：「妳看出什麼來了？」

「我……」張小碗真真是笑得極為苦澀，她不小心在暗庫房裡看了幾本帳冊，才知汪永昭有得銀子的法子。「我什麼也沒看出，只知您確有弄銀子的法子。」

皇帝賞的、下面的人孝敬的，能有多少？而這幾年的帳冊裡那源源不斷而來的銀子，不管是明搶還是暗盜，都得不了她所知的那麼齊整的數目，想來這外面，汪永昭不是有銀庫就是有金庫。

可這事，怕是極為隱密吧？皇帝要是知道了，汪家老少可能一個都逃不了。

「我確有。」汪永昭的眼睛緊緊地看著她，嘴裡淡淡地道：「我有一座銀礦，那地方的駐軍全是我的兵，那裡的縣官也全是我的人。」

「那位可知情？」

「不知。」汪永昭瞇了瞇眼。「這時但凡他知道一點蛛絲馬跡，都是滅門之禍。」

張小碗聽得笑笑，不再言語，拿過帳簿按她的方式在紙上謄寫。

見她不語，汪永昭問：「不問了？」

「問什麼？」

「不問我為何如此膽大包天？」

張小碗沈默了一會兒，沒有繼續沈默下去，仔細地看著帳簿上的數字抄寫著，嘴裡輕輕地說：「您還能如何？這麼多的兵要養，誰家的嚼用都要花費銀子，這府裡外大大小小替您辦事的人，哪個人不需要打點？沒銀子，您有再大的本事也成不了事。」

汪永昭聽著不聲不響，手指在桌上輕輕敲彈著，不知在想什麼。

過了一會兒，他問：「妳在做啥？」

「把帳本抄了，把這些燒了。這幾天，我想把暗庫的東西再清理一遍，確保除了你我，誰也不知其中門道。」張小碗把手中的帳簿給了汪永昭。「您看看。」

汪永昭看罷她做的帳冊，先是看得極快，後頭看得極其仔細，隨後才把帳簿給了她。

「妳看著辦。」

張小碗笑看了他一眼，輕揉了揉手，又抄寫了起來。

「妳從哪兒知會的這麼多？」汪永昭又在旁說起了這話。

張小碗沒有回答，低頭不語。

汪永昭見她不說，也不追問，自行脫了鞋躺臥到榻上，就著燈光，看著這婦人低垂的臉。

她此時的嘴角是柔和的，在昏黃的油燈下，她的臉是那般溫柔沈靜。

只是，當他以為他弄明白她一點了，轉眼間，她又變成了另外的模樣，讓他不得不又追過去看，想弄明白，在她的心裡，到底藏著多少不為人知的秘密？

這日午間，汪永昭叫了她去前院，給她看他拔去雲、滄兩州那邊的銀兩數目。

張小碗看罷後，鬆了一口氣。

「妳還缺多少？」隨後，汪永昭抬眼看著她問。

「不必了，庫房的夠我用，待您用時再說吧。」張小碗後半句裡，還是提及了汪永昭。

她與他，涇渭已經無法分明了。

「妳還要什麼？」汪永昭又問了她一句。

張小碗無法閃躲他咄咄逼人的眼神，只得雙目迎了上去，隨後，她輕嘆了口氣，站了起來，走到他的身前，坐上了他的腿。

她偎在他的胸前，與他不疾不徐地說道：「您就別問我缺什麼了，這當口，您萬般難，我就不給您添什麼麻煩了，我另外有什麼想不透、做不明白的，您再提點我幾句吧。」

「妳要什麼我就給妳什麼。」汪永昭還在固執己見。

張小碗聽得有些好笑，抬眼看他道：「那您別去那後院吧。」

「喔？」汪永昭揚眉。

張小碗輕笑出聲，抬手撫了撫他抿得嚴苛的嘴角。「您別去。」

汪永昭還要說話，張小碗不待他多說，抬頭用唇堵住了他的話。

後院的那幾個女人不是風寒就是身體不適，也不知是誰在捅的馬蜂窩，一連七、八個都如此。

張小碗正在收拾她們，讓她們別在這當口作怪，自然，汪永昭是去不得的。

他要是去了，只會替她多添麻煩，到時候女人要是仗著偏愛，個個都要喊尚書大人來給她們作主，她哪來這麼多的耐性與她們耗？

汪永昭確也不是多情的人，後院這些日子也沒去了，但也不是日日都歇在張小碗的主院；半個月裡，他也只在張小碗院裡歇得個七、八天，其他的時日，偶有那麼兩、三天張小碗知他是歇在前院，其他時候，她也不知他的去向。

有時她也問聞管家，聞管家答不知，她多問得幾次都是這答案，便也不再問了。

日日追問他去哪兒，想來汪永昭也是不信她會如此殷勤的，倒不如他來的日子，照顧他妥當些。

張小碗也知，男人的情愛禁不得消耗，要是平日，她自然就隨得了汪永昭去那後院擁美人入懷，或者再多討得幾個姨娘，這都不關她的事；可時至今日，她還是要靠汪永昭對她的那點子情愛撐著。

說得殘酷點，真相就是——懷善現在也在靠汪永昭活著。

兵馬、銀兩、糧草，這些她根本不可能辦到的，汪永昭手裡都有。

而在汪永昭眼裡，或許對懷善有那麼一、兩分父子情，可這一、兩分又管得了什麼用？他哪日要是處在什麼抉擇的位置，要犧牲懷善了，如果其中沒有任何因素阻攔，他和那高高在上的靖皇又有何區別？都不過是用過就丟。

而她現在對汪永昭也是如此，她要是給不了汪永昭他要的東西，哪天他掉頭而去，或者想法子殺了她，也都只是片刻之間的事。

說來，如果不是汪永昭還對她感興趣，當她發現他銀庫裡的事時，以這男人的謹慎，怕也是會殺她滅口的。

而她說出來，不過是想把她與他身上的繩子繫得更緊，不讓他擺脫她，以及她身後的懷善。

所以這世上的事，誰又真說得清是非好歹出來？張小碗也不覺得自己無辜，自然也不敢自抬身價，以為在汪永昭眼裡，她永遠都是他眼中的那彎明月光。

現下，不過是她對他再好點，把她烙在他的心裡，得幾許恩愛，得幾許面子，靠著這些，她才能在他這裡再多得一點。

第二十九章

九月過去之後，十月的天氣就變得冷了下來，這日半夜，本是獨自一人睡的張小碗突被身邊的體溫驚醒，她眼睛睜開的同時就摸上了身邊男人的手臂。

「這是怎地了？」張小碗被手上冰冷的溫度驚住，從床上爬了起來就要下地。

「別去。」身後的人粗魯地抓住了她的頭髮。

「我看看您。」張小碗反手就把她的頭髮從那人的手裡奪走，去點了油燈。

油燈一亮，她抬頭望去，剎那間眼睛都呆了，她看著胸前、手臂上都裹了滲著血的白布的汪永昭。「這是怎地了？」

汪永昭臉上卻是不快。「把燈吹了，過來睡覺！婦道人家問這麼多幹什麼？」

張小碗把油燈放到床頭，屈膝坐在他的身側，抬手翻了翻白布，看了看傷口，而後沈聲地說：「不行，您還得包紮一下傷口。」

「過來，睡覺！」汪永昭卻是不耐煩得很，抓住她的手一揚，就把她大力拖到了內側，為此他手上的傷口崩裂，鮮血透過白布往下流他都沒看一眼。

「大老爺……」張小碗卻是被他嚇著了，見他這時還瞪她，她也惱了，被扔到裡側的她在床上站了起來，狠狠地往他的腿上踢了一腳，又連踩了數腳後，一撩胸前披散下來的長髮，冷冷地對他說：「您不想死就讓我去找藥過來給您上藥！」

說著她就跳下地，極快地穿好鞋子就往門邊走，走到門邊時，她又憂心地走了回來，掀開被子，看腿上沒傷，這才鬆了口氣，又往那門邊走。

自她發狠喊了那聲「大老爺」，汪永昭就沒再發聲。他看著美得厲害極了的她敏捷地跳下床、穿鞋、急步到門邊又回來看他的腿，待她再走到門邊時，他這才把有些微翹高的嘴角扯下，冷淡地提點了一句。「外衫都不穿，妳這樣出門，難不成是要丟我的人去？」

張小碗回頭看得他一眼，未語。

她叫起了可靠的婆子，叫來了聞管家，得來了傷藥，給汪永昭重新上藥時，她輕問了一句。「要找大夫瞧瞧嗎？」

「無須。」汪永昭說了這麼一句，但此時他額頭上的汗已然掉了下來。

等傷再包紮好，張小碗給他墊高了枕頭，蓋好了被，看得他已經垂下雙目，她靜坐了一會兒，才悄悄起身。

「去哪兒？」閉著眼睛的男人問道。

聽著他話音的倦意，張小碗的聲音放得很輕。「去打點水，給您擦擦臉。」

「讓丫鬟去，妳陪著我……」說罷最後一字，他頭一偏，一直在逞強的男人真正昏睡了過去。

張小碗低頭拿著帕子又給他擦了擦臉後，出門叫了那候在門外的聞管家。「去請大夫吧。」

聞管家領命而去，張小碗則讓婆子去燒熱水。她回到房裡，看著那奄奄一息的男人，看著他安靜躺在那兒緊緊皺著眉頭的模樣，輕搖了搖首。

不等多時，熱水來了，她給他擦了臉和身，剛坐下休息一會兒，床上的汪永昭就不安了起來。

聞管家請來的相熟老大夫已經到了，探過脈，開了藥。

開罷藥，許是聞管家的臉色過於凝重，候在院中的那幾個家將過於緊張，張小碗突然也覺得自己有些神經起來，也沒讓府中人的誰跟去老大夫的藥鋪抓藥，而是讓他在庫房裡把所需的藥找好，在家中配了藥，這才煎了讓汪永昭服下。

第二日一早，聞管家悄悄至張小碗耳邊說：「昨夜，城中藥鋪都有人把守，施大夫那鋪子裡，也有人盯著。」

「他家中呢？」張小碗側目看他。

「這點您放心，老奴帶他過來時，已做好防範。」聞管家稍稍彎了下腰。

「要有人來拜見，就說我家大人舊疾復發，不能見客，請人諒解。」張小碗朝得聞管家吩咐完，就又回了房。

房內，汪永昭身上的高溫稍降了一些，但緊皺的眉頭依舊還是沒有鬆開。

張小碗突然想，以往的時候，遇到這樣的難關，他是怎麼熬過來的？是有人能照顧，還是就這麼生生熬過去？

還只是辰時，劉二郎就上門拜訪來了。

張小碗在前院的主院堂屋裡見了他，給他見了禮。

坐下讓下人奉了茶，劉二郎也不急著走，跟張小碗談起了張家人的事，張小碗也不急不躁，一一說起了今日家中人的光景。

她說得慢，劉二郎問得細，如此竟也聊了大半個時辰，而這時，突然有不知打哪兒冒出來的丫鬟，闖過張小碗讓人把守的重重關卡來報，說娟姨娘死了。

皇帝賞的姨娘死了，自然是大事。

張小碗要送劉二郎走，劉二郎卻嘆道：「妳去忙妳的，我去後面看看永昭就走。」

張小碗微笑著站到他面前，對他溫言道：「舅舅，夫君這幾日因夜間舊疾復起，都是晨時才將將睡上一會兒，白間也費不得神，現還正在睡著，就不煩勞您過去了。」

「我不擾他，就過去看上一眼便走。」劉二郎淡淡地道，盯著張小碗的眼睛如利刃。

張小碗看得微微一笑，也不語。

這時，門外有劉二郎的隨從來報，他跪倒在地失聲驚道：「老爺，府中下人急馬來報，說府中突然走水了！」

「走水？」劉二郎猛地低頭看去。

「是，走水了！」那下人滿臉驚慌，不斷磕頭。

劉二郎又猛地轉過頭，眯著眼睛看了張小碗一眼，皮笑肉不笑地笑了兩聲，便什麼話也未說就抬腳而去。

這廂張小碗回了後院，去了那姨娘處，才聽得那姨娘是上吊自殺的，還留了一封信下來，句句都指張小碗善妒，不准大老爺踏入後院一步，讓她大好時光不能伺候大老爺，只得虛度，她不堪忍受，希以命提醒大夫人要賢德有禮，讓後院眾姊妹能給汪家多添子孫。

姨娘這麼大膽子的，張小碗也是在官夫人堆裡聽聞過的，但因她是皇上賞賜的，便多了些特別……

她先回了主院，汪永昭還未全然清醒過來，張小碗給他換冰帕時，也換得了他睜開不甚清楚的兩眼，轉瞬間，他便又閉上了眼。

施家的大夫說了，汪永昭這傷不輕不重，他素日體質好，這燒要是兩日裡退了下去，便也無礙了。

這可還只是頭一日，便這麼多事了。

張小碗找來聞管家，問他。「你可有什麼主意？」

「就如先前我跟您所說的一樣，大老爺說了，他不在時，一切您拿主意。」

「是嗎？」張小碗喃喃自語。

「是。」聞管家的口氣卻是確定無疑。

「那拿就拿吧。」

就像劉二郎前腳一到，她就命了人去他家放火那般乾脆，張小碗著了素裝，拿了昔日靖鳳皇后當王妃時曾給她寫過的幾封信，去了往日的靖王府後門處，把那幾封信燒了。

她對著那後門磕了頭，輕言道：「您說靖王大業大成後便會保我一家安危，我知您從不輕口妄言，但您不在了，這時日也不同了，我便把這信燒了給您。您放心，在張氏心裡，您永世都是那說一不二的高貴王妃。」

說完，她又磕了頭，稍後她站起了身，疾走離了那巷子，上了馬車回府。

回府後，找來家中汪永昭信任的那幾人把事情交代後，她便令人把那死去的娟姨娘去了汪府的衣裳，裹了外邊買來的粗布衣，讓下人把這女人隨便找個山頭扔了。

這日晚間，在堂屋等待她的厄運的張小碗沒等來宮裡的人，卻等來了汪永昭的清醒。

她匆匆回了屋，這時在汪永昭耳邊輕語的聞管家急急把話說完後，便起身退了下去。

汪永昭笑著朝張小碗招了手，待她走近，他那慘白的笑臉剎那間神采飛揚了起來。「聽說，妳把妳舅舅家的後院都燒了？」

「不止，」張小碗在他身側坐下，給他墊高背後的枕頭，淡淡地說：「我還把皇上賞給您的美人扔到那山頭餵野狗去了。」

「真真是狠毒……」汪永昭笑嘆道，卻偏身湊到她的頰邊，珍愛般地輕吻了下她的臉。

張小碗不為所動，嘴裡依舊不疾不徐地道：「或許待會兒，便有人要幫您處置我這毒婦了。」

「誰？」汪永昭聽得悶笑了兩聲，又湊到她耳邊道：「皇帝嗎？」

「嗯。」

「我可聽說，妳去了往日的靖王府燒了信。」

「嗯。」張小碗別過臉，把他重新扶回了枕頭上，蓋好了被子，看著眼前那滿臉都止不住笑的男人道：「不過，不知管不管用。」

「原信呢？」汪永昭的笑慢慢地淡了下來，眼睛也不再像剛剛那麼明亮。「別告訴我妳燒了。」

「沒。」張小碗垂下了眼，伸手探得身邊的茶壺還熱著，她倒了碗水出來，先嚐了兩口，試了下溫度，才餵到了他的嘴裡，待他喝完，才淡淡道：「到時您要用，再給您。」

「如若不是到了這番地步，妳是不是一輩子都不會與我說，妳手中握著靖鳳皇后許諾妳條件的信？」汪永昭的嘴角又彎起了笑，這笑顯得微微有一點冰冷。

「只是信，能頂什麼用？」張小碗伸出手梳理他披散在枕間的頭髮。「這只是下下之策，我也只是死馬當活馬醫。您病著，我想不出別的法子度過這難關，您就當我愚蠢吧。」說罷，她垂下頭，兩手拆著他打了淺結的頭髮。「只要您能醒過來，好好活著即好。」

汪府一連幾日都很是安靜，皇宮裡沒來人，姨娘們用度減半，竟也沒個人出來再哭哭啼啼的。

過得半個月，汪永昭身上的傷也好得差不多了，皇宮裡也來人了。

汪永昭早間出的門，晚間宮裡有人來報，說皇上留他在宮中用膳。

汪永昭是夜間亥時回的府，一進府就直奔後院，把坐在大堂等他、正拿著個花樣圖在看的張小碗一把抱了起來。

「怎地？」張小碗訝異。

汪永昭把她抱起，又把她放回座位上，看著冷靜中帶有一點疑惑的張小碗，一撩袍子坐下，笑著對她說：「妳這婦人無趣得緊。」

張小碗淡淡一笑。「是好事？」

「嗯。」汪永昭又湊了過來，仔細看著她的眉眼。「天大的好事。」

張小碗起身，拿了茶壺倒了杯水，放到他的面前，才說：「那就好。」

汪永昭看她不驚不乍，更是不問，輕笑了一聲，便也不語了。

待到臥房裡全黑了，她脫光了身上的衣裳，不著寸縷，鑽進了被子裡。

就寢時，汪永昭有些許冷淡，張小碗也不以為然，服侍好他上了床，就去吹熄了油燈。

汪永昭抱得她，還沒反應過來，就見得她一滑便滑到了下面，他的氣息漸漸濃重了起來。

好半晌，張小碗才自底下把頭鑽了出來，把嘴裡的液體吐到了她放在一旁的帕子上，趴在汪永昭的身上，悄聲地問他。「那位跟您說什麼了？讓您高興成這樣。」

汪永昭喘著氣，好半會兒都沒從那絕頂的高潮中平息過來，他的胸膛劇烈起伏，碰撞著婦人胸前的柔軟，那絕妙的感覺逼得他緊緊摟住這婦人的腰，真想把她揉碎到自己骨子裡。

「您不高興了，現在不歡喜告訴我了？」那婦人悄悄在他耳邊說著，用舌頭舔著他的耳朵。

汪永昭惱怒得很，斥道：「妳從哪兒知道的荒唐東西！」

訓斥畢，當她軟得不可思議的舌尖探到他的耳朵內時，汪永昭全身都僵硬了，他就像那無用待宰的降兵一樣，只能由得了她操縱著武器，在他身上點火。

身下的男人呼吸越來越重，身體卻僵得就像不能動的石頭，張小碗無聲地笑了一下。

在黑暗裡，她把身上那床被子大力一掀，扔到了床下，當坐到他腰腹之間時，她低頭在他嘴邊再次用著沙啞的聲線懶懶地問：「您真不告訴我？」

這時，她離他高高翹起的那處，不過短短半截手指的距離。

「妳……」汪永昭狠狠地掐住了她的臀部，氣息濃重得張小碗的鼻間全是他的味道。

他只說了一個「妳」字就似話說不下去了一般，張小碗親親他的嘴，用胸前的兩處在他身上不輕不重地摩了幾下，又輕聲地道：「真不告訴嗎？」

「妳這婦人！」汪永昭是真火了，他掐住張小碗的腰，眼看就要把她壓到身下。

「別……」張小碗緊緊抓住了他的手，快快地說：「您說，我再給您更好的。」

只不過這一句，汪永昭的身形便在起勢之間停止了。

黑暗中，他的喘息重得就像發春的野獸，在無力地嗷叫著。

「妳剛不是不想知道？」

「我只是想您在這時候告訴我。」

「妳……」

張小碗舔了舔嘴，朝得他汗濕的臉舔了兩下，用著剛被他的那處弄啞了一些的喉嚨繼續輕輕地嘆道：「真鹹，與您那處竟也差不多。」

她這句話，終是把汪永昭這馬蜂窩捅破了。他把張小碗一個翻身就壓在了床上，大力地擺弄了起來。

事畢，他還不滿足，待歇息了一會兒，便拿著手拍打著張小碗的腰，含著薄怒道：「妳剛說的，再來一次！」

雙腿這時已有些合不攏的張小碗只得苦笑出聲。她以為自己能作弄得了這男人，實則真槍實彈起來，她還是又估錯了形勢。

不得已，她只得按她原本計劃的方式又來了一遍。

因著中途那多出來的一次，最後一遍她賣力過後，便真是昏迷了過去。睡夢中，她迷糊地覺得她被使用過度的身體在抽搐，但卻連撥開眼前昏沈的迷霧，睜開眼的力氣都沒有。

隔日白天，張小碗醒來後，在床榻上還是聽得了汪永昭給她說的皇帝的意思。

內容很多，汪永昭簡略地說了小半個時辰，放到了張小碗這裡，簡要的一句話就可以概括其內容，皇帝陛下的意思就是：皇后說的話，都算數。

張小碗聽了，表面很是平靜，心裡卻還是有幾許感慨。

當年的靖王妃所做的，得來了如今這皇帝的這句話。或者她因他確實死得過早，可多少她還是得了一些，比起那些苦熬到頭也得不了付出對象一句好話的人來說，她運氣不是太差，她歡喜的那個人確也還了她的幾許情深，把她當了一回事。

不過，她如此一想過後，還是有些不明白。婉和公主可是皇后生的，就算為了穩固政權要把女兒下嫁相府，可也不至於把皇后生的女兒嫁過去吧？

這晚，趁著汪永昭神情愉快，張小碗便問他。「江相爺的公子是什麼樣的人，連懷善都知，皇上難道不知嗎？」

「嗯？」汪永昭卻是心不在焉，只顧著親吻她。

「她畢竟是皇后生的公主，就算不喜我家懷善，想來，另找個相襯的，這滿朝文武家的俊秀，竟也找不出一位適合的嗎？」

「呵……」汪永昭聽得停了動作，冷嗤出聲，在她耳邊輕輕道：「妳這蠢婦，妳當誰都會像我這般愛屋及烏？皇后是皇后，皇后的兒子、閨女，那就另當別論了，不是人人都能得他的歡喜，何況是個愛出風頭、不守閨閣之禮的公主？皇上要是這點心腸都沒有，妳以為他這江山坐得穩？」

說罷，像是要嘲笑張小碗的天真心思，他又道：「現在最受他看重的，都不是皇后生前最看重的長子，而是他們最小的么子小曲王。」

與張小碗說完，他便從她的身上翻了下去，把她翻身上來壓著他，待到她在他身上躺好，他才悠悠地道：「我這也跟妳說了，在我這兒，我可以替妳的大兒子出謀劃策，保他安穩，但我的銀子和家產，都是懷慕和妳以後的孩子的，該給他的我這些年間都會給他，以後的，他別想拿懷慕他們一個子兒。我話先說給妳聽了，到時妳要是跟我鬧脾氣，我也是不依的。」

張小碗聽得好一會兒都不知如何說話是好，當汪永昭的手朝她的臉摸來時，她撇過臉，輕輕地吻了他的手一下，苦笑著嘆道：「這就是您的愛屋及烏了？」

「妳還想要如何？」聽得她的不滿，汪永昭更不滿了。

「沒了。」張小碗把臉貼向他的臉，輕輕地嘆了一聲，自我解嘲道：「總歸都是給了我生的孩子，沒便宜了別人。」

汪永昭卻是沒聽出她話間的那點嘲意，反倒很是不以為然地應道：「當然都是妳生的孩子們的，那兩個不成器的，待到冠禮畢後，給他們說了親，帶母另成門府就是。」

「這麼早？」張小碗卻是被嚇住了。

「不早，」汪永昭淡淡地道：「省得他們的娘帶著他們礙我的眼。」

張小碗聽了，被逼得說出了一句本不想說的話。「他們總歸也是汪家的孩子，日後也會替汪家開枝散葉。」

「都是無用之人，」汪永昭這時閉上了眼，語氣依舊漠然。「日後別拖我孩兒的後腿就是。」

「孩子還小，」張小碗悄無聲息地皺了皺眉，口氣平和地道：「長大一些，多經些世事，許是也會有出息的。」

「婦人之仁！」汪永昭這時重重地拍了下她的背。「別管這些妳管不著的，我自有思忖。」說罷就閉了眼，不再言語。

張小碗也無法再說什麼，只得就此睡了過去。

過得一會兒，聽她睡著，汪永昭睜開了眼睛，就著皎白的月光看了她的臉一眼，心想，待她再給他生下三、四個孩子後，這府裡到時會怎麼熱鬧都不知道，她竟還有心思想那庶子們的以後？真是蠢得厲害。

靖皇安泰年間這年的十二月，大鳳王朝下了幾場大雪過後，便是豔陽高照，這時由國師帶頭，又給靖皇歌功頌德起來，說有著真龍下凡的靖皇坐鎮大鳳，明年的大鳳子民必得豐收。

外面盡是一片給靖皇鼓吹的，這話聽得汪永昭都不勝其煩了，這日朝間他也虛情假意地給靖皇盡了吹捧的職後，便又告病不上朝，在張小碗身上辛苦「耕耘」。

只耕耘了兩日，算了算日子，又算得張小碗來月事的時間晚了兩天，這天他忍了又忍，還是耐不住又請了大夫來，但這孩子還是沒有來。

他有些失望，又聽得百里之外那兒有間寺廟求子靈驗，他這日看這雪融得差不多了，頭上太陽也大，便叫聞管家套了馬車，抱了懷慕，往那寺廟行去。

張小碗也坐在馬車內，車廂內，她並不像往日那樣端坐著，而是微斜著身體半臥在角落，顯得有幾許懶散。

「沒規沒矩！」汪永昭斥了她一句，沒見得她坐正，卻也不再言語，只是拿了書冊出來，指著字叫懷中的懷慕認。

父子倆一人一聲地說著話，懷慕稚嫩的聲音可愛無比，汪永昭那總是帶著點冷酷的嗓音這時也溫和了起來，張小碗也就安著心，垂著眼假寐著。

說來，去寺廟求子，汪永昭心裡怕也是不信的，他這種沙場上下來的，哪還信什麼神佛？

當日，她在屏後也是聽得那大夫小聲地說了「床事過多，不易生養」的話，哪想，昨晚半夜她還是被鬧了醒來。

這剛剛喘上一口氣，坐在那兒歇息的白日間，卻聽得這人要去拜菩薩，她當場就呆看了這男人半會兒，一時之間都弄不明白他，差點跟他說，想要孩子就晚上歇停點，讓她好生歇息幾夜！

但，這話她還是沒出口。

男人得了那趣味，他自己喊停可以，卻是由不得女人喊停的，要不然，心下肯定不悅。尤其像汪永昭這種人，要是得了她這句話，不知她事後要做多少彌補的事，才可以把這人哄得回來。

現下，坐到馬車裡好一會兒了，聽著父子倆說了好長一會兒的話，她才恍然想起，這神佛他是不信的，但她卻是要信上一些的。她偶爾會出門去上上香，在家中抄抄佛經，這許是他念及她，要寬她的心，所以才帶著她去。

念著汪永昭的這點情，待到了那處她曾與汪永昭拜過佛、燒過香的地方，下了馬車後，張小碗伸手給他整了整身上的披風，還溫聲地叮嚀了一句。「今日風大，您這披風就是到了裡面也別解下了，別傷了風。」

汪永昭聽得用鼻子嗯哼了一聲，抱起了地上的懷慕，對她說：「我陪妳去燒香。」

「咦？」張小碗微訝，卻也沒說得什麼。

待小和尚領了他們進了那送子觀音的座駕處，張小碗跪拜在地，心中跟菩薩叨唸著懷善的安危時，懷慕卻從汪永昭的懷中掙脫了下來，跪在了張小碗的身邊，搖晃著腦袋說著——

「菩薩娘娘，您給我個小弟弟吧，待到來年，父親與懷慕定來給您上香送銀子！」

「哎喲！」在汪永昭身側的江小山一聽，忙跑過來在他身邊跪下，湊近他耳邊道：「小公子，不是這樣說的，不是送銀子，要說送香油錢！」

懷慕一聽，嘴巴張大。「竟是這樣？」

見江小山連連點頭，懷慕的大眼睛頓時鼓得圓圓的，朝著送子觀音連連搖頭。「菩薩娘娘，我可是說錯了，不是給您送銀子，是送香油錢！那、那……」說到這兒，他又忘了詞，立即轉頭朝得江小山道：「小山……」

「請菩薩笑納。」江小山鬼頭鬼腦地小聲朝他道，又害怕地看了張小碗一眼，見得大夫人沒轉頭斥他沒規矩，只是閉眼合掌，誠心拜佛，他便也鬆了一口氣。

「請菩薩笑納！」小懷慕被提醒，總算把先前江小山教他的話說完了。他大鬆了口氣，把他爹爹給他玩的小錠金子拿了出來，往旁邊小和尚的手裡塞。「吶，這是給菩薩的，你拿去買糖吃吧！」

小和尚才得七、八歲，也是反應不及，「喔」了一聲後，拿著金子瞧了又瞧，才撓撓光頭道：「似是金子，我給住持師父送去，你們等等，我馬上回來。」說著就跑走了，邊跑邊大叫道：「師父、師父！有位小施主給了金子！」

張小碗聽過動靜，輕搖了下頭，抱著懷慕起來，走到汪永昭身邊道：「夫君，咱們走吧。」

汪永昭看她一眼，翹了翹嘴角，便提了腳。

豈料許是小和尚的腳程太好，他那住持師父的腳程也不壞，不多時，一個胖胖的中年和尚便笑咪咪地朝得他們疾走了過來，剛頓下步，就低頭朝他們喊了一聲「阿彌陀佛」，道：「多謝施主夫婦的捐獻。」道罷，他抬起了頭，看向了他們。

待他這頭一抬起，他先是看過汪永昭，然後是張小碗和汪永昭手中的懷慕，待再看回汪永昭時，那胖臉便嚴肅了起來。「這位施主，幾年前，我們可曾是有過一面之緣？」

「大師——」張小碗也溫婉地笑著出了聲。

「讓他說。」汪永昭沈聲打斷她。

這胖和尚又唸了句佛號，肅道：「這位施主依舊這般氣宇軒昂，想必比昔日更進一步了，只是……老衲這還有句話，不知當不當說？」

「說。」汪永昭又翹了翹嘴，瞄了這時沈著臉、皺著眉的張小碗一眼，眼睛便看到了這和尚身上去了。

「只是，老衲見施主身後的血光滿天比前次的更甚，還望施主多心存仁善，多造福事。要知因果輪迴，施主要是手上人命過多，臨到頭上，就是世代子孫單薄啊！」

胖和尚把話說完後，張小碗硬是去拉住了汪永昭的手，才沒讓他把胖和尚的頭一腳踢爆。

饒是如此，汪永昭那嘴角的冷笑卻也是殺氣騰騰。

她勉強地朝得胖和尚笑了笑。「多謝大師提點，天色已晚，我們夫婦就此離去。」

說罷，強拉著汪永昭就往外走，同時用眼神示意江小山帶著家將堵在他們的身後，別讓胖和尚再上前說話了。

上次與汪永昭上香時，他們尚還住在葉片子村，說來也是邪門，那住持和尚看得她，沒大呼她是哪裡來的妖孽，卻是苦口婆心地勸說汪永昭要心存仁善，還說了一大通上蒼有好生之德的話。那日如若不是她及時拖走汪永昭，汪永昭又念及她是為他祈福，他當時就能把這胖和尚宰了。

現下可好，這寺廟太靈，名聲傳到了京城裡，他們又來了。

胖和尚還記得他，而且還說他子孫單薄，張小碗都有些佩服起這不怕得罪人的和尚來了。

汪永昭先也是由得了她拉著他的手，待走到馬車處，他把滿臉不解地看著他們的懷慕放到張小碗的懷裡，淡淡地道：「妳先坐一會兒，我過會兒就來。」

「別去了。」張小碗嘆道：「這送子觀音都是他廟裡的菩薩，您要是去上這一趟，咱們的孩子您還要不要了？」

汪永昭看了她幾眼，又轉過頭去看那廟門處，看得那和尚還在對著他唸佛號，他冷哼了一聲，便把懷慕抱了回來，扶了她上馬車。

待他們的馬車走後，胖和尚握著手上的念珠，長嘆道：「一身的血債，竟是長命百歲之相……佛祖啊，這天機弟子竟是看不破，該當何解？」

馬車上，懷慕入睡後，張小碗抱著他，靠近了一言不發的汪永昭，把頭靠在了他的肩上。

待汪永昭把手扶到了她的腰上，張小碗偏了偏頭，看著他輕聲地道：「您別在意那和尚的話，我生養懷慕時許是耗了些身子，待養好了，孩兒也便是會有的。」

汪永昭先是未語，好一會兒，才帶著薄怒道：「何時才會有？叫妳不要成天忙著替妳那大兒子做衣、做靴，好生養著，妳何時聽過我的話？」

張小碗沒料他又把話扯到懷善身上去，剎那啞口無言。

看得她不語，汪永昭的臉色更冷，正欲要再道言語之際，懷慕卻在張小碗的懷中不安地動了動身體，這才止住了他的話。

饒是如此，一路上他都沒有再給張小碗好臉色，待送了他們回府，他便鐵青著臉，另騎壯馬出了府。

聞管家見得都有些駭然，待送了張小碗回了主院，他拉著江小山問了個大概，便氣短地道：「怎地又鬧上了？先前這不好好的嗎？」

江小山也苦著臉嘆了口氣。「誰曉得他們要怎麼樣？反正我是瞧不懂。這次說來倒也不是夫人的不是了，大老爺要走，她還上前給他整理衣裳呢，可大老爺硬是還打了她的手，打得她的手都紅了，真真是心狠得很啊！」

聞管家聽聞這句，不由得搖了搖頭。

待到次日早間，聞管家以為不回來的汪永昭竟回來了，且這次回來，還帶回了數十支參，長參、短參皆有之，其中還有那新生孩兒的婦人胚盤，要他立馬著廚房燉了給夫人端去吃。

聞管家笑開了臉，立差婆子上前捧了這什物，朝得廚房做去了。

這廂在後院的張小碗得了數十支參，聽著汪永昭身後的隨從跟她說著年分，她便一一在簿上記著，這參歸了簿，她還沒問這參打算要怎麼處置時，汪永昭就先開了口。

「這參都是由妳用的，妳吃著吧。」

見得他一臉不容人多嘴的不耐，張小碗便也沒出聲，只是走至他的身邊，在他身邊落了坐，待他身後的隨從都下去後，便溫聲道：「您去給我尋滋補之物了，怎不跟我多說一聲，讓我擔了一晚上的心。」

「哼！」汪永昭輕哼了一聲，道：「妳好了沒？」

「好了、好了。」張小碗便起身，跟著他回了房，伺候他沐浴，又替他擦了頭髮，著了新裳。

剛要給他束髮時，門被敲響，婆子在門邊捧了一個盅壺，對她笑道——

「給尚書大人、夫人請安。補品燉好了，廚房著老婆子送來。」

「補品？」張小碗疑惑。

「給妳用的，吃過再過來。」汪永昭把她的手拉下，讓她過去。

張小碗便又笑了笑，接過盅，掀開了那壺，吃了幾口，突然覺得這味道有些不對勁，一股腦兒犯噁心。

「這是什麼？」她喊完便吐了出來，朝得那婆子再厲聲問：「這是什麼？」

「是、是那胚……」

婆子沒說完整，張小碗卻知這是什麼了，頓時昏天暗地地吐了起來，嚇得婆子尖叫。

那還披散著頭髮的汪永昭也跑了過來，抱著她，朝得婆子怒吼。「還不去請大夫！」

張小碗聽得他的聲音，無法制止地哭了出來。

「您這是要幹什麼，竟叫我吃這物？因著您是武將，我都恨不得為著您吃一輩子的素了，您卻要我吃這物，您這不是要我的命嗎……」

聽得這話，汪永昭手足無措，竟紅了臉，口舌結巴地道：「妳不說，我怎、怎知道……」

大夫來了，診完後對汪永昭說：「這物甚是滋補，但因人而易，夫人吃不得那就不吃吧，用別的滋補之物亦然。」

汪永昭便點了頭，待送走大夫後，他坐在張小碗的身邊，伸手撫摸著她蒼白的臉，看得她也看他，他便笑了。

生完懷慕後，張小碗也知自己的身體不如當年了，她也不敢真不當回事，該吃的藥都吃著，該調養自己的也自個兒注意著。

到底她的命是由不得她自個兒的，這關頭，她若死了，她帶著來這個世間的懷善，到時候真是要哭都沒得地方去。

不比懷慕，雖也是依戀她，但張小碗心知懷慕若失去她，該如何長大，就會如何長大。不像他的哥哥，哪怕比他大那麼多歲，哪天她要是悄無聲息地沒了，那時，他會是什麼樣，張小碗都不敢想。

她現下只想著他好好活著，娶妻生兒，待有了家，當他生命中有了另外重要的人後，到時她的離開，就沒有那麼讓他不可接受了。

既然還要活很長的一段時間，張小碗自然也不會虧待自己，這兩年間，滋補之物但凡是能吃上的，她都不拒絕，現在汪永昭找來了會做藥膳方子的廚師給她調理身子，她也微笑著接受了下來。

到十二月底，年關又到了，張小碗打扮得甚是漂亮，跟著汪永昭回了汪府。

進了汪家跟兩老請了安，禮畢後，坐在主位的汪韓氏淡漠地掃了張小碗一眼，便對汪永昭說：「把玉芸接回來過個年吧，我活不了幾個年頭了，就讓她陪我這個姨媽過兩個年吧，待我死後，我也有臉去見她娘。」

張小碗坐在下首，見她說話的對象不是她，便垂眼低頭不語。

大過年的，人剛見著，她又說什麼死不死的，還當著一家武將出身的男人們的面。都這把年紀了，開口還是這般討人嫌，張小碗也確實佩服這汪韓氏。

歲月催人老，人總是會在其中長智慧，就算不長智慧，多少也會長點經驗，可看了汪韓氏這十幾年下來，張小碗真沒覺得她變過。

也難怪，汪永昭從她這兒得了點溫情，便緊手不放。

「娘是要把她當甥女接過來？」

「怎麼？」

「甥女可以，姨娘就不行。」

「這說的是哪門子的話？」汪韓氏拿著帕子拭了拭嘴上的胭脂，淡淡地說：「就好似她不是你的妾似的。」

「她是您的甥女，也是我的妾，但我的妾沒那個回主家的身分。」比起她的冷淡，汪永昭更漠然。「她要是回了，我那一後院子都來，娘是想把她們安置在您的後院裡嗎？」

「你以前的院子就住不得人了？」

「已給了永重，娘親是讓我的妾住到小叔子的院子裡去？」

「她是你的表妹！」汪韓氏聽得這話，抬起了臉，滿眼都是淚水地看著汪永昭。「你還要欺辱你娘和你表妹到什麼境地才甘心？我生養了你，她小時把十指都扎破了也要替你做裳，這些你都忘了嗎？」

她伸出手，顫抖地指著一言不發的張小碗。「你為了這個女人，已經打算六親不認了嗎？」

「娘，您累了。」汪永昭看得她一眼，別過臉朝著汪觀琪說：「爹，叫丫鬟過來扶娘去歇息吧。」

「來人！」汪觀琪臉一板，提聲叫人。

門邊這時進來兩個婆子，把汪韓氏扶了起來。

汪韓氏掙脫她們不得，對著父子倆冷笑出聲。「你們要是不答應我，我就叫你們好看！除非你們能綁我一輩子，要不然，我這大年三十死不得，我大年初一就死給你們看！汪觀琪，你這個沒良心的老東西，你當我是怕了你嗎？改天我就死到你那臭婊子的院子裡，你看這天下人怎麼說你！」

「喔？」汪觀琪聽得撫了撫鬚，淡道：「是嗎？」

言畢，他看了看大兒子的臉，見他臉上沒什麼表情，眼也垂下，便對那兩婆子說：「放開夫人。」

隨後，他對汪韓氏淡淡地說：「要死，那現下就去死吧。像妳這樣的惡婦，想來也進不了我們汪家的祖墳，回頭我會請妳娘家人過來替妳收屍。」

汪韓氏一聽，不可思議地「哈」笑了一聲，隨即，她朝汪觀琪衝了過來，狠狠地揪著他的頭髮猛打，嘴裡尖利地叫道：「我打死你這個老不要臉的！你這沒人性的人！你忘了我那些年苦苦替你掌家的辛苦，當年的事，你什麼也不記得了……」

汪觀琪年邁，到底沒當年腿腳索利，被她打得幾下，才把腦袋從她的手裡掙脫了開來。他把她推到了地上，當他正要揚起手打她之際，卻被人抓住了手。

他扭頭一看，見是汪永昭，他頓時有些窘迫，對兒子道：「你看看她，跟瘋了似的……」

汪韓氏這時趴在地上悲切地哭，聽得他的話，她更是哭得痛苦不堪，那嚎啕的聲音是那般的絕望，連身體都抽搐了起來。

汪永昭放下了老父的手，皺起了眉頭，轉身抱了汪韓氏起來。

「我去請大夫。」張小碗朝得他們福了福，輕步走了出去。

稍晚些，張小碗當了一回濫好人，叫人去把芸姨娘抬了過來。

「她不會念妳的好。」汪永昭恰好這時出來尋她，聽得她的話，淡淡地說了這麼一句。

「盡人事而已。」張小碗也淡淡地回道。

她無須讓汪韓氏念她的好，她只做該做之事，就如當初她帶那花姨娘過去替汪韓氏添堵一般。

她一直都順勢而為，做她能做的事，日後，汪韓氏要是再咬她一口，該反擊時，她也不會軟下手。

現下的這點同情，也只是她有餘力同情而已，哪天沒了，她不會比誰好心。

汪府的這個年過得很慘，老夫人在後院死命地折騰，汪余氏累得連白粉都蓋不住臉上的憔悴。

大年初二這天，汪永昭便帶張小碗回了尚書府。

等回了府中，就是一陣忙碌，汪府的回禮汪永昭說讓她打點，張小碗心裡知道他這又是惦記著她為懷善做過的事，便也要一模一樣的，她也不能如何，只得盡力。

初二忙過，這初三張小碗就想著要回娘家一趟，她跟汪永昭提了提，可這天晚膳時她只一提，汪永昭卻跟她發了脾氣，砸了手中的碗筷，與她怒道——

「我這幾日甚是忙碌，這家中的事哪處離得了妳？妳走了，這事誰來管？」

張家人來了好幾次信說過年的事，張小碗已經答應了這幾天要去谷中住兩天，現在一家老少都盼著她回娘家，張小碗不願讓他們失望，因此現下見得汪永昭生氣，她還是溫聲地安撫著道：「去得一日就回來，家中事就讓聞管家先幫我看一天。」

「路上就得五、六天！」汪永昭橫了她一眼。

「這……」見得他較真，張小碗輕皺了下眉，便又溫言道：「確也是時日太長了，我便還是在家中待著，待您得空了，再請上您陪我回去一次。」

得了她這個回答，汪永昭便高興了起來，等他面前換了新碗、新筷後，他還給張小碗挾了兩筷子菜，催促她。「多吃點。」

張小碗笑笑，便不再言語。

這天晚上，汪永昭因著高興，在床上又沒少折騰張小碗，直到張小碗抓著他的背，在他耳邊說上了些許的甜言蜜語，才哄得他放過了她，臉貼著她的臉睡了過去。

這日子就汪永昭說來，真真是過得極好，婦人溫柔得體，幼子乖巧聰慧，見著皇帝了，相較靖皇滿身掩不住的蒼老疲憊，汪永昭更是對那善於照顧人的婦人滿意不止。

這日他朝後又被皇帝召見，談得多時，他才剛把皇帝推給他的棘手事推給了別人，這時就聽得大太監在外頭尖細著嗓地叫道——

「啟稟皇上，奴才有事稟報。」

「進！」靖皇拿著眼睛剮了狡猾的汪永昭一眼，揚聲道。

大太監進了門，朝皇帝行過禮，又朝汪永昭施了一禮，滿含深意地看了汪永昭一眼後，便對寶座上的皇帝說：「是汪大人的弟弟汪守備著小的來報，說是汪尚書夫人帶著婆子、丫鬟置物時路過那永定橋，被人推到了河裡，現下找不著人！」

張小碗不見了。

當日，永定河的源頭按照大鳳朝的風俗，初十開石閘洩洪，恭送水神回天庭向天帝述職，這舉動同時也昭示著大鳳朝會受水神保佑，這年不受澇災。

這永定河每年都會如此過一道水，也會引來百姓們的觀看，這高高的永定橋上，往年也有不少貨郎在上頭擺上什物販賣，熱鬧得緊，尤其這初十的日子，來的人多，這橋上都是人擠人。

當有人掉下橋底時，確實是嚇壞了不少人，也有識水性的漢子在驚叫聲中想都沒想就跳下急水中去救人，可是搜尋了幾道，也還是沒找到人。

待到汪永昭帶了大隊人馬過來，聽得搜尋之人未尋著人的話，便猛力一扯身上的披風。

所幸靖皇知他那脾性，差了刑部尚書秦子墨跟了過來，秦子墨與汪永昭戰場並肩多年，自知這大冷的天，他這麼一跳，怕是會引發舊疾，跳掉半條命，便伸手迅速拉住了汪永昭。

可他這一舉，卻得來了汪永昭血紅冷冰的一眼。

秦子墨苦笑，道：「昭兄，咱們底下有得是人，讓他們找去。」

他說著時，已有不少急調過來的兵士聽得長官命令，一人分了一段河，各自快快搜尋去了。

直到這日夕間，也還是沒尋到人。

當晚，從兵營急調過來的五百人，加上禁衛軍兩百人，這七百人奉了皇帝的聖令，把守了各個城門，並全城搜人。

尚書府的這夜，過得很是漫長。

隔天，天的那邊依舊亮起了光，而尚書府府裡的女主人卻是未回。

汪永昭跟往日一樣上了朝，朝間，有要他答話的，他便上前拱手跟皇帝一言一語地稟告，與平時無異。

朝後，靖皇讓大太監叫住了他，叫他進了御書房，讓他免禮坐下後，道：「你心中可有數？」

汪永昭扳了扳手中的扳指，過得一會兒，才淡然道：「昨日永定橋上的人，比往年還要多，掉下去的是誰……她的丫鬟說是夫人，但她的婆子卻說未看清，她被人攔了眼。」

「這要怎說？」靖皇瞥他一眼。

「那婆子是她自個兒尋來的，丫鬟是三年前收到府中的。」

「你是說，婆子的話可信一些？」

汪永昭聞言笑了一笑。「下官拙荊的眼光如何，皇上心中也是有數的。」

靖皇看了他那皮笑肉不笑的臉一眼，不耐煩地拍了下書案。「一口氣給朕說個明白！」

「那丫鬟的身分，我差了人在查，最快也要下午才有消息。」汪永昭垂眼看著手中的扳指，這是那婦人在他生辰那日送他的。那日，她一大早就醒來了，給他穿了新裳，還極其大膽地在那大白日的晨間親吻了他一下，說待到明年，她便再給他做一套藍色的新裳在當日穿。晚間，她就送了他這枚墨玉雕成的扳指。

想及那晚她的表現，她火熱的氣息似還在他的鼻間，他不禁輕揚了下嘴角，待看到上面的靖皇，便止了笑，輕聲地說道：「只要不是凌家的人就好。」

皇帝聽得眼睛急遽地往內縮了縮。「不是你帶了人殺了？」

「我殺了不少，也捉了不少，捉住的都關在了天牢裡，最後殺了多少，最有數的怕只有皇上您了。」

「小順子！」皇帝大叫了大太監的名字。「把秦子墨給朕叫來！」

大太監急步倒退而去，他一走，靖皇就朝得汪永昭冷森森地說：「你確定是凌家的人？」

「不。」汪永昭面無表情。「只是微臣想來想去，能大費周折把拙荊劫走的，除了凌家，我尚還想不出能出得了這手的其他敵人。」他微側了頭，向靖皇微微地一笑。「其他的，皇上您也知道，全被我親手殺光了。」

靖皇見得他笑得沒有絲毫人味，那般的血腥，他看得幾眼，一會兒後，他轉回臉，淡淡地道：「待抓到人了，這次朕允你親手處置。」

「謝皇上聖恩。」汪永昭聽得這句，一掀袍子，便跪在了地上。

半個時辰後，秦子墨急步而來，待皇帝免了他的禮，他便把處決凌家的名冊拿了出來，給皇帝過目。

皇帝翻過幾眼，把冊子扔給了汪永昭。「你先看。」

汪永昭接過冊子便已翻開了冊面，極快地看了起來，看過一遍，他又重看了一遍，待兩遍後，他抬頭朝靖皇笑笑道：「皇上，這冊子上的人數無異。」

「那就是你錯了？」靖皇咄咄逼人地看著他。

「臣還有一個不情之請。」汪永昭像是沒聽到他的話似的。

「秦愛卿，你暫且退下。」

「是。」

「汪永昭。」

「臣在。」

「你要知，跟朕求請，不是那麼簡單的事。」
「還請皇上明示。」
「三公的事，你要幫著朕辦了！」
「臣遵旨。」
皇帝見他總算不拿喬裝死了，冷哼了一聲，便下了令，著大太監把那日處決凌家時所在之人都帶來見汪尚書。
汪永昭忙得三日未眠，還是沒詢問出蛛絲馬跡。
而那廂來給家姊拜年的張小寶一進城，聽得此信後，腳一軟，竟摔倒在了路上。
過後，他無心再趕馬車，把馬牽得一邊，讓坐在馬車內嚇得猛掉淚的媳婦看著馬車別動，他便撒開了腿，往那尚書府瘋跑了過去。
途中他摔倒了兩次，磕破了身上的新衣裳。
待到了尚書府，那府門大開，看門的小廝見到張小寶，竟抹了淚，哭著道：「舅老爺，您可來了啊……」
腦袋一片懵的張小寶一路被人領著進了前院，哪料那人一見到他，竟厭惡地道——
「你來做什麼？」
張小寶腦門一熱，腦海裡頓時什麼也沒有了，他「啊啊啊」地大叫著，朝得汪永昭劈頭撲去。

撲打幾下，都被汪永昭躲了過去，張小寶絕望了，哭著朝這人道：「您還我大姊來！我給您磕頭了，您還我大姊吧！」

說著就一把跪了下去，頭碰著地發出了大力的響聲，他砰砰砰的，一個頭一個頭地磕著，沒得幾時，血便染紅了那地。

「荒唐！來人！」汪永昭見得急火攻心，朝著進來的家兵道：「把這東西拖出去！拖出去！」

聞管家這時也進來了，朝得汪永昭疲憊地苦笑了一聲。「大老爺，就讓我帶舅老爺下去歇息吧？」

看著被家兵挾制著還朝他鼓著雙目的張小寶，見得他臉上的淚，汪永昭「呵」地笑出聲，揮了揮手。「帶下去吧。」

張小寶走後，汪永昭扶著桌子，緩了半晌，才自昏沈又頭疼欲裂的感覺中緩了過來。他坐到了太師椅上，看著大門前的院子，看了半會兒，也沒看到那婦人提著食盒來見他。

往日，要是到了這時，她便會提了膳食過來，先打了熱水給他洗臉、洗手，再在一旁伺候著他吃食。

可這幾日，她竟是不來。

第三十章

汪永昭的直覺是對的，當他把埋凌家人的小土包全都刨開的半個月後，他查出了凌家有三人被人替代冒斬。

這三人，一人是凌蘭的嫡親弟弟，另兩人，一人叫凌晨，一人叫凌風，是凌家子弟中最不打眼的兩個人。待汪永昭尋了知道凌家往日的舊人，才知這兩人從小就不學無術，一些旁門左道的東西卻學得甚是精湛，一人竟是全身似無骨般，能從細縫中鑽身而過；另一人則手上功夫了得，能把一人變成另一人。

待他查來查去，那天的天牢守衛有兩人在家中自盡後，線後的人卻是再也查不出了，而這一個月的時日也已過去，就算汪永昭一直在等凌家的人出來跟他談條件，也未等來凌家的人與他交手。

這一個月來，尚書府一片死寂，連下人走路的步子都放得極輕，生怕觸怒了府裡的男主人，不得多時就會腦袋落地。

而在這時，一路趕死了三匹馬的汪懷善一進京城，他未回善王府，也未去尚書府，而是先去了宮中。一見到皇帝，他便跪下，面無表情地道：「待我找回我娘，隨得您怎麼處置我，現下，就請您饒我一條狗命，讓我把我娘找回來吧！」

說罷，他給皇帝磕了個頭，握緊了腰間的劍，跪步告退。

「這是做什麼？」靖皇當真是快要被他氣死了，他下了臺階就往他身上重重地踢去，氣急道：「回去見過你老子再來給朕說話！」說著，就朝得門外的侍衛厲聲地喊道：「押了善王回去見汪尚書！」

兩世裡，張小碗從沒幹過這麼匪夷所思的事，她正在搶救把她綁來的孩子。

她本應該冷眼看著他死去，但她還是抽出了他腰上的刀，把手上綁著的繩子劃開，拿過了跟著馬車掉下來、正好掉在她視線範圍內的包袱，急速打開它，翻找出了藥。

可就算是上了藥，那孩子還是血流不止。張小碗略一咬牙，從包袱裡又找出了針線，找出他身上的火摺子，吹燃後燒了一下針頭，就極快地給他縫起了傷口。

這個叫小風的孩子疼得淒厲地大叫出聲，眼淚往外狂飆，身體也隨之掙扎個不停。

張小碗不得已，騰出一手，大力地掐住他的脖子讓他別動。

她之所以做這些，不過就是因為馬車掉下來之際，這孩子扶了她一把。

她被甩出馬車的那刻，就抱了頭縮了起來，滾到半山就被一棵樹給攔了下來，並幸運地身上無大礙。

但她起身緩過氣來後，就看到了胸口被石頭劃破，不用半炷香就可把身上的血流完死掉的孩子。她猶豫了一下，還是伸出了援手。

這個叫小風的，以及那個趕車的另一孩子，這些時日來對她不算過於窮凶惡極，先是頭兩天餓過她兩日後，後來的日子還是給了她饅頭吃。

端來的水是涼的，她喝不得，小聲要求了要喝口熱的，他們罵得幾句，也還是端來了。

他們不是好人，但也不是那麼壞。

張小碗知道他們是凌家的人，他們恨她。饒是如此，他們還是存了兩分善心，沒侮辱她，怕也是因著骨子裡的幾分書生氣，一路上對她這個年長婦人該忌諱的都忌諱著，無論是出恭還是就寢，都對她保持著一定的距離。

這綁架人，綁架得這麼文雅客氣，確實讓張小碗對他們也心生不了太多厭惡。

因著那一扶，她還是盡她的能力幫了這小風一把。

傷口縫好後，張小碗打了結，看了這疼昏了過去的孩子兩眼，搖了搖頭，把身上那件自綁來就沒脫下過的披風解下，蓋在了他的身上。

該做的她都做了，他是死是活，只得聽天由命了。

做過之後她便往山上爬，走得二十來步，就看見了那個叫小晨的孩子，看著也像是昏了過去，頭上和腿上都流著血。

張小碗視而不見地往上繼續走，走得幾步，倍覺可笑地自嘲了幾聲，就又折返了回去，給他隨意地包紮了一下。

愚蠢的事都做完了，這次，她的雙腳更快了。因著她從小就在山中打獵，山中的障礙雖多，但對她來說，怎麼好好地走確實不是過於困難的事。

她知道在這種地方該盡快地行走，沒得多時，她就走回了路上。

這時，她看見這次事件的罪魁禍首，也就是把繩索掙脫掉，讓整個馬車隨之被甩出去、掉下山的那匹馬，竟在山邊吃著青草。牠聽得響聲，還回頭朝著張小碗打了個響鼻，搖了搖首，甚至往後踢了踢後腳跟，舒展了一下後肢。

張小碗看得笑了一下，走了過去，她試探地摸了摸牠頭上的毛，見牠沒抗拒，便說：「那就跟我走吧。」

那馬兒沒理會她，只是低下了頭繼續吃牠的草。

在葉片子村，張小碗學著騎過馬，騎術不算好，但也還算過得去，她一個跳躍翻身便騎在了馬上，試著駕馭牠。

可能馬兒剛已發過狂，現也吃了一陣草，填飽肚了，那脾氣也溫馴了一些，牠在原地先是不快地踏了踏蹄子，最後還是如了騎在牠身上的人的願，撒開腿跑了起來。

見此，張小碗算是鬆了口氣。

待趕到一個有了人煙的地方，她便下了馬，牽著馬到了一個在自家籬笆內餵雞的婦人家面前，上前跟人施了淺淺一禮，試探著用官話道：「能跟您討杯水喝嗎？」

「這是怎地了？」

那婦人像是聽得懂她的話，但她說的話卻不是官話，張小碗只依稀聽得懂意思。

「家人的馬車翻在了前頭，」張小碗頓了頓，還是跟這婦人把話說了個大概。「他們受傷落在了那林子裡，我要回家報信，能讓我在您家討杯水喝，先歇歇腳嗎？」

那婦人上下打量了她幾眼，見張小碗長相順眼，眉目間也有一些不像她們這些人家裡的人的氣質，當下也信了她的話七成，遂緩了調子說：「請進吧。」

張小碗進了屋後，把手中的銀鐲子拔了下來，塞給了這婦人，又跟她討得了點吃食、衣服，並把她家那件能擋整個身體的簑衣、斗笠也給買了過來，便不再歇腳，騎著快馬就這婦人所指的京城方向跑去。

這些日子，她被帶著不停地轉換地方，她暗算過里程，以為她已經離京城至少有三千里的路程了，哪想，也沒有這麼長的距離，不過，還是有近兩千里；這裡是距離京都有五個小縣之遠的文成縣，離大東還有兩千多里，離那與大夏交界的邊疆雲、滄兩州，算來應是還有四千多里。

張小碗與婦人套過幾句地理位置的話後，心裡對地理位置有譜的她隱約知道，她是要被那兩個孩子帶去邊疆的……

想來，如若不是急於趕路，馬兒發狂，那押送她的兩人也很是筋疲力盡，她這也逃不走。

可就算如此，張小碗一路也不敢掉以輕心，她跟那婦人也買了件男人的大棉襖，她便把這衣服裹在了她的衣裳外面，又穿了那能擋全身的簑衣、斗笠，此時她的身形臃腫得就像一個普通的男人。

她一路快馬過去，磨得腿間、屁股都是血泡，她也只是在晚間找了客棧打尖歇個半夜，第二天只要天剛亮一點，她就騎馬而走。

沿路在一個縣城裡，她把汪永昭戴在她身上的那塊夫妻金玦當了，換了另一匹馬。

一路上，她都儘量不出聲，說話時，也會特意啞了嗓子找一些看著憨實的人問路，如此十來天，還是走錯過不少冤枉路的她才靠近了那京城。

不過，為了小心起見，她先沒進城，而是進了胡家村。

待到了小弟媳婦的娘家，這家的當家胡保山一看到斗笠下的她，嚇了好大的一跳，慌忙迎著她進了門，找了老大回來，讓他去尚書府報信。

而這時，尚書府的前院大堂屋裡，一知是他娘來的信，那先前跟汪永昭大吵了一架，正奄奄一息地躺在椅子上的汪懷善跳起，一把奪過汪永昭手中的信。

但他還沒看得一眼，就被汪永昭狠狠地甩了一個巴掌。

這時，汪懷善也不管自己被打了，他就著被抽的力，拿著信在地上一個驢打滾，就勢翻身跑了出去。一到了院中，他看得兩眼，見真是他娘的字，便一股腦兒地往外瘋跑，途中他經過拴馬處，隨意拉得了一馬就騎馬而去。

被人自手中搶走了信，汪永昭氣得腦袋都發昏了，他扶住了桌才穩住了身體，過得一會兒，他站直了身，大步去了大門，這時他的親兵已給他牽了他的戰馬過來，汪永昭一躍而上，身形一躬，兩腿一繃，手往後一抽，他的棗紅馬便往前馳騁而去。

這時，他的兩個親兵已經騎在前面，替他開路。

沒多久，他便越過了鬧市，出了城門，很快地，便把那小兒拋下。

汪懷善見到那熟悉的馬，一下子臉都綠了，他大力地拍打著座下的馬，嘶吼道：「老東西，你看我的厲害！」

他吼得歇斯底里，可沒得多時，在城中開路的親兵騎著戰馬也從後面追了上來。

汪懷善氣絕，從馬上站了起來，一個撲身，就把那親兵撲了下去，他一個打滾再躍馬，再度翻坐在了馬上，用力地拍打著牠。在那飛快的馳騁中，這時的他卻哭了出來，他像個孩子般委屈地抽泣道：「娘妳要等等我，別讓他搶走了！」

但饒是哭著，他還是奮力追趕。有了跟棗紅馬差不了多少的戰馬，汪懷善便也追上了汪永昭的尾巴。

汪永昭沒料得如此，恨得都要咬牙了。他轉身，拿著馬鞭就往汪懷善那邊大力狠絕地抽去，可汪懷善也是征戰多年的將軍，他敏捷地閃過了汪永昭的鞭子，並趁此機會縱馬一躍，跑在了汪永昭的前面。

汪永昭一見，使出馬鞭，往他身上一纏，一個大力地甩送，便把汪懷善扔到了地上。

汪懷善一個不察被帶下了地，可他手中的馬轠卻被他牽得死死的，他被馬帶著拖了幾丈，便咬著牙彈起腰，一個翻躍又騎得了馬上，這時他不再出聲，伏下身體，全神貫注地往前衝。

不得多時，他又趕到了離汪永昭不到三丈的距離，這時，他抽出腰間的匕首，本想往前面的人身上扔去，但他娘的臉突然出現在了他的眼前。

汪懷善傷心地又抽泣了一聲，把匕首收了回去，收回去之時正好碰上腰間的銀袋，突然計上心來，把銀袋摘下往汪永昭砸去，嘴裡同時大吼道：「你這老東西，且看我的刀子！」

汪永昭聽得聲音，一個側身附在了馬腹上，看得一個袋子從前方掠過。

這時汪懷善已經縱馬超越了他，汪永昭冷哼了一聲，又抽得了幾下馬鞭，躍過了他。

兩人一時汪永昭前、一時汪懷善前地相互交替著縱馬而行，不得多時，胡家村就到了。

這時汪永昭領先在前，汪懷善在後頭悲憤地喊道：「你休得攔了我！」

汪永昭聽得更是大力地抽了下馬鞭，終是他的戰馬要比家兵的好上一些，棗紅馬快快地甩開了汪懷善。

這時到了一拐彎處，汪永昭的馬便消失在了他的眼前，先前悲憤的汪懷善這時得意一笑，拉了馬韁，讓馬改道往另一條小路快馬跑去。

那老東西，跟他搶他娘？一邊玩兒去！他可是在胡家村唸書長大的！

汪懷善抄了小道，很快就到了胡保山家。一到門前，他就勒住了馬，這時胡家的胡老三已經跑了出來，見到他嘴裡就叫道：「善哥兒，你可來了！」

「三娃叔，你幫我拿住了餵！」汪懷善一把將馬韁扔到了他手裡，拍了下他的肩，就往門裡急跑而進。「娘！娘、娘——」

這時，與胡家族長夫人坐在內室的張小碗聽得聲音，便朝這老夫人笑著道：「我家那小霸王來了。」

她這話剛落音，汪懷善的聲音就近了，她抬頭朝得門邊一喊道：「這裡！」

剎那，一道人影就閃了進來，沒得眨眼間，便跪在了她的腿間，雙手放在她的腿上，張著眼睛看她。「娘！」

張小碗見到他那瘦削的臉，還有眼下濃重的黑眼圈，只一眼，千難萬難都沒紅過眼的她便紅了眼，她伸出手摸了摸他的臉，勉強地笑道：「可又是不聽話了？」

汪懷善「嗚」了一聲，抽了抽鼻子，說：「妳放心，我定會去請罪的。」

張小碗沒再說什麼，只是對他說：「快快見過胡老夫人吧。」

「胡祖嬸嬸！」懷善朝得老夫人叫了一聲。

被當今善王叫了一聲祖嬸嬸，那老夫人笑得眼睛只剩一條縫了，她激動地掏出了老族長要她給人的見面禮，硬把它塞進了他的手中，慈祥地道：「聽話，孩子，一眨眼的，沒得多時，你竟已長這般大了！」

懷善以前在胡家村裡沒少吃過她給他的零嘴，見得老人家給他塞禮，他便在懷中找了找，卻沒找出什麼來，還是張小碗朝得胡老夫人溫言笑著道：「多謝您老的心意，待下回我過來拜見您兩老，再給您送了這回禮吧。」

「這怎能如此？」老夫人推拒著。

張小碗伸出手，拍了拍她的手，正要笑著回兩句話，就聽得門邊一陣烈馬的嘶鳴聲，頓時她就頓住了話。

「他來了。」汪懷善一聽，撇了撇嘴，見得張小碗笑著看了他一眼，他便把要出口的話忍了下去。

算了，他是頭一個見到他娘的，怎麼說他也勝了那人一籌。

便是如此想，他還是當著外人的面低了頭，在張小碗的耳邊輕聲地道：「我才是那個最想見妳的人，不是他，莫被他騙了去。」

張小碗轉頭，看得他焦急的眼，朝他溫柔地笑了一笑，伸出了手。「扶娘起來吧。」

懷善把她扶了起來，這才發現他娘行動不便，雙腳是鈍的，似是邁不開腳。

「你要好好聽話，要懂事，可知？」張小碗愛憐地摸了摸他的臉，輕聲地道。

「知道了。」汪懷善心頭劇烈一酸，他紅著眼，哽咽地答了話。

張小碗未再多語，待懷善扶著她走到了門邊，看得那急步走進來的男人，她便微笑了起來。

待人喘著粗氣走近，死死地看著她時，她伸出手，在他濃烈的氣息完全覆蓋住了她的全身後，她扶住了他的手臂，輕聲地跟他說：「您別跟我生氣，我現下有著傷，怕是站立不得多久，也彎不下腰給您施禮。」

她話剛說罷，就見得汪永昭伸出腿，狠絕地踢向了她旁邊的汪懷善。

汪懷善躲過，覺得放不下心頭的這口氣，便泣道：「娘，他又揍我！我是善王了，他還打我！」

張小碗苦笑，還沒說話，就見得汪永昭朝她厲問道——

「哪兒傷著了？」

「腿，騎馬騎的。」張小碗苦笑著答道。

這時汪永昭惡狠狠地瞪了她一眼，腰略一彎，兩手一打橫，竟把她抱了起來。

「還疼？」他冷冰冰地朝她問道。

股。

「不了。」張小碗道。

這時汪懷善靠近，就見得汪永昭腿往後一踢，汪懷善這次真是閃躲不及，被他踢中了屁股。

汪懷善便哇哇叫，大聲道：「娘，他又打我了！父親大人又無緣無故地打他當善王的兒子了！」

他吼得太大聲，這方圓幾丈內的人家，估計都聽到了他的聲響。

如若不是懷中的婦人正哀求地看著他，汪永昭當即能把這孽子打得屁股開花！

見得汪永昭瞪他，汪懷善想及了張小碗剛跟他說的話，便又抽泣著拱手朝汪永昭道：「是孩子的不是，定是什麼事做錯了討了父親的打，要打，您便打吧！」

說著，就把屁股對著汪永昭翹起，還用袖子大力地擦著臉，似是已然哭得不行了。

就這一下，把汪永昭氣得腦袋一空，當下顧不得還有旁人在看，一腳踢了過去，把汪懷善踢了個狗吃屎！

家兵按汪永昭的吩咐，在胡家村找了馬車，因著胡家村的人與張小碗的關係，這馬車是族長的大兒子親自送過來的。

馬車裡，墊了厚厚的新棉被，兩父子誰也沒騎馬，把本還寬敞的車廂擠得沒多少剩餘地方。

就算鋪了棉被，馬車總是有些顛簸，汪懷善太擔心張小碗，也不坐在坐墊上面，不願占那個位子，一個高大威風、俊朗英氣的少年郎就蜷在了地上坐著，也容忍了張小碗趴在汪永昭的腿上，因為這樣趴著，他娘會好受點。

不過，他還是湊到張小碗的頭邊，看著她的臉，看得她對他笑，他便也傻傻地對她笑，心裡覺得甜甜的。

而見到他，張小碗一路繃緊的神經也放鬆了下來，這時她想睡，可有些話她沒說，這覺她睡不下去。

馬車行了一會兒後，她偏頭，輕輕地問著那用手不斷梳理著她污垢頭髮的男人。「現在可能說話？」

「嗯？」汪永昭皺眉。

「妳等會兒。」汪懷善卻知他娘的意思，他探身出了車外，過得一會兒，他又進了馬車，對張小碗說：「妳說吧。」

張小碗扶著汪永昭的手坐了起來，見汪永昭非常不滿地看了她一眼，她苦笑了一聲。

「讓我說完再趴。」

「這次抓我的是凌家的兩個小兒……」見得這時懷善要插嘴，張小碗便掃了他一眼，制止了他的話，轉頭朝汪永昭道：「我猜，他們的意圖是要把我往大東、雲州那邊帶。我只知這些了，其他的，待我睡上一覺，再與你們說吧。」

說罷，她頭一偏，終是放心地昏睡了過去。

汪懷善見得，在那一剎那間，他心跳得快要跳出來。

汪永昭也沒好到哪裡去，連伸出欲探她鼻息的手，這時都僵硬得跟石頭一般。

汪懷善乾脆把頭探向了張小碗的胸間，想聽清楚她的心跳聲，但說時遲、那時快，汪永昭想也沒想地一巴掌就揮了過去，把他的腦袋拍向了一邊。

這時汪永昭恢復了神智，又伸手探了探她的脈，確定她脈息平穩，只是睡著了後，這才把人一把抱起，換了姿勢，讓她趴在了他的腿上好好地睡。

一路上兩父子誰也不理誰，誰也不看誰一眼。

等回了尚書府，汪永昭也沒去那前院，只是對著空氣冷冷地說了一句。「滾到前院去，該怎麼辦自己先看著辦。」

這時府中的熱水已經準備好了，他把人抱進了內屋，待親手脫了她的衣裳，瞧得她身下盡是化了膿的血泡，一時之間，汪永昭沒有忍住，恨得把桌子抬起砸向了門，把堅固的大門砸成了兩扇破門，裂在了地上；那桌子飛出了門，落在了院子裡，發出了巨大的聲音，嚇得那專門在院中等候吩咐的丫鬟、婆子失聲尖叫，逃竄不已。

張小碗一覺醒來精神甚是清爽，剛要起身，就聽得旁邊的萍婆子著急的聲音響起——

「夫人，您萬萬起不得！」

張小碗愣了一下，抬頭看她。「怎地？」

「那宮裡的女侍醫說了，您只要趴著三天不動，待傷口結了痂再起，便不會留疤。」萍婆子走了過來，在床邊跪下，悄聲地道：「大老爺吩咐了，讓我瞧緊您，另道您醒了，就著人去叫他。」

張小碗遲疑了一下，便道：「那就去遣人傳信吧。」

得了她的吩咐，萍婆子才去門邊叫了人，待回來，又跪在了床前，靠向床頭，悄聲地跟張小碗一一稟告這段時日來府中發生的事。

聽得那父子倆動不動就打架，就連她這內院，他們也在這裡打了三次，張小碗的眉頭便不由自主地皺了起來。

萍婆子極快地把話說了一遍，這時門邊有了聲響，她連忙收住了嘴，退到了角落。

這廂汪永昭進來，那眼就像刀子一樣在她全身上下刮了兩遍，隨之，他重重地揮了下衣袖，揮退了房裡的人。

瞧得他一臉忍耐的怒氣，張小碗心道不好，她這時也摸不清他是怎麼了，只得勉強地朝他笑了笑，叫喚了他一聲。「老爺……」

汪永昭像是沒聽到這聲似的，他掀袍在床邊坐下，像是要發火，但過得一會兒，張小碗卻聽得他張口說——

「妳是如何回來的？」

張小碗沒料到他問得如此冷靜，先愣了一下，才緩緩地說：「馬車掉下了山，我無事，便爬了上來，後頭便著了男裝，一路快馬而回。」

「妳脖子上的金玦呢？」

張小碗聽得他那冰冷到了極點的聲音，這時她莫名地不敢看他，低著頭不敢抬起來。

「金玦呢？」汪永昭卻不放過她。

張小碗沒有說話。

這時，汪永昭輕呵了一聲，冷笑了起來，他如此笑著，那笑聲越發大了起來。

笑道了幾聲，他突然止住了笑，森冷地道：「我給妳的金玦呢？」

逼得無法，張小碗只得道：「當了，換了馬。」

「當了，換了馬？」汪永昭輕輕地自言自語了一番，他把從她頭上摘下的銀簪子在袖中折成了兩半，才再次忍下了想立馬殺了她的衝動。

他給她的生死金玦她當了換了馬，那小兒給她的鑲著寶玉的銀簪，卻依舊穩妥地插在她的頭髮上……

這愚蠢的婦人啊，真是生生把他的心掰作了兩半，讓他疼得喊不出聲來。

他汪永昭身為武將，一路闖了過來，就算如今那手段狠絕毒辣的皇帝也要敬他兩分，他生平何曾這般窩囊過？

殺她，一日之間這念頭起了無數回，可一見到她的人，卻又忍下了，忍得他的心口不斷滴血，卻還是忍下了。

他怎麼就拿她沒有了辦法？何時如此，竟成了這般模樣？

汪永昭冷笑了數聲，就此離去。

過得些許，萍婆子端了清粥過來。

張小碗突然想起一問：「我頭上的簪子呢？放在哪兒了？」

「簪子？」萍婆子一愣。

張小碗聽得閉了閉眼，略勾了勾唇，把清粥一口嚥下，不再多問。

她躺得一會兒，懷慕便來了。

自小柔軟成性的小小男孩眼裡掉著金豆子，張小碗趴在床邊對他笑，輕聲地問：「懷慕告訴娘，娘不在的時日，你可過得好？」

懷慕坐在萍婆子搬過來的小矮凳上正視著他娘，乖乖讓萍婆子給他擦著眼淚，嘴裡答道：「懷慕不是很好，吃不下飯，但爹說要好好吃飯妳才回得來，所以懷慕一天都有吃得三碗，不信，妳問萍婆婆。」

這段時日，是萍婆子在親手照料的他，聽得他的話，憐愛地看了他一眼，便朝張小碗輕輕地點了下頭。

張小碗聽罷笑了笑，拉過懷慕的小手放到嘴邊親了親，輕嘆了一下。「那便好，懷慕真乖。」

她生的孩子裡，有一個是不那麼辛苦，是有些福氣的，這便好了。

他說話如此的軟聲細語，尚有心力憐憫其他人，如若不是父母雙全、身邊之人皆疼愛他，他又如何得來這天真無邪又至純至善的性子？

不像他的親生哥哥，兩歲多的時候，已經每天都在擔心村子裡哪個不長眼的會在田間揪掉他們家的禾苗，誰會上山來偷他們家的菜？

他替她計較著這些他們生存的東西，他擔憂她的愁苦，心疼著她的辛勞，哪還有什麼餘力去無憂無慮、天真無邪？

張小碗這些年間有時太累了，累得都不想活下去了，但一想及這個由她的意願帶來世間的孩子，她只得咬咬牙，再重新活過來。

她怎麼捨得她的小老虎沒得多少歡樂，便要一個人在這世間踽踽獨行？

「他罵妳了？」夕陽快要西下時，汪懷善得了空回了後院，趴在他娘的床邊，不解地問她。

「未有。」張小碗溫和地與他說。「只是有些許不痛快。」

「妳真把我的簪子留下，把他給的東西當了換了馬？」汪懷善再問。

張小碗笑了笑。「是。」她沈默了一會兒，又說：「娘做得極不對，那金玦是這世間最疼愛妻子的丈夫才會給妻子的什物。」

汪懷善聽得這話愣了一下，隨即不屑地道：「他哪是最疼愛妳！」說著他一躍而起，跑向了門，說道：「我晚些時候過來用晚膳。」剛跑出門，他又跑了回來，一把跪到張小碗床前，認真地說：「娘，我有沒有說我很想妳？」

「有的吧？」張小碗真真笑了。「怕是說了我也不記得了。」

「那就當我再說了一次，妳這次要記得。」汪懷善笑了。

張小碗笑著點頭，這次，汪懷善便真的跑開了。

她趴在房內，隔著些許距離，也聽得了他歡呼雀躍地跟僕人打招呼的聲音，便不由得笑了。

終有一天，會有別的人代替她成為他生命中最重要的人，但這又何妨？只要那時候他想念起她，心裡有著溫暖和快樂就好。

汪懷善去了前院，進了他父親的書房，進得門，他咬著唇想了一下，才把先前張小碗悄悄在他耳邊要他說的話說了出來。「娘親說，讓你去贖回她當的金玦。喏，這是當鋪的條子。」說著，他便將一個縫得嚴嚴密密的小小布包拿了出來。

汪永昭眼睛一瞇，便伸手奪過了那小布包，大力一拆，卻是他力大但布包小，布包又縫得嚴密，竟拆不開。

這時，他伸手抬腿，取過那放置在靴間的小刀，就把布包給劃了。

劃包時，他下手的力是大的，但一刀下去，那力道狠絕卻不深，只把布包劃出了一條淺淺的線。

汪懷善看得撇過臉去，冷哼一聲，表示對這口是心非的老東西的不屑。

汪永昭眼都未看他，只全神拆著布包，當他看得當鋪名稱，和裡面明顯是那婦人寫的、地方很是詳細的小字條，連那地方是什麼門、什麼街、第幾個鋪面都寫了出來。他速速地看罷，便朝得門外大喊道：「荊軍、荊征！」

他的暗將首領荊氏兄弟聽令，急忙跑了進來。

汪永昭把條子再看過一遍，才道：「把東西取回來！」

荊氏兄弟得令，速速退下。

這廂，汪懷善挺不情願地說：「娘說，要你回院一起晚膳，說是懷慕想跟大家一起用飯。」

汪永昭冷眼掃了他一眼，未置可否，甩了袖，便往那後院走去。

「現下還不到晚膳時辰！」汪懷善氣絕。

可沒得幾步，汪永昭便消失在了他的眼前，他只得哼了哼鼻子，趕緊著去辦他私下要辦的事，免得到得晚膳時分，他去晚了一步，這老東西便不會留他的飯，故意餓他的肚子！

凌家是否與夏軍叛軍勾結了，張小碗不敢確定，但汪氏父子卻是不能不與皇帝提的。

但只這一提，就讓汪永昭與汪懷善半個多月來都被皇帝留在了宮裡，被靖皇奴用。

張小碗卻在這間隙喘得了一口氣，少了兩個大頭讓她操心，也能稍稍安心地休養起了身體。

儘管這日子也算不得太平靜，端是汪府那邊，汪韓氏就來找了她兩次晦氣，但張小碗也只當這是撓癢癢，把人打發走了就是。

三月，天氣還是甚為寒冷，汪永昭與汪懷善回了尚書府，懷善只能歇得一晚，便要領軍而去。

清早張小碗給他擀了麵條，看著他吃了滿滿的一大碗，在晨光中，她面帶著微笑，看著他領兵而去。

臨上馬前，身著勁裝的汪懷善在深深地看過張小碗一眼後，便對站在她身邊的汪永昭認真地說道：「父親大人，待來日我與您要是不拖不欠，您要是不喜我娘了，便讓我接了她去我那處吧？」

他說得很是嚴肅，汪永昭看得他兩眼，便淡淡地點了頭。

待汪懷善帶著人走後，他看向了張小碗，張小碗面帶微笑看著他，輕聲道：「您做得極好。」

汪永昭聽得皺眉，但轉身邁開的步伐卻比他平常的步伐要慢上很多，正好可以讓張小碗慢慢地跟在他的身邊。

兩人相攜進了後院，一在堂屋站定，汪永昭便對她道：「兩位姨娘妳要如何處置？」

他說得很是淡然，張小碗一時之間料不準他心裡是如何想的。昨晚跟他說完家裡的兩位姨娘不安分，收了外面的孝敬銀子後，兩人便睡了，誰也沒就這話題再談什麼。

這時，她只得也平靜地說：「想先問問您的意思。」

「嗯。」汪永昭沈吟了一下。「本是要亂棍打死，但我朝今年是安泰之年，朝中文武百官都有先為表率之職……」

「是。」張小碗柔順地應道。

「送去棲村吧。」

他話罷，堂屋內一片死寂，饒是張小碗想及了他許多的反應，但萬萬也沒有料到，他要把這兩人送去棲村！

何為棲村？那是沒得子嗣，更無娘家投靠，也無奉養之人，成了寡婦的官員女眷所去之地。那種地方，張小碗只在刑部尚書夫人嘴裡聽得過一次，只一次她就知那是個連下等之人所處之地都不如的地方。那些婦人被圈在一幢土堡裡，送進去後，一日三個饅頭，十年只得一身新裳，終身不得離堡半丈。

那實則是個讓人生不如死的地方，張小碗不信汪永昭心裡不知道。

這天姿國色的兩個女人，送去那兒，還不如真把她們打死了……

「老爺……」張小碗舔舔嘴，乾澀地說：「您看，可否能送去尼姑庵？帶髮修行，修修她們的戾氣也是可行的。」

「不行。」

簡短兩字，乾脆無比。張小碗苦笑了一下，抬眼看著他道：「麗姨娘畢竟是——」

「只是個庶子的生母罷了，妳還是這家的當家夫人。」汪永昭打斷了她的話，又道：「我去前院。」說罷，就起身大步離去。

而張小碗坐在椅子上，身子涼得好半會兒都暖不過來，好一會兒後，待到聞管家帶了幾個老婆子過來跟她請示要去後院帶人走時，她才扶著桌子站了起來。

聞管家又說了一句。「我這就帶人去院子裡帶兩位姨娘離開，可行？」

可張小碗這頭怎麼樣都無法點下去。

聞管家問得這一聲，便不再問了，他輕輕地嘆了口氣，帶著四個魁梧的老婆子再施一禮，這才走了。

張小碗又扶著桌子慢慢坐回了椅子上，最終她眼一閉，把莫名而來的滾燙淚水逼回了眼睛裡。

這世道啊，真是太能吃人了……

四月的春天暖和了起來，張小碗的胃口卻是大不如前，汪永昭一日只有早膳及晚膳與她共食，但哪日見得她少食了些許，隔日這大夫便上門了。

汪永昭就此不曾說過什麼，早膳過後，他也得去那宮中辦差事，晚間回來用過膳、舞過劍招，沐浴過後便倒頭即睡。

這段時日裡，他只夜夜睡在張小碗的身邊，連那事也並不常做了。

而待到張小碗胃口壞了個五、六天，原本的大夫便又換了一個，換了個民間的神醫，可她的情況也沒好轉過來。

到四月的中旬，宮裡的御醫和女侍醫都來了。

就此，張小碗又得了幾張食補、藥補的方子，萬不敢再有什麼壞胃口，每日與汪永昭用那早晚的膳時，她平時只吃得一小半碗的飯，這也吃得多一碗了。

連補藥，飯後謹遵醫囑，喝上那麼一碗。

四月底，尚書府又得了一次大賞，汪余氏上了門，帶走了一部分的銀子。

走前她與張小碗咬耳朵，道：「婆婆這幾日在家鬧分家，公公便讓人把她的院子守了起來。嫂子，妳看這事？」

「這事就公公作主吧。」張小碗微笑著道。

汪余氏得了銀子，又得了張小碗私下的幾句囑託，回去沒幾天，這就又慌忙來了尚書府。待她一被人領來見到張小碗，她就跪下了地，滿臉慘白地道：「大嫂，這次……」

張小碗見她眼睛直往後看，便讓萍婆子帶了丫鬟出去。

等萍婆子把院子裡的人都清走後，汪余氏才似哭非哭地道：「大嫂，這次真是不得了了，婆婆把公公的耳朵割了下來，連那……那、那處也割了！」

張小碗聽得瞪大了眼睛，深吸了一口氣，沈了一下心神，才問：「這是如何出的事？」

「婆婆叫了公公進了她的院子，說是有話要說，可沒得多時，公公的小廝便來報，我這才……」汪余氏雙手擋了臉，羞愧地道：「這次，弟媳真真不知該如何是好了，只求得大嫂能幫我一把！」

「人呢？現下如何了？可找了大夫？」張小碗已經起身，見身上的衣裳是白色的，便朝得那門外走。

路過汪余氏，便道：「起來吧。」

走了幾步到了門外，便叫來萍婆子。「小山要是在府裡頭，叫他來見我，要是不在，叫聞管家來見我。」

吩咐完，她轉頭對汪余氏淡淡地道：「跟著我，回話。」

她走得快，汪余氏便急步跟上了她，小喘了兩口氣才回道：「找了大夫，大夫說性命無虞。二老爺、三老爺與我家夫君都不在府上，我令了那老奴和婆子死守著院子，大夫也未曾放回去，只待您過府再處置。」

「妳做得極好。」張小碗這時已走到了自家房門前，對她道：「妳在廊下稍等我片刻。」

說罷，她進了門，找了那灰色的襦裙穿上身，把頭上碧綠精緻的玉飾摘下，換了兩支普通的銀釵就出了門。

剛一出，江小山就來了，給張小碗與汪余氏都行了禮，才與張小碗笑著道：「大夫人，您可有啥差事要我辦？」

張小碗對嬉皮笑臉的他搖搖頭，問道：「大老爺呢？可在前院？」

「今日不在，到外頭辦事去了。」

「去找大老爺，就說有急事，我在汪府候著他。」張小碗說完，就領著汪余氏匆匆地往外走。

這時江小山大叫了一聲。「使不得啊！」

他因著差事在身，不能給張小碗安排下人，還好聞管家這時走了過來，便由聞管家趕緊選人跟著夫人去。

自正月裡的那件事後，他們府裡的大老爺說了，如若夫人非要出去，無論是去何處，五個婆子、五個丫鬟，再加六個護衛，一個都少不得。

這廂張小碗去了懷慕的書房，跟他說得幾句話，哄得他午時與先生午膳後，這才領了一干人等出了尚書府的門。

一進汪府，張小碗就從大夫那兒知道了汪觀琪是著了那蒙汗藥後，才被割的那兩處。

一時之間，她也是無語得很。

但事情發生了，總得有個解決之道，可涉及這兩人的事，張小碗不敢先下什麼決定。

這時，汪觀琪也已醒來，不得多時，他察覺自己身上的不適，知道他的下半身沒了，又被嚇得昏死了過去。

正在這時，汪永昭便過來了。

張小碗就離了那堂屋，讓大夫把事情再跟汪永昭說個明白。

一會兒後，江小山叫她進去，他那張一個多時辰前的笑臉，這時已變成了苦瓜臉，嘴間還嘶嘶地抽著氣，跟張小碗小聲說話時都齜牙咧嘴的。「夫人，是那裡沒了，那裡沒了！」說罷，自知自己這種話跟夫人說得太無禮，他又狠狠地抽了下自己的臉，愁苦地看著張小碗。

張小碗朝得他無奈地搖搖頭，提裙進了那堂屋。

「夫君。」張小碗靠前施了禮，這時大夫已退下，她走到正用手揉著額頭的汪永昭前，伸手探了探他的額頭，又試了試自己額頭上的溫度，這才憂慮地說：「您這怕是有些燒著了，我叫大夫再過來看一看吧。」

「別去了……」汪永昭拉住了她的手，覆在額頭上壓了壓，才疲憊地道：「妳還是幫我想想，這事該如何處置才好。」說著，拉著張小碗坐在了他的腿上。

張小碗朝得他搖了搖頭，起身坐在了另一座位上，才對他說：「我都聽您的。」

汪永昭聽得「哼」了一聲，半會兒後，他才說：「再送她走？」

「夫君……」張小碗輕輕地叫了他一聲，見汪永昭看她，她朝他勉強地笑了一笑，這才把懷中汪余氏給她的信拿了出來。「這是弟妹從人手中截下來的信。」

汪永昭瞇眼，伸手拿了過來，拆了信只看得一眼，便呵呵地冷笑了一聲。

張小碗看得他額頭上青筋一鼓一鼓地跳，便也苦笑了起來，伸出手把他手中緊緊抓住的信慢慢地抽了出來，折好放回了信封中。

誰家有得這樣一個把家中的事歪曲了，還寫給言官看的婦人，想來，這真真是祖宗墳上冒黑煙，倒楣到了根底上的事了。

當天，汪府門戶緊閉，汪永昭令人把汪韓氏院裡的人各個都再次審問過，確定無信遺漏出去。

有著汪永昭親信的介入，汪府一片肅殺之氣，連那無錯的奴僕觀此景象，心裡都在不停地打顫。

汪府這時，自上而下，大舉清查，張小碗帶著汪余氏清查各院能出得了門的婆子、丫鬟；而那一頭，汪永昭著令他的三兄弟，讓他們的媳婦把他們的後院給理乾淨，但凡是那嘴上不牢、心思難測的，定要想法子處置好了。

這日夕間，太陽還沒落山，張小碗跟著汪永昭去了汪韓氏處。

這時，雙手雙腳被綁了起來、嘴也被封住的汪韓氏一見到他們就嗷嗚嗷嗚地叫著，看著張小碗的眼睛還是那般狠毒，但看著汪永昭時，她那眼睛滿是哀求悲痛，不得片刻，她眼眶裡的淚就掉了出來。

見此，張小碗越發沈默了下來，她退後半步，把自己的身子退到了汪永昭的身後。

「把老夫人嘴裡的布拿開了。」汪永昭淡淡地出了聲，便有那親信的奴才上前把她嘴間的布扯了開來。

汪韓氏的嘴一得空，立即朝奴才狠狠地吐了口唾沫，那奴才抹了下臉，沈默地退了下去。

江小山站在一旁，這個愛笑之人的臉片刻間就寒了起來。

「下去。」汪永昭又開了口。

在屋內的奴才全都退了下去，門一被關上，汪韓氏便流淚痛苦地喚他。「昭兒、昭兒，我的孩兒……」

「您怎麼就不咬舌了？」聽得她那一長串的呼喚，汪永昭卻淡淡地說出了這句話，並淡然地接著道：「孩子剛還想著要給您置備一副上等的棺材。」

「你……你這該下地獄的畜、畜生！」汪韓氏一聽呆了，剛從榻上爬起一點的身體又倒了下去，欲讓他解開她身上繩索的話再也說不出口了。

過得一會兒，她在她兒子冰冷看著她的視線裡格格格地笑了起來，笑了一會兒後，她撇過頭，狠毒地看著汪永昭。「我真是白生了你，你這跟你爹一樣斷子絕孫的東西！」

汪永昭聽得無動於衷，他淡淡地看著汪韓氏，點頭道：「料您是如此想法。」說罷，他不再贅言，朝得門外喊了一聲。「進來。」

那端藥的彪形大漢推門而入，汪韓氏見到他手上那碗發著惡臭氣的藥，發聲尖叫了起來。「這是何物？定是那毒藥！永昭，昭兒，你不能如此，我是你娘啊！我是你親——」

大漢捏了她的嘴，把藥強硬地灌了下去，她後頭的字，便到此斷了下來。

不得多時，汪韓氏無力地垂下了腦袋，悄無聲息地軟了身體。

「關起來。」汪永昭朝那大漢淡淡地吩咐了一聲。

「是。」大漢拱手領命。

汪永昭不再停留，大步往那門外走去。

張小碗急步跟在了他的身後，他的身影卻還是很快地在她的眼前消失了。

她剛出得門，就見汪永昭正大步走下臺階，這時，那急走的人一步踩空了三個臺階，就此往前栽倒了下去！

張小碗看得心口一緊，忙跑了過去。

這時，在地上的汪永昭撐著地面站了起來，額頭上鮮血直流，滴滴答答掉在了他一直未換的官服上。

一代名將，在自家的院中，因一步踏空，竟就這麼磕破了自己的頭。

張小碗走得近了，這才看清他那漠然、拒人於千里之外的臉。她看得他好半會兒，見他冰冷的眼根本沒在看她，她才有勇氣伸出手去搆他的手。

他的手冰冷至極，張小碗剛握上的那一刻，冷得她都打了個顫。當她抬起眼，看著他這時茫然看向她的眼神，她突然間鼻酸了起來。

汪韓氏那句話也說得沒錯，她是他的親娘啊，而有這麼一個說他該下地獄、還咒他斷子絕孫的親娘，汪永昭再怎麼冷酷無情，也終究是個人，焉能不痛苦？

「夫君……」張小碗喚了聲，勉強地朝他笑了笑。「去歇息一會兒吧。」

汪永昭沒出聲，一路任由張小碗牽著他回了臥房。

路上，張小碗已著人去請大夫，待回到房中一拿布巾給他擦去了頭上的血，大夫帶著藥箱就到了。

包紮好額頭後，張小碗又讓大夫再探脈。

汪永昭的手是冷的，但額頭、臉蛋全是燙的，大夫不敢輕視此等情況，那脈自然是探了又探，花了大半個時辰，他才斟酌好了藥方，但藥方凶險，他不敢定方子，只得與張小碗商議。

張小碗先是扶了汪永昭躺下，聽得大夫細細說了下藥方，聽大夫說有幾味藥較猛，不好下，她便搖了搖頭，道：「那便不用，用溫和的替代吧。我家尚書大人現下只是發了點燒，萬萬還不到用險藥的時候，他必會熬得過來的。」

現在汪永昭這筋骨，張小碗寧可他痊癒得慢些，也不願他用那有凶險的藥物，那可能會吃壞了腦子。

「那便如此。」大夫也是鬆了口氣，方子裡用的那兩味藥雖好，但他不敢打包票定會萬無一失。

江小山領著大夫下去煎藥了。

張小碗回了床邊，剛一坐下，便被那躺著的人一把抱住了腰。

她的身體僵了一下，但只一會兒，她便抱住了這男人的頭，任由他無聲地流著淚。

那淚是那般熱燙洶湧，滲進她的衣裳，很快就透過她身上著的那件襖子，染濕了她的裡衣。

張小碗伸出一手輕撫著他的背，她一言不發，到後頭，她只是低下頭，在他的頭髮上吻了吻。

這男人，那心怕真是被傷得透頂了……

——未完，待續，請看文創風211《娘子不給愛》4

文創風 208-212

娘子不給愛

全套五冊

情感刻劃細膩，催淚指數破表／溫柔刀

他寵著她、護著她，會為她醋勁大發，甚至與皇帝對峙，
這男人愛上她了，她知道，但她並不愛他，他也知道。
呵，相較於他的冷酷，狠心絕情的她，
其實也不是個好人啊……

汪永昭，一個令歷任皇帝都忌憚不已、欲殺不能的大臣。
他不僅聰明絕頂，而且心腸比誰都狠，不喜的便是不喜，
即便那人是她這正妻所出的嫡子，或是美妾所生的庶子，
兒子自小便恨極了他，因為他的存在對他們母子倆只有磨難，
然而張小碗卻清楚明白一點——違抗他是沒有好果子吃的！
兒子的前程他可以不施援手，卻絕不能痛下殺手，
因此在他跟前，再低的腰她都彎得下去，他的話也必定服從，
對她而言，他從不是什麼良人，只是一個可怕而強大的對手，
所以他要她笑，她便笑；要她再幫他生幾個孩子，她就生，
她敬他、顧他，盡心為他持家育子，不多惹他煩心，
所有他想要的一切，她都可以給也願意給，除了愛。
情愛害人，只有無情無愛，她才能完美扮好溫婉妻子的角色……

穿越時空／靈魂重生／政治鬥爭／婚姻經營之奇情佳品！

生動靈活、別具巧思／天然宅

年華似錦

全套四冊

多年前死裡逃生，只求平安度過下半輩子；
多年後風口浪尖，不想出頭卻是身不由己。
看她勇於抵抗命運，努力爭取幸福，活出一番錦繡人生！

文創風 199 1

這這這……這到底是穿越重生，還是重新投胎啊 ?!
丹華意識到自己變成小嬰兒，誕生在一個讓人感到陌生的地方，
在她只會哇哇大哭，還沒能真正弄清楚情況之前，
她的親爹突然抱著一個小男嬰回來，說他是當朝太子的遺孤，
要交換他們兩個人的身分，讓她這個親生女兒代替他去死！
就在丹華絕望地以為這次她真的得跟世界告別之際，
幸得忠君之士不顧危險救了她，並賦予她新身分——沈丹年。
之後沈氏一家借守喪之名遠離皇都，回到家鄉當起農戶，
雖然族人、鄰居不乏好事者，甚至還有人強占他們家的土地，
但她這個靈魂成熟的小女娃可不會讓這些人好過！

文創風 200 2

為了早日掙脫牢籠般的生活，又掛心養父與哥哥的安危，
丹年前去「威脅」親爹與那個太子遺孤，取得援助糧草的承諾，
甚至單槍匹馬前往遙遠的邊境，更深入敵營打探軍情，
遭到軟禁不說，還被挾持著逃命，換來一身傷。
雖然最後大昭打了勝仗，丹年一家也在外面另外找到住處，
然而她內心深處的願望卻落空了——
他們還得繼續待在京城，只因兩國之間的戰爭尚未完全結束，
養父與哥哥隨時都要準備好再上戰場賣命！

文創風 201 3

丹年就知道狗改不了吃屎，壞到骨子裡的人就是學不乖！
當初在家鄉欺負他們的族人，聽她養父與哥哥封了官受了賞，
竟厚著臉皮求她收容，實則想藉機揩油，好在京城橫著走；
而跟她討厭的堂姊一掛的蠢女人，則把腦筋動到她哥哥身上，
妄想藉機獻藝，再求得皇上賜婚，好成全一段「佳話」！
幸虧她明察秋毫，不但粉碎他們的野心，更一雪前恥，
在皇宮內大出風頭，讓眾人眼前一亮，刮目相看。
只可惜，她這麼做還是不足以杜絕某些人的癡心妄想，
看到那個笨蛋太子遺孤呆呆中了迷香，差點被人拉去「快活」，
還一副飄飄然、不明所以的模樣，她就氣得頭發暈！

文創風 202 4 完

就說她跟他一點關係也沒有，怎麼就是沒人相信呢 ?!
丹年很頭大地發現，古代八卦人士與狗仔隊的功力相當了得，
非但大肆渲染他們交往的「事實」，還把案情形容得很不單純，
不管她怎麼澄清，就是沒有人做出「更正報導」。
這下可好，以前追求過她或對她有意的人全翻了臉不說，
太子遺孤先生更正大光明地以另一半的身分自居，
不僅把她當成所有物，還對她毛手毛腳，簡直色情狂！
偏偏一波未平一波又起，新皇登基後想穩固治理根基也就罷了，
竟還把主意打到丹年這輩子最關心的人身上——
身處遠方的哥哥被陰謀算計，心愛的死對頭更是動輒得咎……

好評滿分·經典必讀佳作

描情寫境，深入人心

董無淵

真情至性代表作

嫡策

全套六冊

至親的冷血相待，摯愛的殘酷背叛，
磨光了她敢愛敢恨、稜稜角角的性子。
重生而來，看透世情人心之餘，
她再不要被情愛蒙蔽了心眼，絕不再白活一遭……

文創風 190 1

一個侯門千金前世死乞白賴嫁給心不在自己身上的男人，
死去活來重生之後，她不再是那個敢愛敢恨的自己，
這一世她看透了、心寬了，只想好好活下去……

文創風 191 2

她又一次失去了母親，再一次失去了這個世間最愛護她的人。
既然父親冷血逼死了母親，生養她的賀家無情逼迫著她，
要想血債血償，她得想盡辦法先逃離這背棄她的家……

文創風 192 3

父親的冷情自私、祖母的硬心捨棄，讓她的心也狠了起來，
在皇后姨母的庇護下，一步步精心設計，讓仇敵自食惡果，
卻也讓她懷疑起為了愛連命都捨了，值得嗎？

文創風 193 4

她喜歡六皇子，就在他說他想娶她之後，
原本搖擺不定的一顆心終於落到了實處。
前世被愛傷透的她還是喜歡上他了，
就因為他願意承擔起娶她的一切後果……

文創風 194 5

她願意信任六皇子。
從痛苦死去，到懷著希望活過來，
再到眼睜睜地看著母親飲鴆而去，
再到現在……明天，她就要幸福地，
滿心揣著小娘子情懷地去嫁他……

文創風 195 6 完

六皇子說：「我們爭的是命，老天爺把我們放在這個位置，
要想自己、身邊人活命，就要爭。等爭到了，妳我皆要勿忘初心。」
她何其有幸遇見這個男人，值得用心去爭……

風 文創 210

娘子不給愛 3

國家圖書館出版品預行編目資料

娘子不給愛 / 溫柔刀著. --
初版. -- 臺北市 : 狗屋, 民103.08
冊 ; 公分. --（文創風）
ISBN 978-986-328-337-9（第3冊 : 平裝）. --

857.7　　103013053

著作者　溫柔刀
編輯　黃淑珍
校對　沈毓萍　王冠之
發行所　狗屋出版社有限公司
地址　台北市104中山區龍江路71巷15號1樓
電話　02-2776-5889～0
發行字號　局版台業字845號
法律顧問　蕭雄淋律師
總經銷　知遠文化事業有限公司
電話　02-2664-8800
初版　103年8月
國際書碼　ISBN-13　978-986-328-337-9
原著書名　《穿越之种田贫家女》，由北京晉江原創網絡科技有限公司授權出版

定價250元
狗屋劃撥帳號：19001626
網址：love.doghouse.com.tw　E-mail：love@doghouse.com.tw